经典与解释(41)

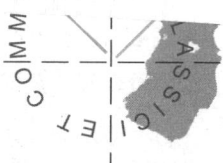

拉伯雷与赫尔墨斯秘学

■古典文明研究工作坊 编
顾问／刘小枫 甘阳
主编／娄 林

华夏出版社

图书在版编目（CIP）数据

拉伯雷与赫尔墨斯秘学/娄林主编.—北京：华夏出版社，2014.9
（经典与解释）
ISBN 978-7-5080-8187-8

Ⅰ.①拉… Ⅱ.①娄… Ⅲ.①拉伯雷（1494～1553）—文学研究 Ⅳ.①I565.063

中国版本图书馆 CIP 数据核字(2014)第 183526 号

拉伯雷与赫尔墨斯秘学

主　　编	娄　林
责任编辑	王霄翎
责任印制	刘　洋
出版发行	华夏出版社
经　　销	新华书店
印　　刷	北京市人民文学印刷厂
装　　订	三河市少明印务有限公司
版　　次	2014 年 9 月北京第 1 版 2014 年 10 月北京第 1 次印刷
开　　本	880×1230　1/32
印　　张	9
字　　数	230 千字
定　　价	39.00 元

华夏出版社 地址：北京市东直门外香河园北里 4 号　　邮编：100028
网址：www.hxph.com.cn　　电话：(010)64663331(转)
若发现本版图书有印装质量问题，请与我社营销中心联系调换。

目　　录

论题　拉伯雷与赫尔墨斯秘学

- 2　柏拉图式的拉伯雷 ………………马斯特尔斯（孔许友　译）
- 29　拉伯雷与廊下派笔法 ………………………纳什（唐俊峰　译）
- 56　西塞罗的《论演说家》与拉伯雷 ……塞维尔（黄汉林　译）
- 84　拉伯雷与赫尔墨斯秘学 …………马斯特尔斯（孔许友　译）
- 110　《巨人传》五卷主题的统一 ……马斯特尔斯（孔许友　译）
- 119　《巨人传》第三卷中的普鲁塔克 ……斯文森（唐俊峰　译）

古典作品研究

- 124　从《左传》论春秋时代的谏诤制度 …………………何杨

思想史发微

- 140　霍布斯与修昔底德 ………………………施拉特（戴鹏飞　译）

160 激情与国家
　　——重读《利维坦》 .... 黄涛

古文今刊

182 柏拉图的哲学 .... 法拉比（叶然 编译）

旧文新刊

217 誦《詩》隨筆 .... 袁金鎧
238 方以智與西學 .... 張永堂

评论

264 回忆施特劳斯、克莱因和圣约翰学院
　　.................... 阿纳斯塔普罗、布兰（张国栋 译）

（本辑主编助理　黄坚）

论题　拉伯雷与赫尔墨斯秘学

柏拉图式的拉伯雷

马斯特尔斯（G. Mallary Masters）著

孔许友 译

  拉伯雷与柏拉图笔下都有一种深刻意义上的游戏。他们作品中的各种意象就在表象与实质之间游戏。他们讽喻式的神话体现了一种游戏性意味，并且源于相反事物之间的辩证关系（dialectic），这种辩证关系基于理智与物质的有序（cosmic）张力。因此，拉伯雷的文学观本质上是柏拉图式的。而且，他的神话也是依赖于最充分意义上的柏拉图-赫尔墨斯秘学（Platonic-Hermetic）传统。① 拉伯

---

① ［译按］Hermetic，这个赫尔墨斯指 Hermes Trismegistus，是埃及月神 Thoth 的希腊名，所掌之司与希腊神话中的 Hermes 相似，相传曾著有魔法、占星术、炼金术等方面的书籍。该传统是西方赫尔墨斯秘学的主要传统之一，作品多用希腊语和拉丁语写成，大概出现于一世纪中叶到三世纪末之间，采用柏拉图式的对话体，主要分两大类："通俗"秘籍，主要论述占星术和其他神秘学科；"学术"秘籍，主要论述神学和哲学。这个赫尔墨斯秘学传统还影响了后来的文艺复兴和宗教改革。

雷的文学作品在形式和内容两个方面都与这一传统的辩证法极为契合。

从柏拉图辩证法的视角来研究拉伯雷的意象和讽喻观念，为目前的分析提供了一个恰当的出发点。这一考察需要我们首先回顾双性人神话及其所代表的拉伯雷构造的世界的和谐观念，并进一步考察庞大固埃草所象征的哲学，即拉伯雷在庞大固埃传说中提出的游戏哲学与精神快感（voluptas）哲学。

一 柏拉图的意象：讽喻、神话与象征

《高康大》（即《巨人传》第一卷）前言中"被称为西勒诺斯（Silenes）的匣子"和"骨髓"的意象，与这里研究的其他意象一样，在形式和内容上都反映了柏拉图传统。两个隐喻都暗示一种表象与实质的游戏，其基础是对立面相统一的辩证法。它们说明了讽喻式象征手法的运用，这种手法是既用赫尔墨斯式的隐秘意象隐藏真相，同时又通过讽喻式的阐释揭示真相。

也许是效仿伊拉斯谟，拉伯雷在这些意象中首先将药盒与《会饮》中阿尔喀比亚德（Alcibiades）描述的苏格拉底做了类比。① 西勒诺斯表面看起来相互矛盾，它们涵盖了从神话和流行的中世纪民间传说而来的各种怪诞意象，其中也包括珍贵药材的故事。② 同样，

---

① 柏拉图，《会饮》，212c–223d。见伊拉斯谟，《格言集》（*Chiliadis tertiae, Centuria* Ⅲ, *Opera omnia*），Ⅱ，770D–771B。Lefranc，《对拉伯雷评注的解释》（Notes pour le commentaire de Rabelais），见 *RER*，Ⅶ，1909，页433–439。

② 拉伯雷描述的珍贵药材与柏拉图的诸神小雕像以及伊拉斯谟文本中的守护神是一致的。

虽然苏格拉底相貌丑陋,一副醉醺醺的登徒子模样,但他实际上呈现了精神之美的所有德性。通过对智慧的哲学式追寻,他体现出爱神的所有特征。但是,他不只是一个沉思的哲人,还是一个教师。正如其外表隐藏了精神之美,他那些率真朴素的话也隐藏了它们内在的真理。他的比喻和意象,虽然照字面看来荒诞不经,但经过象征性的阐释,就发现其中隐含着真正的睿智。因此,拉伯雷对苏格拉底的类比解释表明,我们也需要对他的作品进行破解。

拉伯雷告诉读者,他不会停留在字面的层次,而是要探寻更高深的意义。于是,在第一个比喻之后他又增加了第二个比喻作为例子,即"骨髓"。他把他的读者比作柏拉图笔下的哲学狗。这条狗不能满足于享受吃一根骨头表面的肉那样易得的快乐。它努力地啃这块骨头,直到把它咬开,从而吸出富于滋养的骨髓。所以,拉伯雷的读者完全可以抱有希望,在表面看来只是单纯搞笑的故事背后找到哲学的、政治的以及社会的哲理。拉伯雷通过两个毕达哥拉斯的象征,即他所谓的意象,清楚地将自己的作品置于讽喻象征的传统之中。

吉尔松(Etienne Gilson)指出,拉伯雷的意象使人想起中世纪的三重解释,即讽喻义、神秘义(anagogical)和道德隐喻义(tropological)。① 基于奥古斯丁的意义与命题(sense and sentence)概念,即圣经与世俗作品中的比喻和字面层次,文艺复兴时期的古典主义

---

① Etienne Gilson,《圣方济各会修士拉伯雷》(Rabelais Franciscain),见 *Les Idées et les lettres*, Paris, 1966,页201 – 202。Augustin Renaudet,《第一次意大利战争期间(1494—1517)巴黎的宗教改革与人文主义》,[*préforme et humanisme à Paris pendant les premières guerres d'italie* (1494—1517), Paris, 1916],页55。

者认为，讽喻的使用最为重要。① 像马洛（Marot）这样的诗人就运用了传统的隐喻。波利提安（Politian）和皮科（Pico）则将圣经、毕达哥拉斯和柏拉图的神话传说与古代神学（prisca theologia）联系起来。② 希布列奥（Hebreo）指出，对该传统内隐喻的隐秘运用，是为了向无知者隐藏哲学秘密的真相。③ 但是，正如拉伯雷所言，在神话方面，文艺复兴时期的古典主义者背离了中世纪的讽喻。

塞兹内克（Jean Seznec）在《异教神的幸存》一文中指出，中世纪时期有一种逐渐强化的倾向，即接受古代神话并根据基督教教义重新阐释。④ 毋庸置疑，这类阐释趋向道德训教且一直延续到文艺复兴时期。但是，正如拉伯雷所论证的，其作用与过去相比已大相

---

① 奥古斯丁关于意义与命题的说法主要基于《基督教教义》，对《基督教教义》以及相关文献的讨论，见 Bernard F. Huppé，《教义与诗：奥古斯丁对古英诗的影响》(Doctrine and Poetry: Augustine's Influence on Old English Poetry, New York, 1959)，页3-27。奥尔巴赫（Erich Auerbach）对"比喻"（Figura）的评论，仍是关于比喻的最好的资料来源，见《欧洲戏剧文学断片》(Scenes from the Drama of European Literature, New York, 1959)，页11-76。

② 见 Giovanni Pico della Mirandola,《七重释义》(Heptaplus, Opera, Vallechi, 1942), foll. Ⅰʳ-Ⅱʳ。Angelo Poliziano,《对荷马的解释》(Oratio in expositione Homere)，见 Omnia opera, Paris, 1519, foll. LVIʳ-LXIIʳ。

③ Leo Hebraeus,《第二次对话》, (Dialogo Secondo), 见 Dialoghi d'amore, Carl Gebhardt 编, Winter, 1929, foll. 26ᵛ-30ʳ, 以及《爱》(De l'amour, Lyon, 1551), Pontus de Tyard 译, Lyon, Jean de Tournes, 1551. 2vols. 页175-183。Florence May Weinberg 的《拉伯雷与基督教的隐秘学说，酒与意志》(Rabelais and Christian Hermetism, the wine and the will, 未刊博士论文, University of Rochester, New York, 1967) 讨论了拉伯雷象征和隐秘的比喻，尤其是页8-42。

④ Jean Seznec,《异教神的幸存：神话传统与其在文艺复兴时期人文主义及艺术中的位置》(The survival of the pagan Gods: The Mythological Tradition and its Place in Renaissance Humanism and Art, New York, 1961), Barbara F. Sessions 译, 页84-121。

径庭。他质疑荷马是否真的在史诗中表达了讽喻之义，即是否具有自普鲁塔克到波利提安以来的注释者所发现的那些讽喻义。这不是因为他像质疑讽喻的运用一样质疑讽喻方法本身。奥古斯丁和中世纪讽喻家在古代神话中发现基督教信条预言，与他们不同，拉伯雷和文艺复兴时期的人文主义者坚持依据作品本身来看待作品。例如，佛罗伦萨的柏拉图主义者试图找到诸神的内在意义，在他们看来，诸神是诸多德性的体现。因而，人文主义者们回到荷马，回到柏拉图、亚里士多德和古代最初的柏拉图主义——例如阿普列乌斯（Apuleius）——所有这些古代的源头，去探寻关于神话中诸神的本质特性的描述。同样，尽管有相反的意见，正如特瑙德（Jehan Thenaud）《诗论》所考察的，他们仍然查阅中世纪的各种集册和道德说教的小册子。[①] 文艺复兴时期的人文主义者的这般做法，是为了在讽喻中寻找道德真理，而非基督教的预言。因此，拉伯雷对荷马注疏者的质疑，进一步证实了他早期有关意义与命题的陈述，而非否定"咬开骨头"的必要。[②]

然而，拉伯雷在前言中又模棱两可地对讽喻提出矛盾的观点。他的导论大部分是关于更高深的阐释，但在前言的临结尾处他似乎突然又采取了相反的立场。他告诉他的读者无须在表面的令人快活的传记之后再寻找更深的东西。如果从字面上理解这个说法，那就

---

① Jehan Thenaud，《萨图尔的后裔》（*La Lignée de Saturne*），B. N.，Ms. fr. 1358 和《诗论》（*Traité de poesie*），亦见 E. H. Gombrich，《波提切利的神话：研究波提切利圈子中的新柏拉图主义象征》（*Botticelli's Mythological: A Study in the Neoplatonic Symbolism of his Circle*），见 *Journal of the Warburg and Courtauld Instiutes*，VIII，1945，页 22 - 37；Seznec，《异教神的幸存》，前揭，页 219 - 256。

② Marcel Tetel，《拉伯雷》（*Rabelais*，New York，1967），页 88 - 89。书中有些模棱两可的倾向于否定拉伯雷的讽喻阐释。

会否定前言其余部分的有效性。也许，如特透（Tetel）所言，拉伯雷是在跟他的读者开玩笑。① 或者，更有意味的理解是，拉伯雷也许在邀请他的读者跟他开玩笑。虽然，关于辩证法和讽喻的游戏的重要性要在后文才能进行充分的讨论，但显然，在讽喻背后有一种游戏。他否认对其作品进行解释的需要，这表面上与他已说的一切都不一致。但从前言和拉伯雷作品的整个文脉来看，这是对其讽喻观点的隐蔽的确认，虽然是以否定的方式。这个说法作为迷惑读者的尝试，实际上进一步证实了他吸取富于滋养之骨髓的努力。拉伯雷的这一否认是表象与实质的游戏的一个例子，和他的五卷书中的许多其他意象和神话一样，它与柏拉图的辩证法有共同的基础。

拉伯雷为高康大选择的双性人意象（《高康大》，[译按]即《巨人传》第一卷第8章）、体现了庞大固埃式幽默和庞大固埃理想的庞大固埃草（《巨人传》第三卷第49－52章）、蚕豆荚（febves en gosses）（《巨人传》第五卷前言）、数学梯阶（《巨人传》第五卷第36章）、巴布（Bacbuc）神殿的神秘水泉（《巨人传》第五卷第41－42章），这些都是表象与实质的游戏，都是意义与命题的意象。② 它们不仅通过外表指示一种理念，而且也有具体的体现，恰如庞大固埃在美当乌提岛（[译按]或译象似岛）购买的画有柏拉图思想的讽喻画（《巨人传》第四卷第2章），该画具体描绘了绝对理智之国。③ 文艺复兴时期造型艺术的意象和拉伯雷文学文本中的意象，都

---

① Tetel，《拉伯雷》，前揭，页86。
② 我的《赫尔墨斯秘学与柏拉图传统》（*The Hermetic and Platonic Traditions*）页15－29对这些形象有更多讨论。
③ E. H. Gombrich，《圣像象征，新柏拉图主义思想中的形象化隐喻》（Icones Symbolicae, The Visual Image in Neo－Platonic Thought），见 *The Journal of the Warburg and Courtauld Institutes*，XI，1948，页163－192。

满足他为象形文字意象而设定的要求。

对象形文字进行讨论的具体文脉,是拉伯雷为高康大挑选的双性人意象,以及与之相关的高康大特制服装的颜色(即白色和蓝色)。这两种颜色象征天上的快乐。拉伯雷在给这两种颜色分配各自的价值时,效仿了赋予象形文字意义的古埃及智者;他吸收的是传统,而非具体观点。① 与《色彩纹章学》(Blason des couleurs)的作者凭一己之专断不同,拉伯雷选择他的象征符号,是因为它们包含了所代表的东西的"意义、性能和性质"。② 拉伯雷拒绝宫廷显贵们的一贯伎俩,即根据随意想起的双关语或词语游戏而得出的外在相似来选择他们的意象、颜色和纹章。在他看来,象征符号与其所代表的事物之间必须存在实质的关联。这种关联必须合理,必须如同一个语词与它所传达的观念之间的联系一样富有逻辑(《高康大》第9–10章)。

在有关冻结的语言(《巨人传》第四卷第55–56章)的情节中,拉伯雷将语词与柏拉图的思想和本质形式联系起来。在他看来,就《克拉底鲁》和《蒂迈欧》中的柏拉图而言,语言应该表达对象所代表的观念。③ 在某种意义上,语词也具体体现观念,体现它所代

---

① 对文艺复兴时期象形文字及相关书目的讨论,可见我的论文《拉伯雷与文艺复兴时期的图形诗》(Rabelais and Renaissance Figure Poems),*Etudes rabelaisiennes*,VIII,页39–54。

② [译按]此书是一部纹章学著作,讲解各种颜色在纹章学中的意义和用途,全名为:*Le Blason des couleurs en armes, livrées et devises, ivre très utile et subtil pour sçavoir et congnoistre d'une et chacune couleur la vertu et proprieté*。作者是Jacques d'Enghien Sicile,出版于1528年。拉伯雷曾经强烈批评过该书作者。

③ Plato,《克拉底鲁》(*Cratylus*),389d–393d,430d–439d;《蒂迈欧》(*Timaeus*),30c–32c,47d/e。亦见Jean Guiton,《冰冻语言的神话》(Le Mythe des paroles glées),见*Romanic Review*,XXXI,1940,页3–15;Leo Spitzer,《拉伯雷及"拉伯雷风格"》(Rabelais et les rabelaisants),见*Studi Francesi*,IV,1960,页402–405。

表的事物的本质形式。但是，语词也变成"可见"的意象。拉伯雷隐喻性的冻结的语言融化了，并显露出它们的意义。所以，我们必须超越语词的表面层次，抵达它们的实质涵义。如此说来，语词对拉伯雷而言就不仅仅是一种奥古斯丁教义的记号。和象形文字一样，数字、图画意象、诗的象征以及语词都是表象与实质的游戏。

拉伯雷的所有意象都是表象与实质的游戏。它们具体体现了外在形式与实质意义的动态关联。它们表达了对立面的辩证法，与此同时，它们本身就是辩证法。外表与实际的关系推到顶点就意味着柏拉图－赫尔墨斯秘学二元论的一系列二分法。但同时，这些意象也表示其他事物——它们超越外表，指向一种观念。它们体现了其所代表的任何事物的本质，因而它们传达了真相。由于人与绝对理智之国的鸿沟，意象实际上就是人类对真理的最可靠的表达方式。人不能确信完全根据经验的知识，也不能确信通过推论而来的抽象观念，或者瞬间的直觉幻想。既然逻辑是对真理的不可靠的表达，于是，人们使用意象。意象是描绘真理更可靠的手段，它是外在形式与本质形式的辩证联结。它描绘了逻辑的合理秩序，恰如双性人神话体现了爱的普遍和谐。

二 双性人：世界和谐的神话与博爱

拉伯雷敏锐地将双性人——他为高康大选来佩戴的人像（［译按］参《高康大》第 8 章）——与基督教的博爱相联系。这个人像标记的周围是保罗的小诗：ΑΓΑΠΗ ΟΥ ΖΗΤΕΙ ΤΑ ΕΑΥΤΗΣ ［爱是不求自己的益处］。① 不过，把异教符号与基督教观念并置不是拉

---

① 《哥林多前书》13：4－5，并比较 Plattard 编，《高康大》，第八章，卷一，页 90，注释 95。

伯雷的首创。他像斐奇诺以及其他文艺复兴时期的柏拉图主义者一样,效仿奥古斯丁的做法,在基督教神学思辨的背景中采用柏拉图的爱与和谐概念。在拉伯雷那里,双性人是完整之人的象征,这与柏拉图的《会饮》和希布列奥的《爱的对话》是一致的。① 最初状态的人是一个好沉思的造物,与自己、与自然、与神同在。但是,自从罪孽与违抗造成的混乱进入他的生活,他就分开了统一的自身,此后便注定要不停地寻找另一半。他在堕落之前的统一状态反映了柏拉图对微观世界秩序与普遍和谐的理想。

拉伯雷通过有关神瓶的情节中数学梯阶和庞大水泉的意象,表现了宇宙论的和谐观念。这两个意象都使人想起《蒂迈欧》。柏拉

---

① 柏拉图,《会饮》189d - 193d;希布列奥,《爱的对话》,前揭,Ⅲ, foll. 81ro - 93vo,《爱》(De l'amour),前揭,Ⅱ,页 222 - 253。亦见 Maurice Scève,《小宇宙》(Microcosme),见 Œuvres poétiques complètes,Bertrand Guégan 编,Paris,1927,页 197;Antoine Héroët,《柏拉图的双性人》(L'Androgyne de Platon),见 Œuvres poétiques,Ferdinand Gohin 编,STFM,Paris,1943,页 71 - 89;Ficino,《柏拉图〈会饮〉义疏》(Commentaire sur le Banquet de Platon,Raymond Marcel 编译,Paris,1956),页 201 - 203,[译按] 中译参梁中和译本,《论柏拉图式的爱》,上海:华东师大出版社,2012;Edgar Wind,《文艺复兴时期的异教神话》(Pagan Mysteries in the Renaissance,New Haven,1958),页 165 - 166。Weinberg,《拉伯雷与基督教的隐秘学说》(前揭)讨论了双性人作为一个象征的滑稽与严肃方面。关于爱—和谐的观念,见 Leo Spitzer,《古典与基督教的世界和谐观念》(Classical and Christian Ideas of World Harmony,Anna Granville Hatcher 编,Baltimore,1963),页 5 - 63;Kristeller,《斐奇诺的哲学》(Philosophy of Marsilio Ficino,New York,1943),Virginia Conant 译,页 74 - 99,页 263 - 287;Gombrich,《圣像象征》,前揭,页 163 - 192;Erwin Panofsky,《图像学研究:文艺复兴时期艺术的人文主题》(Studies in Iconology: Humanistic Themes in the Art of the Renaissance,Harper,1962),页 99 - 101,页 141 - 153,[译按] 中译参戚印平、范景中译本,上海:上海三联书店,2011;Pico 的《七重释义》(Heptaplus),foll. Ⅰ^{r} - XX^{r}。

在《蒂迈欧》中按照数学符号比喻性地描绘了宇宙论的秩序。① 拉伯雷效仿柏拉图,通往神瓶之殿的梯阶数目是依据毕达哥拉斯的"最完美的四":②

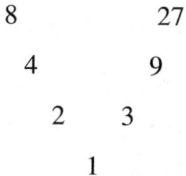

如拉伯雷所指出,这两组数字(每组四个数)的总和(当然,"1"只算一次)是54或梯级总数108的一半。但这个细节描写本身有着外在的意义。首先值得注意的是,它包含了七个数字,这七个数字依次建立了音阶和七行星连续排列的方法。柏拉图的厄尔(Er)神话中的天体音乐象征八音度的和谐与万物有秩序的模式。在柏拉图看来,这种秩序反映了纯粹理智的观念世界。③ 同样,拉伯雷将俄耳甫斯音乐与行星水泉联系起来,这也是把和谐原则运用到宇宙论的秩序上。既然水泉的占星学构造是另一章的主题,那么看看这一象征中与柏拉图的厄尔神话类似的秩序模式就够了。柏拉图将和谐视为音乐中协和音的原则、宏观宇宙的秩序、人类关系中的爱、社会中的公正以及微观宇宙的理性。同样,拉伯雷认为,宏观宇宙、微观宇宙与按照节制、和谐以及合理秩序建构的状态之间存在对应关系。在他看来,双性人象征最初之人的和谐自然,这最初之人是

---

① 柏拉图,《蒂迈欧》,27d – 43b, 69c – 71c;《斐德若》,246a – 249b。
② 比较 K. H. Francis,《拉伯雷与数学》(Rabelais and Mathematics),见 BHR, XXI, 1959, 88; Spitzer,《古典与基督教观念》,前揭,页 11 – 12。
③ 柏拉图,《王制》,614a – 617d;《蒂迈欧》,27d – 39e。

模仿宇宙秩序而被创造出来的。因此,拉伯雷选择双性人来体现高康大所代表的理想。

我们已看到,双性人意象是一个表象与实质的游戏,并从而展示了柏拉图辩证法的极致。同样,高康大传说详尽地体现了双性人的拉伯雷式博爱,是辩证法极致(extremes)的修辞性展示。通过对照,拉伯雷制定了高康大的理想教育和哲人王的理想行为。

拉伯雷的读者一定清楚前面一些谈教育的章节(《高康大》第14-24章)中相对立的教育性质。没有意义的诡辩术教育与"新颖"的文艺复兴时期的学习形成对照。在诡辩家土巴·赫鲁费大师(Maistre Thubal Holoferne)以及后来在巴黎的陈旧体制之下,高康大训练的只是记忆而不是理智和身体。尽管他参加弥撒从未间断,但他的精神并没有变得更好。不断重复枯燥的语法和注释使他形同愚蠢、呆滞、精神恍惚的白痴,和中世纪阴影下任何一个粗野的傻瓜没有两样。但是,与之形成鲜明对比的是,在他的新教师包诺克拉特(Ponocrates)的教育下,他锻炼了身体、智力和精神。他把每一刻光阴都利用得充实而有收获。他的"新"教育按照《王制》中所讲的方式,采用人文主义的语言文学和[语法、修辞、论理]三学科,教导他独立思考(《王制》521c-535a)。对工匠和手艺人的经验观察和对天文学、自然哲学的第一手研究,激发了他的科学好奇心。这样,通过修辞上的对立,拉伯雷描绘了一种教育理想,其与诡辩的头脑混乱状态正好相反。接下来,他用毕克罗寿战争的情节来确立哲人王的理想行为。

毕克罗寿战争是拉伯雷运用修辞到极致的最好例子之一。高朗古杰和高康大与毕克罗寿(Picrochole)及其部下的相反行为突出地表现了理性与混乱脑筋的区别。毕克罗寿是蛮不讲理的家伙。如高朗古杰所言,诽谤之心(l'esprit calumniateur)已经支配了他(《高康大》第32章)。他抛弃信义、公理、理性、人道和对上帝的敬畏(《高康大》第31章),而这些是其他指导原则的根据。他没有充分权衡形势就袭击了高朗古杰的领土和人民(《高康大》第28章)。毕克罗寿的极端、缺少控制的愤怒促发了他的行动。而且,正如可预料到的,在其最信任的顾问们的建议下,他怒火中烧。他们以马基雅维里的方式怂恿他们的王去做征服世界的美梦(《高康大》第33章)。与此类似,毕克罗寿的士兵也反映了他们首领的这种无限制的实利主义喜好。他的兵士迷信又胆小。他们的攻击没有计划,他们不经大脑就摧毁眼前的一切(《高康大》第35章)。想想他们的混乱行径,谁都不会奇怪,在他们的杰出对手高朗古杰和高康大沉着组织起来的秩序谨严、非常有效的防御面前,毕克罗寿理应落败(《高康大》第48章)。

高朗古杰不愿发动战争。他派使者到毕克罗寿那里(《高康大》第30–31章),试图赔偿被他的人强拿走的烧饼(《高康大》第32章)。但是,当所有争取和平的努力都失败后,他只好采取自卫战争来保护他的人民。他把高康大从巴黎召回,而二者的行动都体现了博爱原则。理性与节制引导他们击败毕克罗寿。宽宏与沉着决定了和平的实现。高康大安排受降事宜,他宽宥了所有曾追随毕克罗寿的人,还给他们一些钱和食物,让他们回家(《高康大》第50章)。这样,毕克罗寿原本计划给自己修建的纪念物成了高康大和他父亲的荣誉和仁慈的象征。为了纪念他们的胜利,拉伯雷让笔下的高康大建造特来美修道院。

特来美修道院象征了高康大的双性人理想。如同运用修辞的极致将诡辩术的混乱以及毕克罗寿式思想与建立在理性、节制和仁慈基础上的"新式"文艺复兴教育相对照,拉伯雷建立特来美修道院也是为了做对比。其对立面是使人呆滞、迟钝的修道院旧制度,以及那些被拉伯雷拒斥在特来美之外的死守教士等级制度的顽固派和假冒为善者。新秩序与其说是修道院，不如说是教育乌托邦。它构建一种理想的社会，年轻的男人和女人能够在这个社会里一起学习和玩耍，和谐无间。在内在荣誉准则的引导下，他们为共同的愿望而行动。他们的行为代表了理性、秩序、节制之典型教养，这些无疑启发了拉伯雷的博爱观。①

博爱与那些拉伯雷设定的相反的行为模式形成尖锐对比。虚伪、恶毒以及诡辩为理性让路。高康大的哲人王理想取代了封建秩序的顽固和迷信。体现博爱的个体的和谐与节制，在他领导的国家也成为现实。在这个国家的法律背后，在对个体的理性控制背后，起支撑作用并反映出的是神圣的理智法则。对拉伯雷来说，双性人就是这一法则的意象，这一意象所描绘的博爱既是神圣法则的反映，又是实现此法则的辩证方法。博爱不仅是人类尺度上的和谐，同时也是人与神之间对话的联结。庞大固埃草的象征和庞大固埃传说阐明了博爱的这个方面。

三　庞大固埃草：快感，嘲弄者的理想

庞大固埃草出现在第三卷书的末尾，联结了前三卷与最后两卷的旅行主题。它代表贤人庞大固埃的智慧，象征对自我认识的寻求。按照文艺复兴时期作家的传统，专门描写庞大固埃草的几个章节，提供了植物学和草药知识的百科全书式的概略。通过对庞大固埃草

---

① 比较 Festugière，《爱的哲学》（*Philosophie de l'amour*, Paris, 1941），页 41–53，以及 Edward F. Meylan，《柏拉图式爱欲概念的演变》（*L'évolution de la notion d'amour platonique*），见 *HR*, V, 1938, 页 419–432。

各个部分及其尺寸的详细描绘,拉伯雷详尽叙述了这种药草的外部特征。他讲述了应该如何及何时加工这种草。然后,他又列举了古代几种命名植物的方法。例如,有些用发现者的名字命名,如因从墨丘利(Mercury)而来的"迈尔古里草"。有些名字来自它们的原产地,还有些名字则标示了它们的性能或功效。接下来,拉伯雷再次回到庞大固埃草,指出这些给植物命名的方法为将这种草命名为庞大固埃提供了先例。

无论从外部尺寸还是从内在"功能和特性"来看,庞大固埃草都与它的同名之人相似:

> 因为,正如庞大固埃代表整个完善的欢乐的意识和模范一样……我认为庞大固埃草也具有同样性能、同样力量、同样完美、同样惊人的功效。(《巨人传》第三卷第51章)①

于是,就出现一个双重的象征手法。庞大固埃作为"整个完善的欢乐的意识和模范",寓含了高康大的"天上的快乐"与博爱两个方面。同样,庞大固埃草是庞大固埃的象征意象或显现,这当然不是就外观而是就内在本质而言。它不仅有很大的药用价值,而且可以用作制绳的纤维,也可以作为航海中发现新陆地的工具,作为知识的工具。它是磨制面包粉所必备的,同样,它也为精神食粮提供源泉:"用这种草,一切无形的物体,都可以在你目睹之下被抓住、捉住、擒住,像关进监牢里一样……"除了外观上像亚麻和大麻,这种药草也与石棉相似。无论它本身还是它所象征的真理都是火烧不坏的(《巨人传》第三卷第49—52章)。正如双性人描绘了

---

① [译按]本文所引《巨人传》原文的译文主要参考了成钰亭先生译本,《巨人传》,上海译文出版社,2003。

精神存在，庞大固埃草象征着庞大固埃主义，其特征是"一种蔑视身外事物的乐观主义"（《巨人传》第四卷前言）。但是，如果没有分析庞大固埃草所象征的矛盾哲学，我们就不能完全理解庞大固埃草的重要性。

这个定义的两个方面显然彼此矛盾。"乐观主义"明显不能与"蔑视身外事物"兼容。如果就其充分的廊下派形态来理解，"蔑视"意味着绝对的苦行和对世俗才能的完全否定。然而，这样的阐释与拉伯雷的精神相抵触，因此，我们必须拒绝。同样，我们检视一下《巨人传》第三卷中巴奴日（Panurge）职责，也会使对拉伯雷快乐主义的流行理解失效。

通过对照，拉伯雷对举了《巨人传》第三卷中庞大固埃的理想主义与巴奴日的实利主义态度。从《庞大固埃》（［译按］即《巨人传》第二卷）开始，巴奴日就持这一特有的机智和戏谑，并通过机敏的推理，将这种机智和戏谑用于颠覆宇宙论的和谐。如马里歇尔（Marichal）所言，巴奴日的负债与负债者颂词（《巨人传》第三卷第2-4章），是要讽刺斐奇诺对柏拉图之爱的评论。① 这篇颂词本身的确是滑稽的模仿。但是，将这篇颂词置于整个文本脉络来看，显然，拉伯雷的构想是把巴奴日对负债的称颂当作对世界和谐的讽刺性颠覆。

为了给自己古怪、不负责任的财政管理做辩解，巴奴日开始描绘行星之间失去相互依赖的宇宙。如果木星（朱庇特）和土星（农

---

① Marichal,《拉伯雷对新柏拉图主义的态度》（L'Attitude de Rabelais devant le Néoplatonisme），见 François Ralelais: Ouvrage publié pour le quatrième centenaire de sa mort 1533—1953, Droz, 1953, 页185-187；M. A. Screech,《对朋友之间争论的解释》（An Interpretation of the Querelle des Amyes），见 BHR, XXI, 1959, 页125-126。

神)之间的借贷链条被打断,整个有序的宇宙就会分崩离析。没有天体中贷方与借方组成的体系,金星(维纳斯)就会失去她的影响,不再受人尊敬,月亮将会只剩下黑暗一片,太阳也不再仁慈地光照大地。简言之,群星都不再有任何好的影响力。构成生命体的那些元素将结束它们的平衡状态。时间本身将停止规则运动。世界会变成一片混乱之地,到处只有变为妖魔的人,他们道德败坏、身体丑陋。与此同时,小宇宙(人本身)和占星学结构一样,会变成"可怕的混乱"。身体的不同器官和部位失去相互依赖与协作。头不肯借出眼睛来引导脚的行动,心脏不愿为其他器官供应血液,其他器官也反过来终止运转。大脑开始陷入幻觉,造成神经感觉的丧失和肌肉运动的停止。但是,一旦恢复债务,人们就可以畅想世界的和谐(《巨人传》第三卷第3-4章)。

　　巴奴日复杂地使用了柏拉图的语言。首先,他承认宇宙的秩序与和谐,并借助圣哲所用的传统意象表达。其次,他明白,个体和社会的"小宇宙"与天体和元素世界一样,一直都需要这种秩序。但是,尽管理解世界和谐的需要,他还是颠覆了神圣理智与博爱的原则。他用借贷系统代替了爱。虽然,通过巴奴日对实利主义的称颂,我们可以感觉到柏拉图和斐奇诺的和谐之爱(harmony-love),但他对欠债的赞扬确实颠覆了这个观念。他的描述与庞大固埃的描述形成强烈对比。

　　庞大固埃视巴奴日的巧妙颠覆为一种机智,但他还是谴责欠债是愚蠢而又疯狂的事情(《巨人传》第三卷第2章)。这个君主虽然在与他的小丑争论逗乐,但他引证了圣保罗的高尚精神的忠告:"不可亏欠人,唯有彼此相爱。"只有那些劳而无所得的人才可借贷。他仁慈地对过去一概不计,一笔勾销了巴奴日的债务。但巴奴日很顽固,他还想保留形式上的债务,只偿还利息。庞大固埃没有再用通情达理的观点——如实际的、道德的或神学上的理由——说服巴奴日。现在，庞大固埃必须坚定且权威地使用他的庄严君权与职责，以结束这场争辩。

庞大固埃的意见在于关注财富与蔑视财富之间显示出的基本两极。他在传达忠告时，提出一种对这一表面矛盾的确定性解决方式。有人会说，他要选择一种巴奴日能够理解的方式与之说理，因此，他开始时对财富持肯定态度。但这种观点是不对的，从拉伯雷对这个年轻巨人的理想的性格刻画中，我们不能合乎逻辑地推出这一点。更准确地说，庞大固埃的观点呈现出依据哲学辩证法的两个极端（extreme）的二元性。正如这个象征是通过它所包含的东西来与其最终目的发生关联的，物质的东西也体现精神的东西。身体与精神这两极并非二元对立。人重新创造了世界，这样的人站在上帝与万物的中间点，是既包含高级理念又处于低级物质世界的人，是表现出基督之救赎人性的人。从而，他实现了世界的救赎和辩证对立面的统一。因此，世界与身体获得了新的意义，它们本身不再是败坏的。尽管它们仍然是两极分离的，但是在崭新的文艺复兴的拯救观念中，它们共有了这种辩证法的极端的关系。①

因此，"蔑视身外事物"并不意味着蔑视世俗事物。更准确地说，这是一种温和的廊下派态度，对世俗事物并非绝对的漠不关心。例如，财富本身不是坏东西。与世界的其他东西一样，财富自有其价值。因此，对庞大固埃而言，财富可以是好东西。他没有一门心

---

① 卡西尔（Cassirer），《文艺复兴时期哲学中的个体与宇宙》（*Individual and the Cosmos in Renaissance Philosophy*，New York，1964），页24-32、62-71。关于文艺复兴时期对待财富的态度的讨论，见 Hans Baron，《人文主义思想上升阶段圣方济各会的贫穷和市民的富有》（Franciscan Poverty and Civic Wealth as Factors in the Rise of Humanistic Thought），见 *Speculum*，XIII，1938，页1-37。

思关心钱财，但他以正确的态度接受它们。另外，巴奴日对感官欲望的放纵不是犯了贪婪之罪，而是与贪婪有关的浪费之罪。① 由于放纵，他颠转了基本的德性，以实利主义取代了精神品德。放债之后对偿还的期待取代了神学上的美德（信仰与希望），还被当作人际交往关系的基础。对他来说，博爱不是彼此相爱，而是大量给予，然后纵情沉溺于感官享受。巴奴日用建立在高利贷基础上的借贷系统歪曲了世界的神圣和谐与秩序。因为，正如他所言，高利贷致力于无中生有。同样清楚的是，在拉伯雷看来，高利贷颠覆了社会勤勉的秩序。拉伯雷并没有谴责当个人努力失败时仁慈的借贷，但高利贷对他来说是一种堕落，建立在高利贷之上的社会结构混乱而又放纵。② 在世界和谐的语境中，放纵和混乱肇因于感官欲望的统治超过了理性。这种统治反过来表明了快感与兽性的对立，卡斯台尔体现了这种兽性。

拉伯雷称之为第一个"人间技艺大师"的是卡斯台尔大师，而不是爱。③ 卡斯台尔大师专横地发号施令，接受来自全世界的尊敬和服从。他得到的尊重之隆盛，甚至超过国王、皇帝乃至教皇。他不听从任何人。他的手势表明其顽固执拗，表明他的身体表现以及他在这个智力星球上缺乏交流的能力。他最微不足道的奇思怪想，人人也都服从，人人都努力为他服务。为奖励大家，他创造了"各种技术、各种机构、各种行业、各种工艺和技巧"。但他不仅仅把技艺

---

① 比较但丁，《神曲·地狱篇》(*Inferno*, Canto Ⅶ, *The Divine Comedy*, New York, 1961)，John D. Sinclair 编译，Ⅰ，页 98 - 105，以及 Sinclair 的注疏，页 106 - 108。

② 比较但丁，《神曲·地狱篇》，前揭，ⅩⅣ，ⅩⅦ，Ⅰ，页 180 - 187，页 214 - 221，以及 Sinclair 的注疏，页 189 - 191，页 222 - 224。

③ 比较斐奇诺，《柏拉图〈会饮〉义疏》，前揭，Ⅲ，ⅲ，页 163，Ⅴ，ⅷ，页 198；Marichal，《拉伯雷对新柏拉图主义的态度》，前揭，页 186；Screech，《对朋友之间争论的解释》，前揭，页 127 - 129。

和影响局限于人类社会。在一篇冗长的陈述中，夹着响亮的讽刺语——"这一切都是为了饥肠啊！"拉伯雷列举了卡斯台尔驯服野兽，使野兽顺从自己意志的方法。

这篇列举是个很好的例子，说明了拉伯雷是个擅长采取系列讽刺笔法的文学大师。他开始列举具有学习人类语言天赋的鸟类，如乌鸦、喜鹊。然后，他增加了食肉鸟类，包括鹰和隼。卡斯台尔驯养它们，并允许它们回到自由的自然环境或者按他的要求落到地面。如果没有地上的兽和海里的鱼，那么，他的动物展览就不完整。在列举它们时，拉伯雷首先列举了更高贵的动物，如大象和狮子。然后增加了熊、马和狗。接下来列举鱼类时，他转向巨鲸和海怪。最后，他举出陆地上最凶猛的野兽——豺狼、熊罴、狐狸和蛇蜥——来完成这篇列举。"这一切都是为了饥肠啊！"

那句在拉伯雷的冗长叙述中不断出现的话（［译按］即"这一切都是为了饥肠啊！"），提醒我们注意，卡斯台尔凭靠控制食物来制服并训练动物。动物们离开合适的自然环境和天然的栖息地，学习说话、捕猎、跳舞、东奔西跑，这都是因为它们明白这样会得到酬报。正如列举过程是从最温顺的鸟类到地上及海里最凶猛和恐怖的野兽，这些动物学习的行为也存在类似的对比。开始是最具人类习惯特性的行为——说话，而拉伯雷结束列举时提到了汉尼拔，这暗示训练动物是为了人类之间破坏性的战争。卡斯台尔训练的最恐怖的野兽是人，像卡斯台尔一样贪得无厌的人。（《巨人传》第四卷第57章）"这一切都是为了饥肠啊！"

拉伯雷把将卡斯台尔奉若神明的追随者分为两种，即腹语者与崇拜肚子的人。第一种人是口技表演者。他们是行妖术的人、占卜者，不用嘴说话，而从腹内说话，利用人们的迷信和单纯来达到自己的目的。崇拜肚子的人是"游手好闲，什么也不做，什么也不干，是世界上的累赘和无用的负担"。拉伯雷用了两章,通过描述他们供奉的膳食——列出包含最奇异菜肴的菜单——来刻画他们的实利主义。(《巨人传》第四卷第 58–60 章)"这一切都是为了饥肠啊!"

跟庞大固埃一样,拉伯雷认为卡斯台尔的这些崇拜者都"极其遭人愤恨"(en grande abhomination)。他把他们比作波里菲莫斯(Polyphemus),欧里庇得斯曾叫波里菲莫斯说过这样的话:"我只供奉我自己(决不供奉神)和我自己的肚子,我的肚子就是神灵中最大的神!"(《巨人传》第四卷第 58 章)。这样,卡斯台尔表面看来是自爱的(self-love),这一点正是拉伯雷所憎恶的,因为自恋(philautia)导致盲目的兽性。① 作为"艺术大师"的卡斯台尔也表现出兽性,这是爱的最低层面。他使医学、占星术和数学成为能够自我获得的知识。在他手上,秩序变成了混乱、战争与抗战、大规模的破坏、抢掠和屠杀。拉伯雷对卡斯台尔的技艺和科学成就的列举与其动物展览的过程相似。

拉伯雷从卡斯台尔较为实用的成就开始讲起:耕种田地,使土地产生粮食,医学,占星术,发明武器,即时保卫粮食,以及与之相关的算术,用来长期抵御天气的腐蚀、蛀虫的灾害和盗贼的偷窃。为了加工小麦,他发明了风磨和类似的装置,还有酵母、盐、火和计时器。粮食供应不足时,他发明了运输粮食的方法,生产能载重的杂交牲畜、车辆和舟船。卡斯台尔掌握知识的能力无限,他学会了控制天气,避免风暴打坏粮食。他建造城镇和堡垒以确保他自己以及他的食品供应的安全。在这些保护措施之外,他又制造了各种军事装备。但他已不再满足于维持自己的安全。于是,他发明了摧

---

① 比较拉伯雷与蒂哈克瓦(Tiraqueau)的一致,见《诗集》(Œuvres poétiques),Boulenger 编,页 976、979。

毁城市和防御工事的方法和装备。拉伯雷开始列举的卡斯台尔的那些技艺，代表了人类走向文明的典型历史，而结束时提到的那些发明又摧毁了文明。他的发明从谷物、人类的主食，发展到蛇形恐怖的大炮（《巨人传》第四卷第 61-62 章）。

在列举卡斯台尔的可疑成就的结尾，拉伯雷加上了讽刺之语。正如这段情节最后一章的标题（"卡斯台尔怎样发明避炮法"）所表明的，卡斯台尔的最高成就是保存自己以抵御自己造成的混乱暴力。他发明了一种方法，能够使炮弹停在半空并返回到开炮的敌人那里。但是，拉伯雷暗中忽略了这个发明的真实性，因为他将此发明与一系列来自古代传说中空想世界的同样不可能的事情进行对比。卡斯台尔这种实利主义世界的"实在性"，消失在奇异空想的不可能性中。拉伯雷以毕达哥拉斯方式对公鸡啼鸣进行寓意解读，借此表明，他把这个表象之域放置于精神的实在的对立面上（《巨人传》第四卷第 62 章）。拉伯雷从物质的紊乱返回音乐和精神的和谐，以爱（amor）对抗兽性。然而，他并没有暗示任何一种禁欲主义来作为卡斯台尔实利主义的替代品。正如庞大固埃的例子表明财富本身并不邪恶一样，拉伯雷在作品中给予食物和酒颇重要的地位。食物和酒的象征是，必须建立以博爱为基础的快乐社会。这样，博爱本身就具有了快感的含义。

要研究拉伯雷的快感就必然需要考察乐观精神（gayeté d'esprit），但庞大固埃主义的这个方面我们还未探究。把乐观主义这样的词语与拉伯雷联系起来一点也不困难，因为拉伯雷最负盛名的就是他的幽默感。不过，拉伯雷之笑的范围如果没有得到正确的理解，就会导致肤浅的解释。停留在表面当然不够，因为拉伯雷邀请他的读者越过好幽默的表面乐趣，不仅要发现它的缘由，还要发现人类能够达到的终极快乐。我们已经看到快乐与绝对的感官享乐主义相对立，还需要研究的是作为幽默、作为玩笑、作为游戏、作为沉思的快乐（gayeté）。① 这个词语确实指出了快乐的意义等级。

拉伯雷的快乐所隐含的幽默暗示表明，它本身以多种多样的方式来刻画人物。② 但是，无论是作为微妙的语词游戏，还是作为社会讽刺文学的毫不留情的讽刺性颠覆，拉伯雷的幽默总是弥漫着游戏感。拉伯雷构想的巨人奇异世界，完全笼罩在居住其中的生灵的游戏之中。在拉伯雷的文学作品中，较为严肃的讽喻象征与最粗俗的色情内容一样，都有一种潜在的游戏意味。这种游戏本身的基础是辩证法的两个极端（extreme），下文以两个色情幽默为例，略做考察。

第一个例子由巴奴日讲述，是关于一个巴黎聋哑女子的轶事。她误会了一个男人的手势，这个男人其实是要问路，她却以为是性邀请。于是，她立刻把他带回家，让他把"这令人快活的把戏"看个清楚。这个例子首先具有语言学上的重要性，因为拉伯雷通过这个故事表明，他将做爱的前戏当作游戏。③ 同样，巴奴日追求巴黎夫人的情节（《巨人传》第二卷第 21 – 22 章）是双重游戏的极佳例子。首先，巴奴日的精心准备、他的直截了当的方法以及他对流行的彼得拉克/柏拉图语言的使用，都显示出爱的游戏层面。他的报复是使这位夫人的衣服沾满发情期母狗的味道，这表明拉伯雷是把这

---

① 赫伊津哈（Johan Huizinga）的评论《游戏的人：文化中游戏成分的研究》（Homo ludens: A study of the Play – Element in Culture, Boston, 1962；[译按] 中译参何道宽译，广州：花城出版社，2007）对游戏有大量讨论。这里最好重提一下赫伊津哈对游戏的定义："游戏是一种在限定的时间和地点内自发自愿的活动或消遣。它根据自由接受但又得绝对遵守的规则。它自身有目标，并且伴随着紧张、快乐的感觉以及'与平常生活不同'的意识。"（页 28）亦见他的评论："没人比拉伯雷更富于游戏性——他是游戏精神的化身。"（页 181）

② Marcel Tetel 的《拉伯雷喜剧研究》（Etude sur le comique de Rabelais, Florence, 1964）是对拉伯雷式幽默的不错的导论性研究。

③ 赫伊津哈，《游戏的人》，前揭，页 43。

个情节构想为对温文尔雅的彼得拉克主义者或柏拉图主义者的讽刺性颠转和戏仿。拉伯雷的戏耍之处在于，这位夫人表面上优雅而有教养，但实际上根本不是淑女。在表面与实际的文学游戏的背后，我们看到了对立面的辩证法。同样，在性爱游戏的背后也有一个对话体的对立（a dialogic opposition）。

赫伊津哈（Huizinga）已经指出，性爱游戏体现了宇宙间竞争的（agonic）二元性（页53-63）。这是男性法则与女性法则之间的较量，对于拉伯雷和他所处的时代而言，这种较量是大宇宙和小宇宙秩序的基础。拉伯雷以男性太阳（理性）支配女性月亮（激情）的传统象征来表现这种较量。例如，他笔下的约翰修士这样形容一个少女：身披日头，脚踏银色新月（《巨人传》第五卷第34章）。还有一种特别的游戏——对棋式芭蕾舞——也是如此，他让黄色方战胜银色方（《巨人传》第五卷第24-25章）。这一象征性的竞赛通过理性与激情的对立指向对立面辩证的一系列极致。此辩证法不仅是游戏的表现，而且，在最高的意义上，正如对快感的考察将会表明的，它就是游戏本身。

庞大固埃式乐观主义的愉悦与拉伯雷按照亚里士多德而定义的"人类特有的"笑有着紧密的关联。① 笑，无论以怎样的形式呈现，都是游戏的标志。在拉伯雷那里，笑通常与宴饮（conviviality）相连，宴饮提供了语词本身的愉快互换或才智交往和哲学对话的乐趣。笑源自物质享乐（matieres joyeuses），拉伯雷将物质享乐归属于乐观派（gayete de cueur）的本义层次。笑可以是高康大式双性人的天上

---

① 亚里士多德，《动物的构造》（*Parts of Animals*），Ⅲ，x，673a；Rabelais，《高康大》，"致读者"，Ⅱ.10-11；见Plattard版，卷Ⅰ，页2和注释7。亦见赫伊津哈，《游戏的人》，前揭，页6。

快乐的标志,同样也可以是冥思神瓶之快乐(joyeusete)的标志(《巨人传》第五卷第34-44章)。无论怎样,笑都与庞大固埃式的博爱和智慧分不开。

拉伯雷将庞大固埃塑造为贤哲,这从《巨人传》第三卷的第一章开始就很清楚了。在那一章,拉伯雷将民间传说和《庞大固埃》中爱搞恶作剧的巨人转换成一个哲人王。通过展现渴人国战争和与之类似的毕克罗寿战争的结局,拉伯雷不仅要指明前两部的主题相似,而且,更重要的是,他要指出高康大与庞大固埃在本质上的一致。拉伯雷强调了庞大固埃对待被征服的渴人国人时仁慈的一面。然后,他又给此仁慈君主的意象增加了一个新的维度,他把庞大固埃描写为一个天使、一个英雄和一个精灵(a daimond),就像阿尔喀比亚德形容苏格拉底一样。

拉伯雷给博爱增加的这个维度,其实隐含在柏拉图的哲人观中。作为居间之爱化身(the intermediary Love)的苏格拉底达到了人的最高目标——沉思。沉思是美—爱—快感这三体合一的完成,对此,斐奇诺的《义疏》写道:

> 这唯一的圆环,从神到世界,从世界到神,它有三重名称。就其来自于神并为神所吸引而言,这个圆环叫美;就其穿过这个世界,并为这个世界所迷恋而言,它叫爱;就其返回源头,返回神和他的创造而言,我们称其为快乐。

受《王制》哲学文脉的启发,勒卡龙(Louis Le Caron)在自己记述的拉伯雷对话中,传达出更高的精神之快感与沉思的关系。

在勒卡龙的有柏拉图主义倾向的散文《对话》(1556年)中,有一句"瓦尔东啊,精神的宁静或最高的善"。勒卡龙记述的是拉伯雷与瓦尔东(勒卡龙的叔叔)和科特洛(Cotereau)的对话。拉伯雷否认自己属于伊壁鸠鲁派或其他任何派别。他声明了这样的原则："许多事情都引起他最终、最大的快乐，这些快乐也正是他的希望。"拉伯雷继续指出，真正的快感（volupté，即精神的快感）是由与人类三种精神相对应的三种快感之间的和谐构成的。最高的快感是导向真理的快感。与斐奇诺的天上之爱相对应，正是这种快感支配另两种快感，而且将和谐与节制灌输给人。这更高的快乐的开端与结局是"对神圣事物、对最卓越事物的认识，是对其自身责任以及对按照人之完美本性使其快乐的事物的认识"。①

不论是像潘维尔（Pinvert）那样，把这篇对话当作对拉伯雷之言的可靠解释，②还是如葛列弗（Marcel de Grève）一般，似乎以此评判拉伯雷的哲学兴趣，③明白无疑的是，拉伯雷在自己的小说和这篇对话中表达的思想都没有本质的差异。"瓦尔东，精神的宁静或最高的善"是对伊壁鸠鲁和皮科的正确解释，恰当概括了隐含在旅行主题和神瓶象征中的拉伯雷思想。④因为人类能够达到的终极快乐是沉思和"对神圣事物"的认识。

不过，沉思本身对拉伯雷而言并不是终点。正如人的爱情导向

---

① Lucien Pinvert，《由夏昂达记录的一次拉伯雷哲学会谈》(1556)（Un entretien philosophique de Rabelais rapporté par Charondas）见 RER，Ⅰ，1903年，页193-199。

② 参 Pinvert，《哲学会谈》，前揭，页193；另参《路易斯·勒卡龙，绰号夏昂达（1536—1613）》（Louis Le Caron, dit Charondas [1536—1613]），见 Revue de la Ranaissance，Ⅱ，1902，页5。

③ Marcel de Greve，《十六世纪的拉伯雷解释》（L'Interprétation de Rabelais au XVIe siècle，Droz，1961），页133-135。

④ 见 D. C. Allen，《伊壁鸠鲁及其快乐学说在文艺复兴早期的复兴》（The Rehabilitation of Epicurus and His Theory of Pleasure in the Early Renaissance），见 Studies in Philology，XLI，1994，页1-15。

生殖和肉体的不朽,对真理与知识的爱伴随教和写的欲求以保证一种对哲人而言的确定理智的不朽。① 这样,斐奇诺将实践生活与沉思生活结合起来。拉伯雷则反过来强调了哲人的实践角色,巴布对即将离开的访问者所做的祝福即是一例:

> 朋友们,在这个我们称作天主的智力的圆球的佑护之下——它的中心无所不在,它的周围无边无缘——现在你们可以走了。回到你们的故乡之后,要证实伟大的财富和神奇的事情都在地下。(《巨人传》第五卷第47章)。

这样,源自上帝又回到上帝的爱的形而上学循环,就在人类经验的层次上有其可相比拟之物。

沉思和阐释都是拉伯雷辩证法的组成部分。对神圣智慧的爱是人类的终极实现。虽然在某种意义上,如《王制》中的苏格拉底所言,对智慧的追求包含哲学的辩证法,但辩证法的特征则在于无法界定(《王制》531d–535a)。沉思是一种直觉体验,在柏拉图的意义上,它包含人的那些超越人类本性的才能。实际上,快感辩证地联结神和人。沉思是在人与神的游戏中表达自身的终极辩证法。正如埃克哈特大师在一次布道时所指出的:"上帝在善行中游戏和欢笑。"② 通过基督的人性,造物者与被造物之间的紧张被缓和,人回到他的源头。通过爱,他在上帝中完成了自己;通过爱,他回到了世界。对知识的爱在沉思中通向上帝,又积极地回到世界,如爱(agapé)。"上帝:万

---

① 斐奇诺,《柏拉图〈会饮〉义疏》,前揭,Ⅵ,xi,页223–225。
② Eckhart,《埃克哈特大师文集》(*Meister Eckhart*, New York, London, 1941),Raymond Bernard Blakney 译,页143–145,以及书中《传说》(Legends)部分,页251,有相似内容。

物∶上帝"的关系被认为是有力的,而"人∶上帝∶人"的关系则在"人∶人"以及"小宇宙∶大宇宙"的关系中表达出自身。哲人必须解释他沉思的景象,向人们讲授他自身以及他同其他人、同世界、同上帝的关系。哲人通过神话和象征来完成这个解释的任务。

在拉伯雷和柏拉图看来,对直觉的沉思经验进行哲学解释是不可能的。人类无法用理性的语词表达超越理性推理的东西。哲人不能描述他的绝对真理的景象,因而,他必须变成诗人。他必须通过想象,另外创造一个恰恰象征真实世界的非真实世界。通过意象、神话和讽喻,他才能接近直觉的辩证景象。他通过诗歌形式的对话进行游戏。① 他以沉思和实践实现博爱,其间,他与上帝和人一起游戏。通过辩证游戏,他完成了两极间的联结。在博爱和庞大固埃主义——在与双性人以及庞大固埃草有关的讽喻神话中得到诗意的表现——之中,拉伯雷找到了这种辩证法理想最充分的表达。

总而言之,拉伯雷笔下所有意象和象征的表象与实质的游戏,都基于对立统一的柏拉图式辩证法。拉伯雷的讽喻神话表现了该辩证法及其背后的游戏。象征和神话成为沟通绝对真理(理念)之域与现象(形式)世界的桥梁。哲人在沉思神圣本体的过程中达到人类最高目的,他通过诗意地表达他的直觉景象,游戏于理智与物质的张力之间。在拉伯雷的作品中,高康大和庞大固埃的神话传达了他们的创作者的博爱理想。反过来,爱,不仅作为上帝与人以及全体造物的联结,而且是人的终极实现。对立面的辩证法不仅是拉伯雷的文学表达手法,而且是他的理想。

---

① 参 Ludwig Edelstein,《柏拉图哲学中神话的功能》(The Function of the Myth in Plato's Philosophy),见 *Journal of the History of Ideas*, X, 1949, 页 464 - 473, 以及赫伊津哈,《游戏的人》, 前揭, 页 105 - 172。

拉伯雷与廊下派笔法

纳什(Jerry C. Nash) 著

唐俊峰 译

廊下派(Stoic)在拉伯雷作品中的影响越来越引起学界注意。有些学者认为,拉伯雷基于廊下派的一元论和它的普世性设计出了一套身体理论,他们通过这一点来阐释廊下派在拉伯雷思想中的重要性。① 另外一些学者认为,廊下派给法国人文主义者提供了庞大固埃主义的概念,拉伯雷对"偶然事件的轻视"(mépris des choses fortuites),是廊下派理论对于永恒事物的漠视的某种再现。② 所以,他

---

① 见如下研究:洛特(Georges Lote),《拉伯雷的生平与著作》(*La Vie et l'oeuvre de François Rabelais*, Paris: E. Droz, 1938),尤其见页 237 – 255; N. H. Clement,《拉伯雷的折衷主义》(The Eclecticism of Rabelais, *PMLA*, XII, 1927),尤其见页 378 – 380。

② Emile Faguet,《十六世纪文学研究》(*Seizième siècle, études littéraires*, Paris, 1894),尤其见页 100 – 107; A. J. Krailsheimer,《拉伯雷与方济各会》(*Rabelais and Franciscans*, Oxford: Clarendon Press, 1963),页 202;斯格里奇(M. A. Screech),《拉伯雷式的婚姻》(*The Rabelaisian Marriage*, London, 1958),页 13。

们认为，拉伯雷对廊下派的研究只是某个阶段的一种调和论（syncretism），他将廊下派的理论同化并从属于新教福音派（Evangelical）对于身体理论的定义：廊下派的漠视对应保罗所谓的荒唐，［独特的］潘则对应基督意象，而人的责任就是强迫自己的意愿服从于神的意志，诸如此类。① 这样，对第一类解释来说，廊下派造成了高度技术化的影响，拉伯雷甚至对此进行了科学性的应用；如果按照后一种说法，根据拉伯雷对新教基督教的观点，在更大的关注视野中，廊下派就沦为一种次要的理论。

对于以上两种解释，难有定论，我想提出廊下派在拉伯雷作品中的第三个维度，即纯粹属于道德和文学上的影响。在不降低道德意义的前提下，我想着重谈一下廊下派在五卷作品作为一个整体的《巨人传》中的重要性。拙作所关注的拉伯雷，既不是自然哲人也不是神学家，而是人文主义者（humanist）阵营中的一个文学家。② 他继承的遗产既不来自提雅尔（Pontus de Tyard），也没有来自加尔文（Calvin），他是文学的天才。他选择小说这种面向大众的文体，而不是体现抽象理论的哲学论文。可以肯定，审美性与观念性作品差别

---

① Screech，《〈巨人传〉第四卷中潘的死亡与英雄之死》（The Death of Pan and the Death of Heros in Rabelais's Fourth Book，载 *Bibliothèque d'Humanisme et Renaissance*，XVII，1955），页36 – 55；《拉伯雷宗教思想中的廊下派成分》（Some Stoic Elements in Rabelais's Religious Thought，载 *Etudes rabelaisiennes*，I，1956），页73 – 97。尽管很多研究者都提到了拉伯雷作品中的廊下派成分，但只有 Screech 教授比较深入地讨论了这个问题。他的研究成果对本文影响很大，这一点在后文中将有明确体现。

② 在这一点上，Zanta 的观点很有见地："在廊下派的复兴者中，我们不能指望纯粹的哲学家来使这种古老的思想复活，而更多地需要依靠文学家和人文主义者。"见 Léontine Zanta，《廊下派在16世纪的复兴》（*La renaissance du stoicisme au XVIe siècle*，Paris，Champion，1914），页50。

巨大，五卷《巨人传》(*Gargantua et Pantagruel*) 与提雅尔的《哲学论文》(*Discours philosophiques*) 和加尔文的《基督教的体制》(*Institution chrétienne*) 之间自然存在巨大的区别。另外，拉伯雷的思想受到人文主义的重要影响，而人文主义最不感兴趣的就是抽象哲学或宗教领域。① 我认为，拉伯雷作为一名人文主义作家，首要关注的是人的文明教化之举、人的潜能，以及人的道德能力与知性完美。这是拉伯雷诗化使用庞大固埃草（herb Pantagruelion）所明确表达的意思，这种植物正是他个性化的庞大固埃主义哲学的原型。② 《巨人传》五卷书的主要情节中都直接指向人类的发展与进步，比如：特来美（Thélème）修道院描绘了人们现实世界中所向往的完美道德，而不是一个宗教机构；在高康大的著名信件中，他最希望的是看到

---

① Kristeller 对这个问题的如下澄清很有意义："在所有人文主义者那里，以及受到人文主义背景影响的学者那里，普遍具有的思想包括，对于哲学和历史进行批判的某种方法，以及某种理想的文学风格；此外，对于古典时代的无限向往、不公正地看待中世纪、对于学术与文艺（literature）的迫切复兴，历史的观点容易将这三者结合起来看待问题；对于人或人性的根本关注首先是一个道德问题。"见《最近 20 年对于文艺复兴人文主义的研究》（Studies on Renaissance with Humanism during the Last Twenty Years），载《文艺复兴研究》(*Studies in the Renaissance*, ix, 1962)，页 17。按照人文主义思想中的这些特点，我将拉伯雷作为人文主义者来看待。Krailsheimer 随后补充道："在德国和法国、西班牙和英格兰，都有一大批人文主义者，他们关注学术和文学，而对基督教的忏悔和神学不感兴趣，这里面还不包括无神论者和异教徒。"（页 20）人文主义者纯粹的世俗兴趣，以及受到这种思想影响的更加广泛的讨论，可以参见 Krailsheimer 的《文艺复兴人文主义的道德思想》(*Renaissance Though*, New York, 1965) 第二章，页 20 - 68。

② 拉伯雷甚至写到对于庞大固埃草的潜力，即人的潜力，神都感到不安。拉伯雷，《巨人传》，成钰亭译，上海译文出版社，1990 年 8 月版，第三卷，第 51 章，646 页。[译按] 本文所引拉伯雷中译文，如无特别说明，全部根据成钰亭先生译文。下文所引的《巨人传》页码，包括夹注中的原书页码，皆指此汉译本页码。

庞大固埃成为"知识的渊薮"（abysme de science）；最终，对于一直期盼的神瓶启示，第五卷中来自祭司巴布（Bacbuc）的答案是"喝"（Trinch），她解释说，那意味着人必须为了自己行动起来，"因为它有能力使人的灵魂充满真理、知识和学问"。（《巨人传》第五卷第45章，页1096）① 拉伯雷对人采取一种完全信任态度，这种实用主义（pragmatism）精神在洛特（Georges Lote）对拉伯雷谜诗（Rabelaisian enigma）的解释中已有端倪："他（人）不需要飞上天空，而仅仅依靠自己，依靠和自己一样的人类，依靠在地上所见之物，只要正确使用自己的才智，就能够获得好运……他的命运一直掌握在自己手中；人就是人。"②

拉伯雷舍弃了抽象的原则，转向了一种更宽广、更现实、更人性化的思想，转向道德哲学，而对他的道德哲学来说，最有意义的莫过于人物性格的发展和日常生活行为规范的建立。事实上，在回

---

① 在拉伯雷研究中，《巨人传》第五卷的作者问题一直存在争议。它到底是不是拉伯雷的作品？拉伯雷写了第五卷的一部分而不是整个第五卷？著名的拉伯雷"专家"Screech、Alfred Glauser和Marcel Tetel在他们的研究中都将第五卷排除在外。其他人如Krailsheimer、Thomas M. Greene和V. - L. Saulnier则在他们的研究中综合了上述观点。我认为，大体而言，我们应该承认第五卷某些部分是可信的，本文中对于可信部分的观点予以采用。克莱芒（Clement）在《拉伯雷的折衷主义》（*The Eclecticism of Rabelais*）中已经对作者问题进行了讨论，得出了如下结论，我支持他的观点。他将第五卷分成三个部分：1 - 15章；16 - 29章；30 - 43章。克莱芒认为拉伯雷创作了第一和第三部分，第二部分的定稿是其他人在拉伯雷草稿的基础上整理的。我想在目前对第五卷研究的基础上补充一点。按照廊下派这个独特的视角，在第一卷到第四卷与第五卷之间，有一种主题的深化。我稍后会指出，拉伯雷在前几卷介绍的某个廊下派主题，会在最后一卷再次得到强调。这一主题的重申保持了五卷作品思想的连贯性，这可能进一步支持第五卷是拉伯雷作品的观点。

② 洛特，《拉伯雷的生平与著作》，前揭，页255。

归古代经典的过程中，拉伯雷最感兴趣的似乎是道德哲学或伦理学；对于廊下派所坚持的人的道德价值，以及人能够在道德上达到完美的乐观主义，他尤其关注。法国16世纪的作家经常强调这种信念。"她（道德哲学）是为了达到至善的目标，而不是按照（柏拉图）学派的说法，树立起一座遥不可及的山峰……她是可接近、可掌握的，如同居住在平坦的地面之上。"（蒙田，《随笔集》，卷一，26）拉伯雷接受了人可以获得幸福的乐观主义精神，幸福可以通过美德与完美的品行实现。这一理念是高康大给庞大固埃的书信的主题：

> 我现在写信给你，并不是强迫你非照这样有道德的方式去生活不可，而是愿意你这样生活，并且如果这样生活，使你感到喜悦，将来你会更振作起精神来……为此，我的孩子，我劝你把青春好好地用在学业和品德上。（《巨人传》第二卷第8章，页269-271）

可以肯定，当拉伯雷依据廊下派思想来进行道德教育和讨论时，没有威胁到基督教伦理，因为他不想用塞内卡（Seneca）和爱比克泰德（Epictetus）的伦理观替代基督教伦理。他的目标只是为了支持和重新强调古代廊下派的基本宗旨，即人有能力和义务为了道德上的完美与幸福而奋斗。拉伯雷在其小说的道德主题上仅仅是为了强调人的实践行为，而不是其他一些关于人性的深奥主题。

在这些介绍词后，我想现在可以提出本文的旨趣所在。我想借助所谓的角色分析，阐明拉伯雷道德思想中的廊下派主题。我想要揭示，拉伯雷如何通过主角庞大固埃和配角巴奴日的想法以及他们的具体行为将复杂的廊下派道德理念呈诸读者。拉伯雷选择了文学的手法，以讲故事的方式来体现他对于人类行为思考的答案。事实上，拉伯雷独特的叙事方式促成了作品的思想深度与艺术性。这种叙事方式完全是文学现实主义（realism）的手法——人物的塑造占据着绝大部分篇幅，它不同于哲学论文的说教形式。拉伯雷采用的叙事形式摆脱了抽象严肃的哲学理论，而将鲜活的体验融入具体情节之中。尽管廊下派的文献体现了一种质朴的道德，但它主要是通过拥有美德的智者（Sage）的言行来体现其思想。我相信拉伯雷通过角色的描写（与对比），进一步强化了廊下派道德的力量，而且这种艺术的手法更容易为人接受。

斯格里奇（Screech）教授关于拉伯雷宗教思想的廊下派因素的讨论认为，通过笔下人物的刻画，拉伯雷完成了从哲学理论到具体行为的转化。我们有必要在此将这种观点介绍一下：

> 我们有理由推测，《巨人传》第三卷和第四卷的主角，可能也包括第一卷的主角，所持的观念就来自廊下派关于智慧之人（Wise Man）的理想定义。在拉伯雷的时代，庞大固埃可能被视为更接近于展现哲学的理念，而非宗教观念。拉伯雷就遇到过这种异议，因为有人明确地将他描述成一个坚定的新教徒。然而，不断支配着他笔下角色的，不是一种热切的基督教的博爱（caritas），而是一种超然的高傲，一种 $ἀπάθεια$，更像廊下派，而非基督教。①

在《巨人传》第二卷开篇，庞大固埃就通过自己的行动树立起了一个智者的榜样，这是对于他一直拥护的崇高的廊下派道德哲学的证成。从幼年庞大固埃到成年庞大固埃，他由一个野蛮的巨人成长为一个德才兼备者，这一惊人的转变就是为作者所要表达的主旨做一个铺垫。庞大固埃个人性格中最显著的特点，体现在他道德向

---

① 《拉伯雷宗教思想中的廊下派成分》，前揭，页75。

善的进步过程中。庞大固埃的父亲高康大向儿子提出了这个需要一生来完成的课题,并希望他达成父亲的愿望。高康大在给庞大固埃的信中,希望儿子能够努力成为"一个十全十美、毫无缺陷的人,不管在品行、道德、才智方面,还是在丰富的实际知识方面"(《巨人传》第二卷第 8 章,页 269 – 270)。我们可以确定,庞大固埃意识到了这种完美道德。如高康大告诉我们的,他的儿子已经在朝这个方向发展,他的性格已经非常"坚强与犀利"(infatigable et strident)。超然于现实事物(external events)与严肃文化,这是庞大固埃早期性格的显著特征,他正是由这样的性格成长为廊下派的完善之人。他后来成为一个谦和沉稳、行为端庄的人类典范。庞大固埃最初的性格是这样的:"庞大固埃对什么事都感兴趣,我敢说,在这一手杖距离之内,他真称得起是最可人意的小好人。"(第二卷第 31 章,页 400)。最后,在对第二卷进行总结时,拉伯雷向读者保证,在第三卷讲述庞大固埃的历险过程时,读者将不仅看到庞大固埃如何获得真正智慧,而且将看到他如何从其中受益:"本书的续篇,不久在法兰克福的集会上就可以见到,那时你们将会看到:……庞大固埃怎样找到点金石,怎样找到的,以及怎样个用法……"(第二卷第 34 章,页 411)。①

庞大固埃对现实事物的超然,无疑也是他在第三卷和第四卷中的性格特征之一。这意味着,拉伯雷认为庞大固埃获得了某种持久

---

① [译按]第二卷是《巨人传》最早成书的一部,在 1532 年初版时,原为第一部,1542 年再版时,才改为第二卷。因此,作者所说后面的情节应不单独指第三卷。或者我们可以推测,目前全集版《巨人传》的第一卷《高康大》原不在拉伯雷最初的写作计划中,可以把其看作整体的二、三、四、五卷书的一个前传,因为按照拉伯雷在第二卷第 34 章中所预告的情节,并没有涉及高康大的内容。

稳定的内在品质，这种品质可以指向真正的智慧与知识。只有超越了焦虑、不确定和恐惧，才能达到这一境界，这代表了一种道德和智力上的进步。外表上的平静，实际上是由于内在灵魂的冷静和平和，廊下派式的气定神闲（ataraxia）为庞大固埃道德上的进步提供了滋养。她允许庞大固埃按照自己高贵的自然和理性去生活。巴奴日被委任为萨尔米贡丹（Salmigondy）的总督，但他按照自己的喜好随意挥霍城邦的财富，庞大固埃自然流露出的对于事物的审慎观点，明显地体现于他对巴奴日的态度：

> 庞大固埃闻报后，丝毫不动气，也不恼怒和愤慨，我过去不是一再给你们说过么，他是天底下最善良的小大人，腰里从来不带武器，对任何事都从好的一面去看，把所有的行动都解释为善意的，从来不烦恼，从来不发火。如果一动气、一发脾气，那就无异于离开了天赋的理性，因为所有天覆地载的，不拘是怎样的：天上的、地下的、横的，都不应该让它激动我们的情绪，扰乱我们的观感和理智。（《巨人传》第三卷第2章，页435–436）

在《巨人传》第三卷第37章，巴奴日试图提升自己的品性，请求庞大固埃给出智慧者应具有的美德。庞大固埃回答他说，最好的德性就是廊下派智者的古典德性。另外，通过暗示，庞大固埃事实上是在揭示自己道德进步的独特轨迹。他克服了折磨一般人的激情与恐惧，"无知的冲动"，而最终获得了真正的智慧。正如庞大固埃向巴奴日指出的那样，真正具有美德的人，"会忘掉自己，跳出个人的圈子，摆脱对尘世的贪恋，远离常人的焦虑不安，把一切看得无关紧要"（第三卷第37章，页583，译文略有改动）。在第三卷第51章，拉伯雷将庞大固埃的这种哲学描述为"所有至高快乐的理想状态与典范"（参页643，译文有改动）。最终，在第四卷的作者前言中，拉伯雷采纳了庞大固埃的廊下派超然态度，并把它作为自己独特的庞大固埃主义哲学的主要成分："至于我，赖天主仁慈，我还健在，托福托福。这是靠了一点庞大固埃精神（你们知道这是一种蔑视身外事物的乐观主义）……"（页661）

青年庞大固埃最初的巨人品质在第三卷中被描绘为"所有至高快乐的理想状态与典范"，为了替代这种神话般的品质，拉伯雷给我们提供了更多属人的标准进行赞美和模仿。庞大固埃的品格和行为被形容为明智、踏实和沉稳。他代表了人类的典范，是一种最理想的形式。他拥有美德，并按照自己的高贵理性行事。正如我们所见，他的行为方式是廊下派哲人所谓的"权利义务"（right duty）。按照西塞罗（Cicero）的解释：

> 廊下派哲人也称为"权利"的义务，是绝对完美的，"能够符合所有标准"，他们学派也说，这是除了智者外没人能达到的境界。（《论义务》第三卷第4章）①

与庞大固埃的道德进步相比，拉伯雷一开始就预示了巴奴日的道德堕落（deterioration）。拉伯雷积极评价了庞大固埃将要取得的道德进步，与此对应的是，关于巴奴日，拉伯雷提到了他日后经历的不祥预言："在随后的故事中……你们将会看到：巴奴日怎样结婚，怎样在婚后第一个月便做了乌龟……"（第二卷第34章，页411）

---

① "能够符合所有标准"（Satisfies all the numbers）：比如说，符合绝对完美的所有要求——这是毕达哥拉斯学派的一种说法，一些特殊的数字代表着一些特定事物的完善；"权利"或者绝对义务将它们都综合在了一起。[译注] 此处所引《论义务》的原文，译者根据作者所引的英译本译出，与王焕生先生的汉译有出入。参西塞罗，《论义务》，王焕生译，中国政法大学出版社，1999年3月版，页261。

巴奴日从一个滑稽的（fun-loving）、充满着古代爽朗精神的角色，变为一个道德低下、颓废无能的胆小鬼，只关心"自己的情爱之事"，这是一种有意的构思，而非出于偶然。在此，拉伯雷紧紧追随廊下派作家的传统，对照不同的性格，以便找到适当的行为方式。在廊下派看来，道德与非道德并不是一个等级关系。智者总是充满智慧并且独自完成道德性为；他的陪衬者（foil）总是很愚蠢，并且为自己的不道德性为付出代价。拉尔修（Laertius）这样说道：

> 另外，他们还这样对善加以特殊的规定："善是根据理性存在者的本性，或者如理性存在者的本性而来的完满。"德性就是这样的东西，而那些根据德性而来的实践和品行端正的人，因分有了德性，也都是善的；还有它们的附带物，如愉快、欢乐以及其他诸如此类的东西也是善的。同样，愚蠢、怯懦、不义以及其他诸如此类的东西，是恶的东西，那些分有了这些恶的——如由恶而来的行为和恶徒，以及恶的伴随物——如沮丧、忧郁以及其他类似的东西，也都是恶的。①

通过这种对比，我们能进一步理解拉伯雷关于人类行为的廊下派观点。

从一开始我们就意识到，与庞大固埃相比，巴奴日并不是在寻找善，而是他屈服于支配着他性格的恶的力量。我们得知："听过这话之后，庞大固埃半天没有回应，好像在想沉重的心事，最后他向巴奴日说道：'恶鬼在迷惑着你。'"（第三卷第19章，页

---

① 第欧根尼·拉尔修：《名哲言行录》，卷七，94-95。［译按］中译参徐开来、溥林译，《名哲言行录》，桂林：广西师范大学出版社，2010年，页683-685。

509)① 这一断言对于巴奴日来说是很可怕的，甚至是极具摧毁性的（devastating）。向邪恶屈服后，不可避免的结果是抛弃理性和道德，按照堕落的天性行事，这在巴奴日身上体现为他的色欲。巴奴日拒绝承认这一现实（outcome），他对正直的道德缺少信心，认为美德不足以使智者摆脱焦虑。如斯格里奇所说：

> 一旦我们离开他（庞大固埃）而接近巴奴日，那我们就离开了智慧而接近了愚蠢，离开了平静而接近了焦虑（agitation），离开了决断而接近了迟疑和不定（sporadic）。对于巴奴日来说，没有事情可解决，没有事情有结论。②

巴奴日进退两难的悲剧，本质上来自他没能力将婚姻问题与道德确立联系。从他对待婚姻的犹豫态度上，我们可见一斑，巴奴日不能阐明他的意愿（will）——他的能力唯一可以控制的东西，而试

---

① 导致毕克罗寿（Picrochole）倒台的那股邪恶力量与巴奴日天性中的恶相类似。参贾莱（Gallet）在《高康大》第 31 章的陈词："……假使因为我们的缘故使你的名声和荣誉受到损害，或者，说得更明白些，假使是什么挑拨是非的魔鬼，想把你引入歧途，无中生有，编造谣言，使你相信我们做了对不起我们深厚友谊的事……"尽管多数学者倾向于将"挑拨是非的魔鬼"（esperit calumniateur）理解成中古（medieval）意义上的魔鬼，但问题是拉伯雷会不会在此呈现一种很强的摩尼教（Manichean）意义上的邪恶，而反对道德的进步。可以肯定，这种说法来自一个受到廊下派思想影响的作家。我相信在其他地方，拉伯雷一定表达过在人类本性之中，摩尼教意义上的善与恶的现实，它们都在为控制人类的行为而努力。拉伯雷在《第四部书》中，对自然的与反自然的寓言式说法进行过直接对比，这种二元对立充斥着整部小说，比如说毕克罗寿与高朗古杰（Grandgousier），巴奴日与庞大固埃。进一步来说，毕克罗寿与他的部下，在此我们可以加上巴奴日，他们都是非理性存在的反自然的产物，他们"受到所有愚蠢的、缺乏判断力和常识的人的赞叹"（第四卷第 32 章，页 793）。

② 《拉伯雷式的婚姻》，前揭，页 57。

图将这种属于个人的责任交付于同伴,这必然导致一种不幸的结果。庞大固埃已经事先警告过他这样做可能导致的严重后果:"你到底有没有拿定主意?主要的问题就在这里。其余的一切都无法预料,只好听天由命。"(第三卷第10章,页466)庞大固埃在他的论断中运用了廊下派的绝对正确(infallibility),在婚姻问题上,唯一重要的是个人"意愿",而非违反内心意愿的环境。换句话说,对于巴奴日来说,要想在日常生活中做出正确选择,那仅能通过廊下派意义上的实践德性(active virtue)来实现。

布里杜(Bridoux)对于实践德性,以及类似于巴奴日这样的人拒绝这种道德实践给出了很好的解释:

> 廊下派认为有行动的权利(actions droites),正确的行动指的是,按照正确的理性行动,完全按照理性行动。他们非常喜欢这种公正的理念……然而,行动权利的前提是正确的行动,不包括有缺陷的、坏的行动。因此,我们应该像智者那样行事,他们按照正确的理性而行动,而其他的荒唐者则不按照正确理性行事,违背理性。前者指懂得使用自己的反对(représentations)与赞成(assentiment)的人。后者指糊涂的、失去理智的(égarés)人,他们不知道使用自己的反对与赞成。①

可见,廊下派意义上的实践德性有两层互为补充的意义:第一点,当做出一个决定时,理性必须是严格的首要因素;第二点,个

---

① Bridoux,《廊下派及其影响》(*Le Stoïcisme et son influence*, Paris: Librairie philosophique J. Vrin, 1966),页105。在讨论《巨人传》第四卷的海上风暴情节时,斯格里奇也使用了"实践德性"的概念,用来指"上帝保佑下自救的必要"(参《若干廊下派因素……》一章,页94)。

体也具有同样重要的道德责任，通过正确的行动达成理性的实践。人首先必须能够根据理性解释所有的情形，或欲求所有符合理性的情形，随之再做出道德选择，他一定不能为恐惧或怀疑所左右，而应该为了自己，尽人的所能去掌控自己的命运。

与庞大固埃相比，巴奴日在整部小说中都没有按照事物本身之所是去清醒地看待事物，更不能随之做出理性果断的决定。相反，特别是在第三卷中，他实践德性的这个部分被灵魂上的（psychological）犹豫与彷徨逐渐破坏。简单地说，不能清醒看待事物带来的首要后果是，他完全没有能力为了自己的意愿而行动。而在第四卷和第五卷中，巴奴日实践德性的另一个部分也被他的怯懦逐渐破坏。我认为，拉伯雷运用结婚这个主题其实还有更加宽泛的象征意义。拉伯雷更想说明奉行廊下派的实践德性在一个人的行动中的重要意义。巴奴日在婚姻问题上的焦虑以及无法行动这些负面的因素，在更加宽泛的意义上来说，是极受廊下派哲人关注的兴趣所在。爱比克泰德关于这一问题说道：

> 人都会认为自己的困难来自外在事物，问题的复杂性也来自外界。"我应该怎么做？它是如何发生的？将来又会怎样？我害怕这样或那样的事情降临到我的身上。"那些只专注于意愿之外的事情的人，他们会像上面那样说话。因为有谁会这么说："我如何能够避免屈服于错误的事情？我如何能够不远离真理？"如果一个人先天对这些事情有巨大的焦虑感，我想要提醒他："你为何有这些焦虑？它是你能够掌控的，完全没有问题。在诉诸天赋的规则（如理性）前，不要急于表示同意。"①

---

① 《道德论说集》，第四卷第 10 章，1-3。［译按］译者据原文所引英文译出，参考王文华译本，见爱比克泰德，《爱比克泰德论说集》，王文华译，商务印书馆，2009 年 6 月，页 552。

廊下派上述关注的问题，无论主题上还是叙述技巧上，都在拉伯雷的小说中占据着重要位置。

庞大固埃取得的道德进步，完全是因为他按照实践德性的原则行事。与他相反，巴奴日道德上的堕落，是因为他没有毅力，不能去践行。在第三卷中，巴奴日从来不按理性或实践德性行事。他从来不会出于一个真正的理由去做任何努力。虽然人们可以找出各种答案来回答他的问题，但最终需要他自己做出决定，才能有一个确定的结果。所有受咨询者（counselors）都认为他的探究徒劳而又荒谬。希波塔泰乌斯（Hippothadée）告诉他："朋友，你向我讨主意，可是，首先，应该请教你自己。"（第三卷第30章，页554）巴奴日有两条途径寻找问题的答案：超自然的（supernatural）与自然的（natural）。前者包括掷骰子、维吉尔占卜（Virgilian lots）、梦，以及一些假定天生具有的预言能力。第二个自然的领域，包括请教哲人、医生、神学家、律师，或者求教于他的伙伴们，尤其是庞大固埃。各种答案达成共识的一点是：在结婚的问题上，巴奴日必须是他自己命运的主宰者。换句话说，他必须自己有所承担，不能依靠他人的建议，其他人无权决定最终结果。但这种解决方式不能令巴奴日满意。他不能担负起生命的责任，对敦促他的任何建议都犹豫不决。在是否应该结婚的问题上，他与庞大固埃的第一次讨论就明确地体现了这一点：

——庞大固埃回答道："既然骰子已经掷出，① 主意也拿了，决心也定了，那就用不着多说，只要去实行就是了。"

——巴奴日说："当然，不过没有你的指示和忠告，我还是

---

① ［译注］凯撒带领军队渡过路比贡河时，曾高声说：Alea jacta est［命运已掷出］！意思是决不反悔。见成钰亭译《巨人传》，前揭，页464，注①。

不干。"

——庞大固埃说:"那我就把我的意思告诉你。"

——巴奴日说:"如果你以为还是像现在这个样子好,用不着出新花样儿,那我就宁愿不结婚。"

——庞大固埃说:"你千万不要结婚。"

——巴奴日说:"不结婚也可以,不过,你是不是要我一辈子打光棍,连个老婆也没有呢?经上记载说:Voe soli。独身的人永远也享受不到结婚人的快乐。"

——"那你就结婚好了,我的老天!"庞大固埃叫了起来。(第三卷第9章,页463)

巴奴日这种对于正确选择自己生命方向的不情愿态度,以及由此导致的对于道德性为的否认,贯穿后三卷书的始终。与这种道德目的的缺失相比,拉伯雷一直将庞大固埃描写成明智果敢的形象。(庞大固埃不拘泥于传统,决定离开,将选择自己未来妻子的事交与父亲处理。①)事实上,既具有喜剧色彩也让人感觉悲哀的,是巴奴日的摇摆不定,他没有能力做出一个严肃正确的决定,庞大固埃将他的朋友比作一只陷入罗网的无助老鼠。他嘲笑巴奴日:

我看你很像一只被套住的小老鼠,越是挣扎,越是套得紧。你完全是这样,越是想从这个难题里摆脱出来,就越是摆脱不出……(《巨人传》第三卷第37章,页583)

---

① [译按]此处的"不拘泥于传统",指的应是当时法国由教士决定婚姻的教会法。此项法律规定,只要有教士证明,婚姻即是合法的,而不需要经过父母的同意。而庞大固埃认为不经父母同意而私订终身,在正常的传统看来是不对的。参第三卷第48章,页627–631。

巴奴日看起来神志不太清醒——他的无能，或者更确切点说，他拒绝如事物之所是那样地去接受它——如我已经指出的，这样的结果就是精神上的犹豫与摇摆不定。在巴奴日的困境中，有一个更深的道德意义。巴奴日的悲剧在于他一直在试图自我欺骗。一开始，在没有他人的建议时，巴奴日尚且清楚，在结婚问题上一个人应该采取怎样合适的道德态度。比如，在一个场景中，庞大固埃告诉他保持单身。但巴奴日拒绝了这个建议，并且提出，在高贵和道德的意义上，他有足够的理由应该结婚，他以如下言辞断然回绝了庞大固埃：

> 不过，我永远也不会有嫡亲的儿女了。我还希望他们为我传宗接代、继续我的前程、继承我的遗产和财富哩；……我要和他们一起享福，遇到我心里难过的时候，我可以像每天看到的那样，像你那慈爱、善良的父亲和你还有一切的好人那样在自己家里享享清福。（第三卷第9章，页465）

事实上，正如巴奴日所言，对于"所有正派的人"来说，以上是为道德所接受的合法婚姻的成熟想法。（稍后，这些相同的理由会再次出现，但非常具有讽刺意义的是，这次是庞大固埃回复巴奴日。①）因此，巴奴日已向庞大固埃陈述了他想要结婚的道德理由。

当巴奴日意识到婚姻的极度复杂性时，他仍然对婚姻能够带给他的快乐很感兴趣，这时他的自欺就表现得非常明显了。在巴奴日决定不再穿裤裆（codpiece）的那一天（他打算结婚的第一个暗示），即他告诉庞大固埃结婚的道德理由之前的一个场景中，巴奴日

---

① 参第三卷第35章，页576："庞大固埃说道，我对于有女人同时又没有女人是这样理解的：所谓有女人，是根据大自然创造女人的目的而言的，那就是为了相互协助，一起享乐，共同生活……"

已经流露出他想结婚的真正理由。他问庞大固埃:

> 你没有看到我这身粗布(指裤裆)?它有未卜先知的能耐,这种能耐很少人有。我不过从今天早晨才穿上它,但是我已经感觉到跟疯了一样,我剑拔弩张,迫不及待地想结婚,来不及地想在我老婆身上大干特干,挨棍子也不怕。啊!我一定是个伟大的丈夫!我死之后,准会有人把我隆重地焚化掉,保存我的骨灰,作为理想丈夫的典范让人纪念。天主那个身体!我的管账的可别想在我身上玩花招、造假账,因为耳刮子马上就会打在他脸上。(第三卷第7章,页458)

从这一段开始,巴奴日对婚姻问题的探讨明显是在寻找性——而非道德——的满足。他的未来从此就不是命运或者天意(Providence)来决定,而是他自己人力所为。他将被戴绿帽子,正如同拉伯雷在第二卷中预测的那样,因为他不渴望有道德的生活。他追求的只有一件事:他一己的私欲。巴奴日性格中这一虚伪的特点构成了他非道德追求的主要动力。没错,巴奴日想要在婚姻中寻找一种合法的性满足。巴奴日非常想听到别人告诉他,他可以随心所欲而又不承担后果。尤其是,他想要主宰他的妻子,而在这个过程中又不戴绿帽子。总而言之,巴奴日希望听任性欲(lust)的摆布,他在婚姻中想找的也就是这个东西。

庞大固埃并没有被巴奴日的虚伪所骗。他告诉巴奴日:"……而且我知道这是自尊心和情欲(philautie et amour)在迷着你的心窍。"(第三卷第29章,页551,译文有改动)其他受咨询者也没有受他蒙骗。比如希波塔泰乌斯问巴奴日:"你肉体上是不是感觉到性欲的困扰?"(第三卷第30章,页554)隆底比里斯(Rondibilis)则完全放弃了巴奴日是否应该结婚这个首要的问题,而专注于巴奴日的性欲这个更为严重的问题："你说你感到性欲的困扰"（第三卷第 31 章，页 558）。

其实对于婚姻应该采取什么样的合适态度，巴奴日是有意识的，但他没有打算用这种想法解释自己灵魂上的摇摆不定。他不仅仅迟疑自己是否应该结婚，他真正害怕的是他企盼的行为可能导致的负面结果。如果说巴奴日按照自己所希望的，为满足性欲而建立婚姻关系，他担心妻子会不会将他对她的不尊重反过来对付自己。归根结底，巴奴日最大的恐惧是怕被置于受操控的位置。这就是为什么庞大固埃一开始就指出"塞内卡的箴言千真万确，毫无例外：你如何对人，人必如何对你"（第三卷第 9 章，页 464）的原因。用廊下派的术语来说，拉伯雷对巴奴日的犹豫和恐惧的讨论属于伦理范畴，非常类似于廊下派对恐惧的定义和描述，他们认为恐惧是一种会导致灾难性后果的道德困境：

> 恐惧是恶的预期。恐惧包括如下情绪：害怕、畏缩、羞怯、惊愕、呻吟和担心。害怕是产生惊慌的恐惧；羞怯是预见了不光彩的事情的恐惧；畏缩是对即将进行的事情的恐惧；惊愕是因奇异之事而产生的恐惧；呻吟是随着声音的压迫而产生的恐惧；担心是对某种未知事物的恐惧。①

在关于婚姻的问题上，巴奴日的非道德态度、他的犹豫以及主观地不想建立一种道德关系，都可以通过他的恶习得到解释。巴奴日完全承认，他婚姻的结果首先取决于自己对待这一问题的态度。而这一点就足以使他在失败之前悬崖勒马。当有人要求巴奴日对一些处境和行动做出解释时，他每次作答都会出现一种恐慌感。对巴

---

① 拉尔修，《名哲言行录》，卷七，112-113。[译按] 中译参徐开来、溥林译本，前揭，页 683-685，略有改动。

奴日来说,第三卷体现出来的糟糕的精神上的犹豫不决,到了第四卷和第五卷,则变成了更加有害的(evil)东西——他的恐惧以及完全不能为了自己而行动。这种道德上的退化,暗示了巴奴日会继续在婚姻中寻找他所希望的腐化(vice)目的。这给他带来了很可怕的后果,他给自己戴上了绿帽子。

在第四卷和第五卷中,实践德性内涵的第二个部分——个体的道德责任通过正确的行为来影响意志的理性决断——一方面表现在庞大固埃有效的行动上,另一方面表现在巴奴日无助的恐惧上。除了巴奴日自己之外,所有人都认为恐惧支配着他。约翰修士(Frère Jean)的陈述只是后两卷书中此问题的一个缩影:"你这个疯子真是又胆小又邪乎(lasche et meschant),动不动就吓得拉出屎来!"(第四卷第 66 章,页 913)①

关于巴奴日的恐惧和庞大固埃与其相反的表现,拉伯雷在第四卷和第五卷中有很多细节描写。其实,庞大固埃有时也会对未来产生恐惧,但那是一种可以控制的恐惧。比如说,在决定是否应该登上盗窃岛(Island of Ganabin)向缪斯致敬时,这个情节表现了庞大固埃的理性所发挥的作用,他完全按照自己所得到的否定回答来行事:

> 庞大固埃说道:"我感到心灵紧张,仿佛远处有一个声音告诉我说我们不应该去。每次我精神上有这样感觉的时候,抛弃和离开他不许我去的地方,我总是得到好处;另一方面,去了

---

① 尽管拉伯雷有意用一种"高卢精神"(esprit gaulois)的修辞来构造这个句子,以体现一种喜剧效果,但请注意他用来形容巴奴日状态的形容词。巴奴日的恐惧是他的懦弱和邪恶(lasche et meschant;[中译编者按]另参第五卷第 15 章,约翰修士再次责骂巴奴日时,使用了同样的词组)的结果。这种行为当然是一种道德缺陷。

他叫我去的地方，也同样得到好处，从来没有后悔过。"（第四卷第66章，页913－914）

在这种情况下，智者庞大固埃一如往常地保持清醒和自制。至于巴奴日就很难这么说了。他非常害怕，甚至躲到船舱下面。我们被告知："巴奴日听了他的话，二话不说，离开了大家，躲到舱底和面包头、面包皮、面包渣挤在一起去了。"（第四卷第66章，页913）巴奴日除了不能为自己思考和决断之外，也公开展示了他的怯懦，完全变成了滑稽的胆小鬼。歇斯底里的巴奴日完全抛弃了理性的思考。巴奴日身上判断和沉着的缺失将在"解冻的语言"（parolles dégelées）一章中再现。刚一听到这些奇怪的声音，巴奴日就大喊道：

> 天主那个肚子！这不是开玩笑么？我们完蛋了。赶快逃命吧！四周围全是危险。约翰修士，我的朋友，你在这里么？我求你不要离开我！你带好你的短刀没有？摸摸是否在刀鞘里！你总是不把它磨快！我们完蛋了！你们听，天主在上！这是大炮响啊。赶快逃命吧！……赶快逃吧！我这样说可不是我害怕，因为除了危险，我什么都不怕。（第四卷第55章，页869－870）①

但是，庞大固埃显然没有被同样的声音吓倒，反而对它们充满好奇。在判断声音的好坏之前，他想要知道声音的来源。

> 庞大固埃听见巴奴日的叫喊声，说道："这个要逃的人是谁

---

① 在第一卷里，毕克罗寿的人逃离高康大时，也被描写为缺少决断和不能正确运用理性，可与这一段的惶恐对观："剩下一部分残余，个个失魂落魄，急忙后退，仿佛眼睛里看到了死亡的影子……敌人惊慌失措，到处乱跑而又不知道逃跑的理由……这是心灵上一种无法摆脱的恐怖到处追逐他们的缘故。"（《巨人传》第一卷第44章，页167－168）

啊?我们先要看看到底是什么人。也许是自己人呢。我现在还看不见什么,可是周围一百海里远我都看得到。大家来听听看。"

庞大固埃实践德性的外在表现是他有效的行动,是他能够应对未知领域的过程,是他能够迅速找到有效的方法以减少命运产生的不利影响。这一廊下派理念在今天被广泛表达为"上帝救助自救者"(God helps those who help themselves)。这一说法的最初意思就是用个体的道德责任来影响意愿的决断。只有强力的意愿能够改变命运,并且通过果断的行动取得进步。

在第四卷暴风雨的情节中,实践德性的原则得到了最全面的表达。在海上遭遇突如其来的暴风雨时,庞大固埃的行为准则表现得淋漓尽致,展示了他在面对偶然事件时表现出来的理解(interpret)及行动能力。看到暴风雨逼近,庞大固埃注意观察并且保持冷静。他祈祷上帝将他们从这场意想不到的灾难中拯救出来。之后,他和所有船员用尽全力对抗暴风雨,直到风平浪静。我们得知,在整个暴风雨期间,庞大固埃用自己的双手紧紧掌控着船舵。也就是说,在危险之中,他责无旁贷地承担着所有责任,直到船只安然无恙。在这期间,巴奴日又干了什么呢?首先,他晕船晕得一塌糊涂,把头挂在栏杆上呕吐不止,祈求所有圣人以及命运的帮助,之后找个地方蹲在甲板上,抓住船舷,像牛一样大吼道:

格,格,格!约翰修士,我的朋友,我的好教士,我要淹死了,我要淹死了,我的朋友,我要淹死了!我完蛋了,我的好司铎,我的朋友,完蛋了!连你的腰刀也救不了我的命了!耶稣啊,耶稣啊!(第四卷第19章,页745)

在整个暴风雨期间,巴奴日跟他的同伴们不同,他没有为拯救自己做过一点努力。由于恐慌，巴奴日更像一个累赘而不是帮手。他猜想自己可能要死了，由此推论到应该写下他的临终愿望和遗嘱。爱比斯德蒙（Epistemon）立即指出了巴奴日这个决定的愚蠢和荒谬：

> 现在当我们理应努力设法抢救船只，否则即有沉船危险的时候，却来立什么遗嘱，在我看来，这和凯撒的将官和亲信打到高卢时忙着立遗嘱、留遗言、悔恨不走运、哀痛妻子不在身边、思念罗马的亲友，而不去办当时急需要办的事，那就是：拿起武器全力对付敌人阿里奥维斯图斯（Ariovistus），① 同样不应该和不合适。（第四卷第21章，页752）

巴奴日的愚蠢与他欲望的极端不理性紧密相关。正如爱比斯德蒙随后向他指出的，在那种时刻，立遗嘱没用。他不是化险为夷（survives the peril），就是被海水淹死。如果巴奴日活下来了，遗嘱没用，因为除非立遗嘱人死了，遗嘱才有效。如果他死了，那遗嘱也自然同他一起沉入海底。巴奴日惊呆了，他唯一的回应是："我除了危险什么也不怕。"（第四卷第23章，页762）②

---

① ［译注］根据成钰亭先生的注释：阿里奥维斯图斯，公元前1世纪苏威维首领，曾企图攻占高卢，为凯撒所败。

② 拉伯雷将巴奴日完全不具备实践德性与庞大固埃完全拥有实践德性相对比，这也在第一卷中约翰修士与塞邑（Seuilly）众修士的对比中体现出来。毕克罗寿的强盗们抢劫完村镇，开始攻击修道院。众教士对此的回应是："院里一群不幸的教士不知道祷告哪一位圣人好了。他们胡乱地撞起会章规定的主要人会议的钟来。会议决定好好地做一次巡行祈祷，再加上讲经和祷文，来对抗敌人的迫害，用美丽的词句祈求和平。"（第27章，页107）而约翰修士看到同伴们徒劳的行为，脱去了长袍，抓起支撑十字架的木棍，朝敌人打去。［译注］这句话是维庸的诗《一个弓箭手的自白》里面弓箭手说的，"我只怕危险"，后流传为一个古老的笑话，参见762注③。

靠着庞大固埃和效仿他的人的努力，众人的安全才得到了保障。庞大固埃从没有放弃他的镇定。总而言之，他能够理性地判断现实处境，并且用自己的决心战胜困难。暴风雨终被坚定的实践德性所打败，这是对于强大的恶势力的一种否定。

对庞大固埃和巴奴日性格的类似对比，贯穿着小说的其余部分。有一处，当一条巨鲸向船冲过来时，巴奴日吓得要死，而庞大固埃意识到了形势的紧急，在鲸鱼撞到船之前杀死了它。① 还有一次，当香肠人（Andouilles farouches）伏击庞大固埃及其手下时，巴奴日想要与翼姆纳斯特（Gymnaste）互换位置，以便能再次躲起来，而庞大固埃独自打败了来犯者。还有很多这样的章节。总之，庞大固埃所具有的实践德性带来一种廊下派智者式的理想行为。爱比克泰德用如下说法概括了这种生活方式的精神内涵：

> 一个人假如想要做到既善又智慧的话，他就需要在三个方面锻炼自己。第一个方面跟一个人想要得到东西的意愿和想要回避东西的意愿有关。这就是说，一个人要做到，永远能够得到自己想要得到的东西，永远能够回避自己想要回避的东西。第二个方面跟我们采取行动还是不采取行动的驱动有关。一句话，一个人永远要做应当做的事，他的行为一定要有条理，合乎理性，而且一定要小心谨慎。第三个方面是，我们要避免失误和受到蒙蔽，［不要有任何草率的判断，］总之，就是关于同意的问题。②

---

① ［译按］见第四卷第 34 章，页 798－800。
② 爱比克泰德，《爱比克泰德论说集》，卷三，第二章，1－2，前揭，页 319－320。

毋庸置疑，拉伯雷同样主张通过负责任的行动来践行廊下派学说中的理性、意愿和道德要求。这些实际上是庞大固埃性格中的动力，使他成为拉伯雷的廊下派哲学的一种具体体现。

巴奴日性格的缺陷揭示了他不具备任何基本品质。他从不理性思考，从不道德地进行决断，从不能为他自己行动。即使在第五卷里，在他即将抵达神瓶大殿时，他还是不能抛弃始终伴随着他的恐惧，想要放弃他的初衷（undertaking）：

> 走过七十八级梯阶之后，巴奴日喊叫起来，他向我们明亮的"灯笼"说道："明亮的夫人，我抱着一颗沉痛的心恳求你，咱们回去吧。我以天主的死亡起誓，我快要吓死了！我情愿一辈子不再结婚。"（第五卷第36章，页1064）

当神谕出现时，巴奴日仍然惧怕听到它的话，因为他知道神谕将再次重复他已经知道的忠告，那就是，必须成为决定自己命运的人。祭司在解释 Trinch 一词时说："神瓶既然把你们领到这里，请你们自己来得出你们旅行的意义好了。"（第五卷第45章，页1096）自从巴奴日决定不过一种有道德的婚姻生活开始，他就一直在支支吾吾地逃避众人都劝他理应承担的责任。如果以道德的观点接受了神谕的启发，那就要求巴奴日的态度和行动有一种根本性的转变。但巴奴日不想这么干，这可以清晰地体现在他对祭司忠告的酒色式（bachhic–sexual）解释上：

> 巴奴日说道："大家举杯，
> 酒神在上，大家举杯！
> 噢，噢，噢，我将比翼双飞，
> 相亲相爱，

> 夫妻交配,
> 举案齐眉,
> 神谕何为诘?
> 父性在我心中告诉,
> 转回故土,
> 不仅洞房花烛,
> 而且夫妻和睦,
> 卿卿我我,
> 鸳鸯依附。
> 我的天!我已预见到夫妻美好,
> 如胶似漆。"(第五卷第45章,页1096 – 1097)

我们在此看到的是巴奴日为其自身的命运负起了责任。他在结婚后将被戴上绿帽子,这是因为他自己不"想"有道德地生活。他拒绝对自己的许诺(undertaking)做出一种有道德的解释。这意味着,他拒绝为影响自己的命运而为自己行动。

拉伯雷在对庞大固埃和巴奴日性格的对比性考察中,主要研究了命运和自由意志的密切关系问题。按照廊下派的理论,拉伯雷通过庞大固埃的实践德性,承认并且强调了人的能力——实际上是责任,有意愿(to will)和去实践仅是对生命自身本质问题的一种实际回应。人必须模仿庞大固埃具有的实践德性,而不是巴奴日的犹豫和恐惧。他必须为自己而行动以便找到自己命运的答案。正如蒂利(Archur Tilley)非常正确地特别强调的,祭司最终指出人类特有的本能是喝,而不是笑。① 她随即指出了喝的意义完全是指行动:

---

① Archur Tilley,《拉伯雷》(*François Rabelais*, London: J. B. Lippincott, 1907),页350。

所以，我们说，不是笑，而是喝，才是人类的本能。不过，我所说的不是简单的、单纯的喝，因为任何动物都会喝，我说的是喝爽口的美酒。朋友们，请你们记好，酒能使人清醒，没有比这个更靠得住的论断了，也没有比这更真实的预言了。你们自己的学者就足以证明，他们给酒这个字寻找字源的时候说，酒，希腊文叫作 olnos，和拉丁文的 vis（力量，能耐）颇多相似，因为它有能力使人的灵魂充满真理、知识和学问。（第五卷第 45 章，页 1096）

在道德和文学的意义上，廊下派实践德性的原则使拉伯雷推进了人的概念，这是早期文艺复兴乐观主义的某种具体体现。通过庞大固埃的实践德性，拉伯雷指出了人类潜力的无限可能。同时，他也指出了人类的未来依靠于自身的意愿和理性的教育，而且这些也必须诉诸实践。在道德哲学的领域，拉伯雷既提出了行动准则，也树立了一个楷模。他请读者模仿庞大固埃的行为，因为庞大固埃已经获得了真正的智慧，为人类做出了表率。

拉伯雷的廊下派乐观主义以另一种形式体现在他对庞大固埃草的发明和诗意的使用上，他以这种植物为典范，象征了庞大固埃主义的道德哲学以及主角庞大固埃。如同廊下派喜欢举例子，以使他们的道德哲学的实用性体现得更加具体一样，拉伯雷对这种植物的象征性使用，是对人类潜力的集中表达，举出了人类在地球上整个的进步过程，展现了乐观的未来。按照拉伯雷的观点，庞大固埃草体现了人类追求卓越的能力，它必将取得显著的进步并在人类追求的所有领域中体现出来。同样，凭着这同一种力量，他可以体现为"同样的性能、同样的力量、同样的完美、同样惊人的功效"，人类在未来可能取得更多显著的成就（第三卷第 51 章，页 643）。甚至，神也惧怕庞大固埃草的力量、人的潜能："他的孩子（很可能）也会发现一种具有同样功能的草，人类运用它可以窥探冰雹的泉源、雨水的源头、霹雳的制造场所，可以占领月球地区，进入天体境界，在那里落脚定居……"（第三卷第 51 章，页 646）。拉伯雷对于人类无限可能性的信念和乐观主义，今天已不再仅仅是一种科学构想，很多已经成为现实。人类已经研究到属神的天国领域之中了，如同拉伯雷在 16 世纪预测到的人之所为。

  拉伯雷对于人类自然潜能的评价，体现在他对于庞大固埃的角色和庞大固埃草的创造上，这必须从廊下派乐观主义的积极表达这个层面进行考虑。与廊下派伦理可以掌控人类潜能的乐观观点相对比，拉伯雷给出了一个看似喜剧实则悲剧的例子，那就是巴奴日这个缺少廊下派德性的胆小鬼的衰变（disintegration）。在庞大固埃身上体现出来的廊下派理想需要一种行为规范来确保个体德性的持续进步，这种进步需要运用一种为理性所控制的意愿和行动的自由。拉伯雷认为，缺少这个条件，就不能发挥人的潜能。

（译者单位：武汉轻工大学马克思主义学院）

西塞罗的《论演说家》与拉伯雷

塞维尔（George O. Seiver）著
黄汉林 译

  关于拉伯雷运用或借鉴古代作家和作品的探讨，与西塞罗相关的部分尚未得到充分研究，或者说，即便已有研究，但强调不当。普拉塔德（Plattard）在其拉伯雷研究①中坚持认为，"尽管高康大建议说，庞大固埃在巴黎学习时，要通过'模仿西塞罗的文风'，从而形成自己的拉丁风格，但拉伯雷似乎与西塞罗的著作并没有太多实际的相同之处"（页187）。勒弗朗（Lefranc）编订的拉伯雷全集，显然有着同样的疏忽，尽管其编本中有极少的几处直接提到西塞罗，还有许多注释表明［拉伯雷］可能参考过西塞罗，然而，这些参考被认为来自伊拉斯谟（Erasmus）。但关于这一点尚无完全一致的看

---

  ① Plattard,《拉伯雷的著作：渊源、立意与写作》（*L'œuvre de Rabelais: Sources, invention et Composition*），Paris, 1910。

法。① 毫无疑问的是，拉伯雷经常旁征博引。本文的目的正是要表明，拉伯雷如何借用西塞罗的《论演说家》和《演说家》。②

许多已得到证实的迹象表明，西塞罗对整个 16 世纪思想生活的影响无所不在、持续不断。其中最为戏剧性的便是西塞罗主义者与反西塞罗主义者之间的著名"论争"。随着伊拉斯谟的《西塞罗式风格》(*Ciceronianus*) 在 1528 年出版，③ 这场论争达到白热化。西

---

① 比较 Hermann Schoenfeld,《拉伯雷对伊拉斯谟的〈愚人颂〉与〈辩难录〉的讽刺》(Die Beziehung der Satire Rabelais' zu Erasmus' *Encomium Moriae und Colloquia*), *PMLA*, Ⅷ (1893), 页 1 – 76; L. Delaruelle,《拉伯雷如何借鉴伊拉斯谟与布德》(Ce que Rabelais doit à Erasme et à Budè), *RHL*, Ⅺ, 1904, 页 220 – 262; L. Sainean,《拉伯雷小说的现代渊源》(Les sources modernes du roman de Rabelais. I. L'humanisme), *RER*, Ⅹ, 1912, 页 375 – 384; W. F. Smith,《拉伯雷与伊拉斯谟》(Rabelais et Erasme), *RER*, Ⅵ, 1908, 页 215 – 264、375 – 378。亦比较 Pierre Villey,《十六世纪的大作家：拉伯雷与马罗》(*Les Grands écrivains du XVI*ᵉ *siècle. Rabelais et Marot*), Paris, 1923, 页 212："拉伯雷正从一位古人身上寻找的如此行为和如此观念，对拉伯雷而言，不可能具有一种无须伊拉斯谟就可以加之于这位古人身上的意义，伊拉斯谟在拉伯雷之前就已评论和推广了此种意义，并开启了有助于看见这种意义的大门……"

② 无疑，《论演说家》与《演说家》表达的某些思想在西塞罗的其他著作中有所推进，《布鲁图斯》与《论最好的演说家》亦重申过类似的主张；但是，《布鲁图斯》与《论最好的演说家》并不像《论演说家》与《演说家》那样持续集中地、令人信服地表现西塞罗思想的主体。

③ 对这场论争的较好论述，见 Richard Copley,《埃提安·多勒》(*Etienne Dolet*), London, 1899, 页 195 – 228。亦比较 Remigio Sabbadini,《西塞罗式风格》(*Stotia del Ciceronianismo*), Torino, 1885, 页 50 – 74; 布克哈特 (Jacob Burckhardt),《意大利文艺复兴时期的文化》(*The Civilisation of the Renaissance in Italy*), London/New York, 1914, 页 253 – 254; Desiderius Erasmus,《西塞罗式风格或一场关于最佳演说风格的对话》(*Ciceronianus or A Dialogue on the Best Style of Speaking*), Izora Scott 英译，收入 Columbia University "Contributions to Education" Series (哥伦比亚大学"贡献教育"系列), No. 20., Paul Monroe 编, New York, 1908。

塞罗对人文主义学者的影响,最初尤其明显地体现为对西塞罗风格的模仿,特别是对其书信体写作的模仿。但是,过分崇拜罗马演说家的风格导致模仿者们阅读这位老师的所有著作。对于不能在西塞罗作品中找到或证实的一字一句,有些狂热者甚至不许自己使用;但也有其他真诚的西塞罗仰慕者,他们并非只是肆意地复制西塞罗的风格。布克哈特(Burckhardt)对意大利的情形表达了如下看法:

> 从十四世纪起,西塞罗的著作被普遍认为是最纯洁的散文典范。这绝不是完全由于人们对于他的选词造句和文章风格有公正评价,更恰当地说,是由于这样一个事实,即意大利精神充分而自然地符合这位书信作家的友善、这位演说家的才华和这位哲学思想家的透彻解释。公正的彼特拉克清楚地认识到西塞罗作为一个人和一个政治家的弱点,但由于他非常尊敬西塞罗,便对这些弱点感到不高兴。在彼特拉克的时代以后,书信体的形成完全依据西塞罗的路数,除了记叙文之外,其他文体也受到了同样的影响。①

西塞罗在 16 世纪的法国同样牢牢占据支配性地位。尽管尚无任何研究从整体上论述西塞罗对法国文艺复兴时期或此后的影响,人们仍然可以随处发现种种蛛丝马迹。这些蛛丝马迹清楚地表明,西塞罗式的理念和形式显然在法国流淌,丰润而持久。② 不过,整个问

---

① Jacob Burckhardt,《意大利文艺复兴时期的文化》,前揭,页 253。[译按]此段引文的中译见布克哈特,《意大利文艺复兴时期的文化》,何新译,马香雪校,北京:商务印书馆,1979,页 249–250。此处略有修改。

② 尤参 Pierre Villey,《蒙田散文的来源与发展》(*Les sources et l'évolution des Essais de Montaigne*), 2 vols., Paris, 1908, I, 页 98–104。Louis Delaruelle 尤其说明了西塞罗的著作长久萦绕在文艺复兴时期的人文主义者脑海中。当然,具体来说,是萦绕在布德脑海中,见氏著,《布德:渊源、开端、主导观念》(*Guillaume Budé. Les origines, les débuts, les idées maîtresses*), Paris, 1907。(转下页)

题的一切关键和有趣的细节仍有待说明。当然，一直以来，西塞罗的著作都是早期和晚期人文主义者和道德主义者的思想源泉和学习源泉。麦克昂（McKeon）教授最近指出：①

> 无论批评学家和历史学家倾向于如何评价西塞罗的成就、原创性和连贯性，西塞罗的遣词造句都可谓影响深远，并引领了中世纪初期还有文艺复兴时期对于古希腊和古拉丁思想的解释。直至今天，无论在研究、评论抑或品位上，我们仍远远未能使我们自身从这个悠久传统的影响中解放出来。

西塞罗论演说的著作尤为适合文艺复兴时期人们的脾性，至少，在反对"哥特之夜"（nuit gothique）的先辈们遵奉的惯例时，这些著作派得上用场。西塞罗经常在他的著作中攻击修辞学家们热衷于规则。那些修辞学家声称，要造就一个演说家，莫过于遵循他们教导的方法步骤，舍此以外，别无他求。对于这种主张，西塞罗有限度地承认修辞规则的有用性，② 但他反驳说："不是演说能力来源于

（接上页）Pierre de Nolhac，《彼特拉克与人文主义》（*Pétrarque et l'humanisme*），两卷本，Paris，1907，第一卷，页 213–268。Georg Voigt，《古代经典的复兴》（*Die Wiederbelebung des klassischen Alterthums*），两卷本，Berlin，1893，尤其是卷二。Henri Busson，《文艺复兴时期法国文学中的理性主义渊源与发展》（*Les sources et développment du rationalisme dans la littérature française de la Renaissance*），Paris，1922，页 16–23。

① Richard McKeon，《中世纪的修辞术》（Rhetoric in the Middle Ages），见 *Speculum*，XVII，1942，页 4。

② 在描述了自己的修辞学研究之后（《论演说家》卷一，31–32），西塞罗补充说："倘若我说那些学说一无是处，那是在撒谎。"（《论演说家》卷一，32）。但《论演说家》通篇都在否定这个妥协的说法。［译按］翻译中碰到的《论演说家》引文，参考了王焕生的译文（中国政法大学出版社，2003），但会据此处的文脉而有修改。

演说技巧，而是演说技巧产生于演说能力。"① 在这点上，西塞罗对这些"所谓的修辞教师"（《论演说家》卷一，12）态度温和，但这只是在礼貌性地敷衍这种受敬重却已过时的技巧。通观《论演说家》三卷，西塞罗抓住每个机会，对这些"所谓的修辞教师"大肆嘲弄和讥讽。他们坚持规则，同时却完全无视真正的知识，不仅愚昧而且荒谬——"可笑至极"（《论演说家》卷二，20；卷三，19）。在写给弟弟昆图斯（Quintus）的信中，西塞罗希望，"你不会把我的这几卷书归于可能遭受嘲笑的那类著作——因为，在那类著作中，参加讨论演说术的人们缺乏有关高尚技艺的知识"（《论演说家》卷二，3）。这些老师教导出来的只是虚伪的演说家、法律上的坏人，只知"朗诵条规、咬文嚼字"②的人。拉伯雷笔下的赫鲁费（Holopherne）、卜拉克玛多（Bragmardo）、"利莫赞的学者"，还有无数的律师和法官，正是遵循了这类课程和教诲，他们"从来就没有见过一本好的拉丁文著作，他们自己的文字就是很好的说明，完全是掏烟囱的、做饭的、烧火人的笔调"。③

---

① 《论演说家》卷一，32。本文对西塞罗的引文，使用的版本是《西塞罗全集》（*Œuvres complètes de Cicéron*），D. Nisard 编，五卷本，Paris，1881。所有论演说的著作都在第一卷。同时，我也使用了 Edmond Courbaud 的考订版，《论演说家：卷一》（*De Oratore：liber primus*），Paris，Hachette，1905，后来再版于法兰西大学文集系列（Paris：Societe d'edition "Les belles lettres"，1922），但仅余少量评注。

② 《论演说家》卷一，55。亦比较《论演说家》卷一，5；卷一，46："我们在这次谈话中想要寻找的不是什么讼棍，不是什么饶舌者，也不是什么空谈家……"

③ 《巨人传》第二卷第 10 章。对拉伯雷原文的引用，我根据的是 Abel Lefranc 等人的考订版《拉伯雷集》（*Œuvres de François Rabelais*），四卷本，Paris，1913—1931，该版只包括《巨人传》第一卷《高康大》（*Gargantua*）、第二卷《庞大固埃》（*Pantagruel*）和第三卷。至于第四和第五卷，（转下页）

因此，西塞罗和拉伯雷都表达了他们对愚昧学究的厌恶。西塞罗坚决明确地表明了自己的态度，但这并没有占据太大的篇幅。拉伯雷的讽刺剧对"诡辩家"却绝不曾笔下留情。无疑，在西塞罗和拉伯雷身上，都可以找到对修辞术——尤其是修辞家——的厌恶，这通常由两位作家笔下的其他人表达出来。对西塞罗和拉伯雷而言，这种厌恶具有独特的意义。他们把这类修辞家视为邪恶的根由，并想要消除这种邪恶。①

在积极的、创造性的方面，西塞罗和拉伯雷经常"英雄所见略同"。如果不是拉伯雷学识渊博，有各种丰富的素材来构思其文艺复兴时的人物，人们大概会论证说，西塞罗描绘的理想演说家正是拉伯雷构思的基础。

这只能是一种假设。西塞罗的某些思想在他之前和之后都有系统的阐述，② 拉伯雷可以从其他古典作家或一些当代作家那里选取自

（接上页）我使用了 Jacques Boulenger 的版本，《拉伯雷全集》(*Rabelais*：*Œuvres Complètes*)，Paris，1934。[译按]《巨人传》引文，参考了成钰亭先生的译文（上海译文出版社，1981），但会据文脉而有修改。

① Edmond Courbaud，《论演说家：卷一》，前揭，页98，注释8："《论演说家》的大原则是在实质上反对学究化的科学和修辞学家的规则化技巧。"

② 至少，西塞罗的部分思想和观点来自他的阅读。西塞罗受惠于柏拉图的《高尔吉亚》和《斐德若》、亚里士多德的《修辞学》、伊索克拉底（[译按]作者误作 Socrates，应为 Isocrates）的《驳智术师》(*Against Sophists*) 和《交换法》(*Antidosis*)，以及伊索克拉底的学生们。John E. Sandys 在其考订版《演说家》(*Orator*, Cambrigde, 1885) 中说道：

> 卷一第113－121节勾勒了教育演说家的综合大纲，涵盖法律与历史、哲学及其辩证法分支，还有伦理学和"物理学"。毫无疑问，这个大纲部分地源于希腊思想，但亦有部分是新的；无论如何，这是我们现有的百科全书式教育大纲在拉丁语中的最早版本。（前言，页67）

同样可以确定的是，西塞罗之后，许多拉丁作家，尤其是昆体良，（转下页）

己的原则。但是，从本文研究的思想观点来看，在那些古典作家中，[同西塞罗相比，]没有谁和拉伯雷有如此之多的类似之处，没有哪部作品和拉伯雷的教育观念有如此密切的亲缘关系。对于拉伯雷的同代作家，同样可以这样说。况且，那些同代的作家关心的是教学法、道德或宗教的事情，如果超出了这些范围，他们通常把自己的读者指向古典作家，绝大多数情况是指向西塞罗。

宣称拉伯雷借鉴西塞罗的《论演说家》，有三个主要理由：(1) 西塞罗在16世纪的重要地位；(2) 该时期演说术的重要性；① (3) 在表

(接上页)对西塞罗关于演说家及其教育和举止风度的思想，加以复述并有所发展。但昆体良认为，在西塞罗之前或之后，我们再也找不到谁能够如此集中统一地呈现关于教育的思想。本文将表明，"配得上出身自由、受过博雅教育的人"（homine ingenuo liberaliterque educato dignum）的主旨，以及在西塞罗《论演说家》中地位显著的百科知识，显然都在拉伯雷那里找到了共鸣。西塞罗脑海中并没有特来美（Theleme [译按] 这是高康大建造的修道院之名）的概念，但西塞罗的"一切高尚技艺的导师"（omnium bonarum artium doctores，《论演说家》，卷一，36）与拉伯雷的"自由、出身高贵、教养良好的人"（gens liberes，bien nez，bien instruicts；《巨人传》第一卷第57章，页430）相去不远。

① W. H. Woodward 在《伊拉斯谟：关于教育的目标与方法》（*Desiderius Erasmus: Concerning the Aim and Method of Education*，Cambridge，1904，页120-121）中说道：

在古典作家之中，被人文主义者赋予首要地位的无疑是与修辞术有关的演说家和作家。这点与文艺复兴社会给予演说术的地位密切相关……作为一项教育手段，古希腊和罗马的演说术值得细加研究和模仿。但是，要不是出于如下两个事实，我们或许会怀疑，演说术是否受到过所有人文主义者赋予的那种热诚的尊重：(1) 西塞罗现存著作中的《演说辞》填补了空缺；(2) 一部被偶然发现的从古代遗留下来的教育论著，实用而系统，探讨了演说家的教育问题（[译按] 这部论著似乎指昆体良的《善说术原理》[*Institutio Oratoria*]）。

达和思想上，西塞罗与拉伯雷近似之处相对较多，有时甚至如出一辙。①

《论演说家》中有两段话构成了拉伯雷的一个最重要的概念。第一段是在描述了完美演说家的特点之后，西塞罗继续写道：

> 为此，演说家还应该幽默、诙谐，是配得上出身自由的有教养者，回答和攻击时应具有优美而高雅的敏捷和简洁。（《论演说家》卷一，5）

第二段出现的地方是，苏尔皮基乌斯（Sulpicius）要求进一步解释寻求好的演说术时需要遵循的方法，克拉苏斯（Crassus，西塞罗的代言人）回答说：

> 首先，我完全承认，作为配得上自由出身、受过博雅教育的人，我学习过所有人都应该学习的共同的陈腐规则。（《论演说家》卷一，31）

---

① 参 Pierre Villey，《蒙田散文的来源与发展》，前揭，页212：

> 16世纪的许多借用都有拘泥于字面的特点，但这不应该妨碍我们理解那些更为谨慎的借用。对于每个作家的个人习惯性借用，无论是观念上的抑或行为上的……还有对于时代和诸模范的借用，都应该顾及其性质，因为，当代的文本既不会像古代文本一样受敬重，也不会运用［与古代文本］一样的手法。出于这个主旨，在对其渊源的研究中，精确性不应该妨碍我们在解释这些渊源时诉诸一些合理的假设，我们贫乏的推理科学不能放弃这些假设。

写下这段话之前，作者考察了拉伯雷之受惠于伊拉斯谟。Villey并不太肯定拉伯雷是否从伊拉斯谟那里获益良多。

这两段话尤其表明，西塞罗对"配得上出身自由的有教养者"和"受过博雅教育的自由人"的要求，与拉伯雷对有权进入［特来美］修道院者的要求，简直如出一辙。的确如此，两者都是"自由（liberes）、出身高贵（bien nez）、教养良好（bien instruicts）的人；谈笑往来者皆良朋益友"。①

这些概念都一再出现在西塞罗和拉伯雷笔下。首先，这些概念似乎在反复表达完美演说家的主要特征。其次，这些概念正是具体的人和人类通往梦想世界（dream-world）的钥匙。我们发现，较之西塞罗，拉伯雷更少限定目的的统一性。拉伯雷的餐桌更为丰盛和色香味美。当然，一个写的是关于演说术的论文，另一个描绘的是广袤的"世界图景"（mappemonde）。然而，两者经常志同道合。同样正确的是，在拉伯雷的四个要点中，西塞罗没有提到第一点，即"自由人"（gens liberes），②读者很难［从西塞罗这里］期待这点。但其他三点却显而易见：

> ……如果他不了解自由出身者应该了解的各种科学，任何人都不能被称为演说家；甚至我们即使并没有把那些学科应用

---

① 《巨人传》第一卷第57章，页430。第29章为高朗杰古写给高康大的家书，该章后面的附注乃对"自由"（libere）这个词的解释，这是拉伯雷青睐的一个形容词，注释作者Sainean补充说："自由在这里的使用具有西塞罗的方式。"的确如此。

② 对于拉伯雷使用的这个词，很难找到一个恰当的定义。兴许，利特雷（Littré）的定义最接近其可能的意思："自由：有闲人的高贵的精神气质；超越偏见的精神解脱。"在这种意义上，或许可以认为"liberes"一词符合西塞罗完美演说家的概念。亦参E. Courbaud所言："要界定自由，其范围过于无边无际：'［但］至少要知道，对我们来说，好好地去了解是很重要的。'所以，要给世人一种教育，也就是说，一种普遍的教育，而非专家或学者的教育。"（E. Courbaud，《论演说家》卷一，前揭，页67）

于演说，但仍会明显地表现出我们对那些学科是一窍不通还是做过研究。有如玩球的人们游戏时并没有采取学得的真正技巧，但是他们的动作本身仍然可以表明他们是受过训练还是一无所知……同样，在我们对法庭、对民会、对元老院做的演说中，尽管我们对其他科学并未做直接的叙述，但是仍然能够清楚地表明，演讲人是只熟悉演讲技巧本身，还是在从事演说时也用心学习过其他高尚科学。（《论演说家》卷一，16）

诸如此类的特征正是对演说家的要求，在给自己的儿子庞大固埃的信中，高康大的期盼也恰好涵盖这些特征：

> ……一心只求在我有生之年，能见到你在德性、言行、见识以及一切学术义理、处世治身之道上，无不做到修养成熟、彻底精通。（《巨人传》第二卷第8章，页101）

这三个主要特征是：（1）"温文尔雅的君子"（perpolitus - gentleman）几乎就等同于16世纪的"朝臣"（courtier）；（2）百科全书般的知识；（3）更为具体而深厚的博雅文化（liberal arts culture）。除此以外，或许还可以加上第四点，正好符合拉伯雷主张的"谈笑往来者皆良朋益友"。

> 有什么能够比闲暇时机敏而富有见识的谈话更令人愉快，更符合人的本性呢？要知道，我们正是在这方面可以说是无可比拟地优越于兽类，因为我们可以互相交谈，可以用言语表达我们的感受。（《论演说家》卷一，8）

因此，我们看到，两位作家从一开始就志趣类似，在定义他们最高的抱负时相差无几。两者的言语都意气风发、热情洋溢、斩钉截铁。当然,西塞罗说"为了他的居所",但即便情况如此,这仍然是一个雄辩有力的宣言;另外,拉伯雷在某些方面更为客观。拉伯雷心中兴许也想着他所认识的人的荣耀,或者希望成为这样的人。这些人有布德(Budé)、伊拉斯谟、蒂拉居奥(Tiraqueau)。拉伯雷的庇护人可能也是这样的人,他们为拉伯雷提供了"自由、出身高贵、教养良好的人"的概念。拉伯雷可能认为,他们符合进入特来美修道院(Abbaye de Thélème)圈子的要求。可以认为,西塞罗最终只是写了另一本修辞术著作,尽管它远不止于此。①

但是,拉伯雷远远超出了修辞术。

> 这个计划并没有对教育方面的考察:对人的本性的宽容大度(la nature de la générosité),它信心并不太足;一旦人之本性瞥见科学之美,并设法通过一种规则的练习来获取这种美,学习就成为人之本性的"一种往昔国王般的时光"。②

必须列出上述这段概述,我们才能搞清楚西塞罗在16世纪人文主

---

① 西塞罗极其重视他的《论演说家》。这部书写成于西塞罗遭受流放期间——公元前55年,耗费了很长一段时间。参照《致阿提库斯》四,13:"我勤勉地写下关于演说术的著作,它们在我手中已经很长时间了。"亦参《致阿提库斯》十三,19:"我有三本论演说术的书,都思考得很深入。"(Courbaud点出了这些指引,前揭)。可以合理地推知,西塞罗意在把《论演说家》视为对自己成熟的思想的一次重要反思。对参《论演说家》卷一,2:

> 要知道,正如你曾经反复对我说,由于我在少年或青年时期根据我的笔记写出的著作是概略性的,很粗糙,与我们现在的年龄和我们从经历过的那么多、那么重要的案件中获得的经验已经不相称,因而你希望我就这一科目写出一部更为精心、更为完善的著作来。

② Jean Plattard,《拉伯雷的著作:渊源、立意与写作》,前揭,页85。

义文学中毫无争议的重要性。这位作者似乎认为，在西塞罗的《论演说家》与拉伯雷著作的重要甚至最关键的章节之间，无疑具有亲缘性。

在本研究的余下部分，我将主要讨论普拉塔德所谓的拉伯雷的学园共和国（Respublica Scholastica），更具体地说，讨论拉伯雷关于教育的思想。为了集中注意力和焦点，我的研究将基于西塞罗的一个重要的综合性陈述以及拉伯雷书中的两封信，即庞大固埃写给高康大和高朗古杰（Grandgouzier）写给高康大的信。我将更具体地指出如下几点：（1）对百科全书般的知识的强调；（2）需要获取的各种知识的详细清单；（3）为获取知识而提出的各种方法。但在必要的时候，其他关联之处也将在适当的地方点明。

西塞罗的段落：

> 还应该逐字逐句地熟背尽可能多的作品，不仅是我们作家的作品，还有其他作家的作品，用来练习记忆。在这种练习中，我甚至也不反对联想地点和形象——如果有人习惯那样做的话，这种方法见于教科书。然后，应该让演说从这种室内悠闲的练习进入人群，进入尘埃，进入喧嚷，进入军营，进入尖锐的诉讼斗争，让所有人的目光都注视过来，让自己的天资能力经受考验，让这种封闭性的训练进入真实生活的阳光。还应该阅读诗歌，熟悉历史，选择一切具有高尚技艺的导师和作家来阅读，而且还要反复阅读，练习着进行称赞、解释、修正、抨击、否定。此外，还要从正反的角度讨论所有问题，从每件事情中抽出任何能够令人觉得可能的东西进行演绎。还应该研究市民法，熟悉法律，熟悉古代生活的各个方面、元老院的传统规则、国家的制度、同盟者的条约和协定，熟悉国家的情势。最后，还应该从各种机敏诙谐中吸取风雅，把它有如盐粒那样，撒进所

有的演说辞里。我已经向你们谈了我的全部想法。①

这的确是个"知识的渊薮"（abysme de science）。
现在，让我们详细分析在这段话里面找到的几个要点。

1. 还应该逐字逐句地熟背尽可能多的作品，不仅是我们作家的作品，还有其他作家的作品，用来练习记忆。

记忆作为一种学习工具，向来深受西塞罗重视。倘要列出《论演说家》中多处提到记忆的地方，这恐怕是个乏味而无益的任务。西塞罗经常强调记忆，这段有力的文字便足以证明：

> 我还需要谈一切事物的宝库——记忆吗？我们知道，如果没有它守卫我们觅得和构想的事物和词语，那么所有那些对于演说家来说是最美好的东西就会荡然无存。（《论演说家》卷一，5）

拉伯雷也重视记忆或背诵。

> 庞大固埃读书求学非常努力，这一点你不难想象，学业也十分长进，因为他禀性颖悟，倍于常人，而且记忆力强，兼收并蓄，不下十二只张着大口的酒囊和油篓。②

---

① 《论演说家》卷一，34。亦对参《论演说家》卷一，3、4、5、6、9、15、21、49；卷二，16；卷三，20、21、23。当然，第一卷对此处讨论的主题最重要。但亦参《演说家》，15、32、34。必要时，所有这些指引一再提及和引用。下文的四点引用是出自上文引用西塞罗的段落的部分（《论演说家》卷一，34）。

② 《巨人传》第二卷第8章，页98。亦对参第二卷第8章，页105、107，以及第一卷第13章，页218、219、220-221："因此，谈过的东西，他全能记得很清楚，就是当时医生所知道的，也及不上他的知识的一半。"

研究拉伯雷教育体系的学者们试图确定拉伯雷体系中的原创性部分与仍然体现着学究主义的烦人和可笑的部分。这种做法总是带有某种程度上的辩解，且不无尴尬之处。在这种学者看来，拉伯雷喜欢并看重记忆能力当然就是"经院式"（scholastic）方法的一个标志。"兴许并不能充分表明，（拉伯雷的）这个体系在什么地方与经院式教育有关；人们评论得没错，[这个体系的] 重要并且几乎总是决定性的部分与 [经院式] 教育中的背记有关；人们已注意到，它与经院的体系并没有什么不同。"①

　　但是，这种看法有道理吗？是否由于经院式教育体系更多滥用背记而不是运用背记，就必然可得出，背记本身是一种受指责和"哥特式"（gothique）的学习方式？倒不妨认为，西塞罗对背记的坚持才是拉伯雷的古典权威，足以使他把背记纳入他的学习体系中。②

　　　2. 然后，应该让演说从这种室内悠闲的练习进入人群，进入尘埃，进入喧嚣，进入军营，进入尖锐的诉讼斗争，让所有的人的目光都注视过来，让自己的天资能力经受考验，让这种封闭性的训练进入真实生活的阳光。

　　拉伯雷发人深思的一个特征是，他把现实（realia）带进了学生

---

①　Plattard，前揭，页83。在他为 Lefranc 版所写的导论中，作者在某种程度上更加强调这种观点（参《巨人传》导言关于第二卷部分，前言，页99）。

②　当然，我并非在主张西塞罗论背记的观点源出于他。记忆的用处是个太突出的主题了。亚里士多德自己已经写过关于记忆的论文。参亚里士多德，《论感觉与记忆》，G. R. T. Rose 英译，Cambridge：Cambridge University Press，1906。但这部著作本质上是相当技术性的，并没有提出西塞罗所应用的记忆。自然，古典作家与16世纪作家在许多其他地方都提及记忆的用处，但在他们当中，都找不到西塞罗所强调的记忆以及拉伯雷的呼应。记忆只是两人许多一致之处的又一点。

的生活。在指出拉伯雷可能受惠的前人和同侪之后，普拉塔德说道，拉伯雷有三个"原创"的特征：

> 人们徒劳地从时代的教育特征中寻找，而这三个特征尤其源自拉伯雷的个人气质。第一个特征是关注教育与生活的结合，关注从具体的现实中、从日常生活的琐事中提取教育素材或选择适合教育的场合。①

高康大从早到晚的学习日程以及他经常细心地结合学习与实例，这些已经众所周知，毋庸赘言。然而，考察一下这种学习与生活的结合如何应用于拉伯雷技艺的修辞术方面，这会饶有趣味。"你不妨简单试试，你究竟获得了多少教益；最好的方法莫过于参加各种讨论会，与一切有学问的人公开辩论，赞成一切与反对一切。"②

---

① Plattard，参其为 Lefranc 版所写的导论，《巨人传》导言关于第一卷部分，前言，页 94–95。
② 《巨人传》第二卷第 8 章，页 108。其他类似性质的段落见第二卷第 10 章，页 123：

> 某日，庞大固埃想试试他自己的才学。于是在市内的交通要道，提出辩论的题目，共计九千七百六十四款，内容涉及所有学科、所有最艰难晦涩的问题。首先，在大学区草场街摆下擂台，与学院学长、教授、演说家（orateaurs）等展开辩论……

Platttad 对"演说家"一词做了注释（注6），其中说道，"没有哪个行当的学者是［演说家］这种头衔。无疑，拉伯雷指的是这样一些人：按照他们的职位，他们支持使用学究型的演说"。注意拉伯雷对"演说家"一词的使用会很有趣，无论它是否属于常规的用法。亦对参拉伯雷在《巨人传》第一卷中对该词的运用，见第 17 章，页 164。也见第二卷第 10 章，页 127；第 18 章，页 210；第一卷第 24 章，页 239。

由此，我们看到，对拉伯雷和西塞罗而言，一旦习得演说术的准则，演说术之艺就要放进公开、自由甚至无规则辩论之中加以考验。如果［两人］有什么区别的话，拉伯雷更为强烈地把这种考验看作彻底掌握的证明。在这一点上，我们再次碰到这个断言：拉伯雷这种为了公共辩论的学习只是中世纪传统的残余。"于是，拉伯雷和他的所有同侪一样，并没有设想高明的训练，只是以论辩作为对习得知识的考验。由此，他的教育法保留了一些中世纪传统的东西。"①

3. 选择一切高尚技艺的导师和作家来阅读……

这种对友伴的选择正中拉伯雷的下怀，他在许多场合都极力推荐。毫无疑问，这对拉伯雷而言是个自然的趋向，他如此热切地寻求伊拉斯谟和布德的友谊，而且，他自己就是一个令人欢欣和受益的好友伴。与西塞罗一样，拉伯雷坚持与博学之士为友。"最好的方法莫过于参加各种讨论会，与一切有学问的人公开辩论……与巴黎以及全国各地的文人学士交游往还"（《巨人传》第二卷第 8 章，页 108）。在同托马斯特（Thaumaste）辩论的过程中，庞大固埃庄严正式地向他恭维："因为一切美好都来自神，人们若遇到适于接受这天降雨露的人，亦即遇到有知识才学的贤人君子，便当广事流传，这是神的欢悦。"（第二卷第 18 章，页 209、211）［高康大］经过提摩太式的清沏之后，包诺克拉特（Ponocrates）进一步打破青年高康大

---

① 《巨人传》第二卷第 8 章，页 108，注 91（Plattard）。在中世纪，虽说公共辩论曾是既定的习惯，但是，指出这点兴许有好处：倘若拉伯雷没有发现西塞罗如此明确地提倡公共辩论的练习，那么他对中世纪事物的厌倦可能会使他对公共辩论有偏见。

已有的坏习惯，他所做的第一件事只不过是"把高康大领到当地的学者群中，希望借这些学者的切磋，启发他的心思，砥砺他求学的志愿"。①

4. 此外，还要从正反的角度讨论一切问题，从每件事情中抽出任何能够令人觉得可能的东西进行演绎……

仅仅通过阅读拉伯雷，我们并不能断言，他是否认可这种讨论。我们已经知道（《巨人传》第二卷第8章，页108），拉伯雷极其看重"与一切有学问的人公开辩论，赞成一切与反对一切（envers tous et contre tous）"。不过，对于那些就赞成与反对（pro et contra）而辩论的人，他似乎不时表达出有力的嘲讽。在对"拜兹居尔（Baisecul）与于莫外纳（Humevesne）两位大老爷"的审判中，庞大固埃被请来作为最终的仲裁人，他一开始就指出："我敢肯定，你们和所有经手过这件案子的人，都尽你们的所能，把双方一切赞成与反对的论点和理由都加了上去，所以，本来可能是清清楚楚、容易判断的一件案子，你们却从阿克修斯（Accurse）……"（第二卷第10章，页128）后来，在与英格兰大主教的论辩中，拉伯雷更加直截了当地说："我不想像那些无聊的诡辩家那样，就赞成与反对而辩论。"② 因此，拉伯雷相当鄙视那些可为任一方而辩的人，在这一点上，他与西塞罗针锋相对，西塞罗则极为看重这种能力。但是，在上

---

① 《巨人传》第一卷第23章，页216。亦对参《巨人传》第四卷第11章，页590："当时和我们在一起的全是些饱学之士，个个都热爱游览，热爱访问贤哲、参观意大利名胜古迹。"

② 《巨人传》第二卷第18章，页210；对参第一卷第17章，页163。

引的例子中，拉伯雷同样不愿意"用学院派的演说方式来争论"。①

从整体上看，如果拉伯雷宣称自己反对赞成与反对式的论辩，人们可能会补充道，如果拉伯雷的意思完全是严肃的——我们绝不能肯定他是否严肃，那么，这就与他的意愿——就任何问题进行"赞成一切与反对一切"的公开讨论——调和起来。但是，从表面证据来看，拉伯雷反对赞成与反对式的辩论。②

西塞罗要求完美的演说家学习各项条目，我们将会看到，拉伯

---

① 《巨人传》第二卷第 18 章，页 210。Plattard 提供了一个有趣的注释，讨论 declamatio［演说］一词：

  declamatio 是一种严格的修辞术练习。为什么拉伯雷要对演说提出一种哲学论辩的练习？兴许，拉伯雷记得，成为"学园"哲人的西塞罗在《图斯库鲁姆清谈录》（卷一，4）中说道，他处理哲学论题的方式与他从前在律师界的演说练习一样。

对拉伯雷而言，他"自己似乎并没有经常实践西塞罗著作中的做法"（Plattard，前揭，页 187），但这毕竟有助于记忆。不过，拉伯雷心中——如果他记得西塞罗——兴许也会想到，在《演说家》中，西塞罗本人与"学校的演说者或法庭上的咆哮律师"完全无关。再则，拉伯雷兴许还会想到《论演说家》（卷一，18）中的一个段落，其中说道："至于学园派的遗风，他们辩论时对任何问题一向都采用反诘。"

② 但是《论演说家》卷一，62 的结尾曾简要提到，西塞罗似乎在这个问题上改变了他的观点。安东尼乌斯完成他对克拉苏斯的反驳之后，克拉苏斯对安东尼乌斯的机智有点招架不住，他简要回应道：

  安东尼乌斯，你为我们想象的演说家只是一个什么工匠，或许你真正持有的是另一种观点，只是你现在采用了你反驳对手时极其高超的技巧，从来没有人能在这方面超过你。这本来是演说家训练自己能力的一种特有手法，但现在也已经为哲人们所采用，并且主要是这样一些人，他们常常就预先提出的随便什么问题非常雄辩地进行赞成与反对这两个方面进行演讲。

雷心向往之。在进入研究这些条目之前，我们必须更清晰地确定两人最为神合之处，亦即对百科全书式知识的需要。于西塞罗而言，它是引擎（leit-motiv）。西塞罗明智地承认，他提议的这样一种百科全书式的知识在实践上难以实现，但他仍然强调之。他在一定程度上有所放松——允许演说家自由选择研究的主题。

> 如果有人觉得我提出的"任何问题"一语太无定指，那么，他可以根据他自己的看法缩减或删削，但我仍将坚持一点：即使演说家不明晓其他技艺和科学的内容，仅仅知道法庭辩论和诉讼实践需要的那些知识，当他需要讲演时，他只要向精通事物实质的人了解那些事情本身，那他便可以远比从事那些科学的人讲演得更好。（《论演说家》卷一，15）

接下来，我将引用最为有力的段落，尽管在《论演说家》三卷和《演说家》中可以找到许多表达相同思想的地方。

> 在我看来，任何人都不可能成为在各个方面都备受称赞的演说家，如若他不对所有重要的科学和技艺进行研究。演说辞的华美和丰富应该以对事物的认识为基础；如果演说辞不含有演说家深刻领悟和掌握的知识，那么词语必定是空泛的，甚至是孩童式的。（《论演说家》卷一，6）

> 但如果演说缺乏被演说家深入领悟和理解的内容，它必然或是毫无意义的，或者会成为人们的笑料。（《论演说家》卷一，12）

> 所以，如果有人想知道对演说家的含意的完整而准确的界定，那么在我看来，演说家堪当这样一个含意广泛的称呼，即演说家乃是对任何需要用语言说明的问题都能充满智慧地、富有条理地、词语优美地、令人难忘地以一定的尊严举止讲演的

人。(《论演说家》卷一,15)

……如果他不了解自由出身者应该了解的各种科学,任何人都不能被称为演说家。(《论演说家》卷一,16)

因此,我们的演说家,并不是我们要在学校中寻求的纯粹演说者,也不是法庭上的咆哮律师。①

最后,我们可以在此回想西塞罗早前在《论演说家》中言之凿凿的话语:"要知道,演说术需要拥有对众多科学的广博知识,若没有那些知识,文辞便会成为无聊而可笑的空谈。"(《论演说家》卷一,5)

这些段落最为明确、最为贴切地强调了完美的演说家要具有无所不包的知识,也表达了《论演说家》的鲜明主题,《演说家》亦经常重复之。更具体地说,我们看到,这种对百科全书式知识的要求针对的是只需奉守规则的"旧"学校的要求,西塞罗自己经常抓住机会取笑这样一个体系的结果,常常把自己心目中的演说家与"配得上出身自由的有教养者"(eruditio libero digna)的理想结合起来。②

---

① 《演说家》15。亦参《论演说家》卷一,5、49;卷三,19、20。
② 《论演说家》有一段话(卷一,17),西塞罗兴许有点克制地抱憾于如下事实:他还没有机会达到这种理想。

这时,克拉苏斯说道:"请记住,我说的不是关于我自己,而是关于演说家的能力。要知道,当我们不得不让实践先于理论的时候,我们学习过什么或者能够知道些什么呢?诉讼活动,选举竞争,公共事务,保护朋友的利益,在我可能对这些事情进行某种考虑之前,我已经完全为它们所占有。即使我确实如你觉得的具有你认为的那种本领,那当然也完全谈不上包含什么才能,包含什么学识,请海格立斯作证,更缺乏学习的如火热情(acerrimum),但要是有人更加富有才能,或者更确切地说,具有我不具备的那些知识,那他将是一位何等杰出、何等伟大的演说家啊!" (转下页)

西塞罗雄辩有力地敦促听者和青年矢志于学：

———————

（接上页）于我而言，这段话似乎非常容易令人想起高康大致信庞大固埃中的语气和内容。

> 想我先父，令人怀念的大肚量，曾竭尽他的学识见解，教导我，要我在行为道德和经世之术上力求尽善尽美……当年的时代，对于文学艺术来说，比不上今日的优越和方便，我便不曾有过像你所有的堪为当世表率的师傅。（《巨人传》第二卷第8章，页101-102）

此段引用与《论演说家》（卷一，4）中的如下一段相比较，可得出更有力的证明：

> 确实，在确立了对各个民族的统治权之后，在长时期的和平保证了安宁之后，几乎没有哪一个渴望获得荣誉的青年不认为应该以巨大的热情研究演说术。起初，他们不知道任何理论知识，以为不存在任何训练方法和艺术规则，从而他们只能达到自然禀赋和个人思考可能达到的水平。但是，在聆听过希腊演说家的讲演、阅读过他们的著作、得到希腊教师的帮助之后，国人们令人难以置信地热衷于（flagraverunt）研究演说术了。

在整封书信中，高康大都对自己的学识感到惭愧，对自己缺乏机遇感到遗憾："即如我（高康大）以老耄之年，亦不得不勉强学习希腊文……可惜在我年轻的时候未曾得暇钻研。"（《巨人传》第二卷第8章，页104）我们可以注意到，西塞罗在这里使用了 flagraverunt［人们热衷于］，这是拉伯雷最青睐的一个词，他用的是法文 emflambé。参照《巨人传》第二卷第8章，页110：

> 庞大固埃捧读父亲的来信，勇气倍增，比以前越发热衷于（emflambé）学习，人们见他如此用功，学业如此精进，说他的心思钻在书本里面，好似烈火遇干柴，不知疲倦，烘然热烈（strident）。

可以恰当地说，strident（烘然热烈）一词与前面西塞罗使用的 acerrimum（如火热情）有关。

因此，年轻人，请你们继续正在做的工作，专心致力于你们正在从事的事业，以便为自己赢得荣誉，为朋友提供服务，为国家争取利益。(《论演说家》卷一，8)

在写给儿子的信中，高康大流露出的愿望和敦促与此不无相似之处："为此，我的爱儿，我勉励你善用你青春的光阴，一心向学，培养德性。"(《巨人传》第二卷第8章，页105) 在同一封信的另一段，我们找到对成熟时期的劝勉：

因为，今后你长大成人，还当走出这清静的读书生涯，去学习骑术和诸般武艺，保卫我们的家乡，在你的亲朋好友遇到危害、受到坏人攻击的时候，给予他们援助。(同上，页108)

在这一点上，无须强调拉伯雷对一切知识的热情。他自己已经做了极好的总结："总之，我把你看作一个知识的无底深渊。"(同上)

现在，我们开始考察西塞罗提出而且也可以从拉伯雷那里找到的各种具体的知识条目。然而，必须记住，某些"学科"在拉伯雷那里自然会有不同的强调，例如语言。西塞罗并非要贬低自己从希腊得来的恩惠，① 只不过是以一种不同于"三语学园"(trilingue Academie)的精神和关切来承认这种恩惠。关于拉丁语——人文主义者的语言——的问题，西塞罗兴许乐于听到高康大的推荐："你要形成你的风格……拉丁文要模仿西塞罗。"(《巨人传》第二卷第8章，页106)

"你应该熟读所有史传，铭刻在心；乾坤学(Cosmographie)对你开卷有益。"(同上)拉伯雷使用的"Cosmographie"一词，意思

---

① 《论演说家》卷一，4："我不准备谈一向希望处于演说术首位的希腊和那个成为各种学术发源地的雅典。"

不大明确。它当然并非只是地理学,因为下文数行虽没有实际上提到名称,但拉伯雷特别说到研究地理学的问题包括植物学。

> 至于自然界的事物,我也希望你抱着好奇心去探索。务使没有一处江河湖海你不认得它的渔产;举凡空中的飞鸟,森林里的大小树木和荆棘,地上的青草,山腹和海底的矿藏,东方和南国的宝石,无一不让你闻其名而知其实。(同上,页107)

在这个词更广泛的意义上,拉伯雷心中想到的很可能是历史,"乾坤学一词对拉伯雷与对古人们一样,是对宇宙的描述"。① 在拜兹居尔控告于莫外纳一案中,对于"那群对所需法律一无所知、靠税款养活的大笨牛"(《巨人传》第二卷第10章,页129),拉伯雷向这群"笨牛"法官发泄愤怒,因为"他们对于人文学术、古物古史,简直一无所知"(同上,页131)。

与其他知识一样,西塞罗同样强调对历史的全面知识,尤其是对法律人而言。

> 他不仅应该熟悉过往时代的历史事件,尤其是我们国家的历史,也要熟悉帝国民族和著名帝王的历史。我们的朋友阿提库斯的努力已经明确了我们在这里的任务,他的一本书中涵盖了七百年的纪事,按照确切的编年顺序,省略了不重要的事情。对于发生在你出生之前的事情一无所知,你就等于仍然是个孩子。因为,除非人的生命通过历史的足迹而与我们先辈的生命编织起来,否则,人的生命又有什么价值?况且,提及古代和引用事

---

① 《巨人传》第二卷第8章,页106(注69)。亦参布克哈特,《意大利文艺复兴时期的文化》,前揭,页257–271、285–288;Emile Egger,《古代文学记》(*Mémoires de littérature ancienne*),Paris,1862,页316–354。

例会给演说辞带来权威和可靠性,也会给听众提供最高的愉悦。①

"各门博雅之艺(ars liberaux),如几何、算术、音乐……像天文学等,应该掌握所有规律。"② 西塞罗要求完美演说家必须掌握的条目清单发人深思,他并没有忘记把自然的学科添加其中。

> 至于音乐研究,还有那些被称为文法学家的人们所从事的文法研究,有谁深入地研究它们而不能以精深的知识和理解去掌握这些科学的全部的、几乎是无边际的意义和内涵呢?③

"关于民法的宏文巨著,我希望你熟读牢记,然后理智地加以思索。"④ 根据拉伯雷对法律的喜爱,可以断定,他打心里是个律师。

---

① 《演说家》34。亦参《论演说家》卷一,5;卷二,16。
② 《巨人传》第二卷第 8 章,页 106;亦参第一卷第 23 章,页 217、221 - 223、235。
③ 《论演说家》卷一,3。在古代,一个文法学家就是一部百科全书。亦参《论演说家》卷一,19;《演说家》4:"我将要说些什么呢,关于对自然学的研究——它为演说家提供了丰富的材料?"《演说家》34:

> 我的确希望,在演说家考虑表达的语言或风格之前,他的主题应该要值得有教养的听众去……自然学会带来伟大和崇高,演说家也不应该对自然学无知。如果演说家从考察天上之事转而考察人类事务,他的一切言辞和思想肯定会更为崇高辉煌。

在这里,我们可以留意到,自然学(physics)在西塞罗的时代包括形而上学和乾坤学(cosmography)。

④ 《巨人传》第二卷第 8 章,页 107。亦参第 5 章,页 58:"法学典籍像绣金的蟒袍,炫目夺神,珍贵非凡,但可惜用狗屎做了镶边([译按]指对法典所作的注释)。"第 10 章,页 128 - 130。

在他希望其学生学习的所有学科当中，法律似乎是最重要的一门。当然，在这点上，拉伯雷与其最好的朋友布德和蒂拉居奥一致，无疑也与西塞罗一致。①

自然而然，在论及演说家时，西塞罗会强调，对于塑造演说家而言，至关重要的部分必须包括法律知识。"他应该要懂民法，它是法庭上日常实践所必需的。想要在法律争论或市政争论中辩驳，却对法规和民法一无所知，还有什么事比这更羞耻呢？"②

从本研究可得出，在西塞罗对完美演说家的研究当中，拉伯雷很可能找到他感同身受的观念形式（body of notions），它与文艺复兴时期设想的理想人（ideal man）匹配无间，"在德性、言行、见识以及一切学术、义理、处世、治身之道上，无一不做到修养成熟、彻底精通"（《巨人传》第二卷第8章，页101）。的确，兴许已有前人或同侪提出过拉伯雷的一个或某些观念。至于卡斯蒂里欧尼（Castiglione），我倾向于认同普拉塔德的看法：③ 卡氏的影响并非至关重要。

卡斯蒂里欧尼熟悉西塞罗，但重要之处在于，在《论演说家》的二卷当中，卡氏从第二卷中受惠最多，尤其是第54–71章。这些大致对应于《朝臣卡斯蒂里欧尼之书》第二卷中的42–84段。④ 在

---

① Plattard："此处与稍后的第10章一样，拉伯雷透露了他对法律科学的启蒙（intiation）。拉伯雷在响应布德与丰特奈-勒孔特（Fontenay-le-Comte）的法学家圈子，这些人主张对罗马民法的强烈推崇。"《巨人传》第二卷第8章，页107。关于拉伯雷的法律知识和对法律的偏爱，更完整的讨论参Plattard，前揭，页94–126。

② 《演说家》34；亦参《论演说家》卷一，5、10、11。

③ J. Plattard，前揭，页81–82。有人兴许会补充说，《朝臣卡斯蒂里欧尼之书》缺乏我们在西塞罗和拉伯雷那里发现的分量和广度。

④ Michele Scherillo编，《朝臣卡斯蒂里欧尼之书》（Il libro del Cortegiano del conte Baldessar Castigione，Milano：Hoepli，1928。

这些段落中，两位作者都讨论如何运用各种双关语、机智的反驳语和玩笑——演说家本人可以把这些利用起来。

卡斯蒂里欧尼还有相当多的地方借用西塞罗，但相对而言很少借自《论演说家》第一卷。唯一真正关键的借用涉及如何从贵族（nobility）当中选择朝臣：

> 然后，鲁多维科大臣答道："我并不否认这一点，个子不高的人也可有高贵的德性。但是，不要回到我们刚才讨论的话题，我们还是有许多理由颂扬高贵。出身良好的人的后代，也令人赞赏，这当然是有道理的，因为我们要塑造一种完美无瑕的朝臣，让他变得高贵。关于高贵，还有很多原因——这是举世公认的看法。"①

西塞罗只是说，"但是，由于我们探讨的是关于演说家，因此我们在谈话中应该把这样的演说家想象为不仅没有任何不足，而且还要完美得堪当一切称赞"（《论演说家》卷一，26）。西塞罗并不关心是否出生于"贵族"，而是关注更为接近拉伯雷所说的自由、睿智的人（gens liberes, bien nez）。

因此，关于这位作家（卡斯蒂里欧尼），似乎虽然不能排除《朝臣论》对拉伯雷的影响，但在拉伯雷那里并没有可在《论演说家》中找到的思想统一性。《朝臣论》对目的的强调在性质上也不同于《论演说家》。伊拉斯谟、布德、蒂拉居奥，还有拉伯雷的其他友人，他们都可能在言和行上影响到拉伯雷。但在这些人当中，没有哪个与拉伯雷之间会有着像西塞罗和拉伯雷之间的那种近似性和全面的一致性。

拉伯雷自己在《简要声明》（Briefve Declaration）② 中表示，他熟

---

① 《朝臣卡斯蒂里欧尼之书》，卷一，前言 16。
② Jacques Boulenger，前揭，页 761。

悉《论演说家》，因为他指名道姓地引用了它，尽管是像他惯常所做的那样，引用时夹杂了自己的想象。在整个四部——或五部——著作中，拉伯雷有许多直接或间接的用典和借用出自西塞罗。年轻的爱德蒙在惊呆了的高朗古杰面前发表他的演说，拉伯雷如此赞美他："简直是古代的格拉古斯（Graechus）、西塞罗或艾米利乌斯（Emilius），哪里像今天的一个年轻书童！"（《巨人传》第一卷第15章，页149）甚至约翰修士（Frere Jean）也推崇这位罗马演说家。"怎么，"包诺克拉特说道，"约翰修士，你也会骂人么？""那是为谈话加点辞藻，"修士说，"这是西塞罗式修辞学的色彩。"（同上，第39章，页337）拉伯雷经常以各种不同的形式表达对西塞罗及其演说术的推崇。普拉塔德甚至坚称，① "在拉伯雷的整部著作中，有这么一种类型的章节，其特点明显地是在模仿（pastiches）西塞罗风格"。如果情况如此，我们岂非也可以推论出，关于西塞罗风格的知识，② 必然意味着关于西塞罗著作和思想的精深知识？无可否认，西塞罗受惠于前人，

---

① 参 J. Plattard，前揭，页286，尤其页300–303。
② 西塞罗在《论演说家》卷一34中讨论过这种"模仿"的方法：

我从阅读这些演说辞中获得这样的好处：当我把用希腊文阅读的作品改用拉丁文转述时，我不仅应该采用最好的常用词语，而且要通过对原作的模仿，创造出一些对我们来说是新的词语，只要那些词语是合适的。

高康大对这种方法并非一无所知：

但是，尽管这天不带一本书籍，不读一句文章，但光阴并没有虚度，因为高康大他们在如茵的草地里，背诵维吉尔《农事诗》、赫西俄德的《劳作与时日》、波利体安（Politian）的《田园咏》，用拉丁文写几首讽刺诗，然后又把它们译成法文回旋韵或古体歌。（《巨人传》第一卷第24章，页243）

拉伯雷受惠于更多的人。但我相信,上述分析表明,拉伯雷在精神和文辞上都受惠于西塞罗。

进一步得出的结论是:所谓残留于拉伯雷身上的"中世纪"痕迹,全然不是中世纪的,而是源自完好的古典原则——在这个例子中是西塞罗的《论演说家》。因此,拉伯雷关于教育的观点,更多地属于16世纪人文主义者的观点。

拉伯雷与赫尔墨斯秘学

马斯特尔斯（G. Mallary Masters）著

孔许友 译

拉伯雷无须调和自然与理念，与佛罗伦萨的柏拉图主义者一样，对他来说，亚里士多德的经验论和柏拉图的直觉论是辩证对立面的互补两极。① 调和一切对立事物的上帝，既在理念中也在自然中呈现自身。他超越这两者，同时又普遍存在于两者之中。而且，人类也参与了神圣造物的这两个方面。人具有神的形象，因而部分地分享了天使般的直觉。人作为一种造物，通过感官感知获取知识是最自然的手段。这样，虽然人类对知识的掌握有限度，但经验事实的世

---

① Walter Mönch,《意大利的柏拉图主义复兴及其对法兰克文学和历史的意义（1450—1550）》(Die italienische Platonrenaissance und ihre Bedeutung für Frankreichs Literatur und Geistesgeschichte ［1450—1550］), *Romanische Studien*, XL. Berlin, Ebering, 1936, 页 1–41。

界是其对话体验的一个非常必要的组成部分。①

虽然拉伯雷将亚历山大大帝的老师奉为古希腊最负盛名的哲学家（《巨人传》第一卷第8章、第三卷前言），但在他看来，亚里士多德首先仍然是一个自然主义者。在谈及数学和逻辑学时，拉伯雷会引述亚里士多德。②但这位博学的哲学家在拉伯雷作品中更经常地是以诙谐或直截了当的方式出现，在涉及医学和通常的世界本质及其造物的时候。③正如在丝绸国（Pays de Satin）讽喻中所言，亚里士多德提着灯笼为自然主义者照路（第五卷第31章）。但是，在这个"道听途说"的国土上（land of Ouy‐dire），"道听途说"和他的效仿者们为拉伯雷的航海者们提供的食物不够（第五卷第31章）。④于是，他们前往灯笼国，继续寻找神瓶的形而上学真理。他们发现，亚里士多德的自然哲学是柏拉图式辩证性真理的必要补充；但就其自身而言，它并不完善。尽管他们可以在归于亚里士多德名下的第一哲学著作（livres de prime philosophic）中找到对赫尔墨斯秘学诸学科的本质表述，但他们会同等地强调那些学科的沉思和经验的方方面面。⑤

---

① 蒙田在其《随笔集》的第二卷第十二节"雷蒙·塞邦赞"（Apologie de Raimond Sebond）和第三卷第十三节"论经验"（De l'expérience）中，得出了类似的结论。

② 例如，《巨人传》第一卷第10章，第三卷第46章，第五卷第42章。

③ 例如，《巨人传》第一卷第1、3、10、23、39章，第三卷第13、27、32章，第四卷第8、17、55章，第五卷第26、30、39章。

④ ［译按］"道听途说"是丝绸国一个弯腰驼背、形象恶劣的小老头，嘴大无比，有七条舌头，每个舌头上还有七个分叉，人如其名，知道许多道听途说之人之事。

⑤ "第一哲学著作"的提法出现在被认为是伪作的《巨人传》第五卷前言中。不过，在"第五元素"情节的核心部分（《巨人传》第三卷第18‐25章）有类似的关联。关于亚里士多德与中世纪和文艺复兴时期赫尔墨斯秘学（转下页）

赫尔墨斯秘籍（Hermeticus）① 中的占星术、炼金术、魔法以及喀巴拉神秘主义（Cabala），② 比拉伯雷文学作品中所反映的文艺复兴时期任何其他思想特征都更关涉柏拉图—赫尔墨斯秘学传统中经验与理念一体的倾向。在古希腊晚期和基督教时代发展起来的学科，都有亚里士多德派和新柏拉图派的渊源。③ 事实上，这些渊源并不可分，因为文艺复兴不仅根据沉思传统阐释亚里士多德文集，而且认为其中包含神秘科学的可靠文献。拉伯雷肯定意识到这种关联模式。这

（接上页）学说的传统关联的讨论，见 Lynn Thorndike《魔法和实验科学的历史》（A History of Magic and Experimental Science, New York, 1923—1941），卷三，页 96 - 102、153 - 162、402 - 423、568 - 584，卷五，页 48 等处。被引述的"第一哲学"明显出自伪亚里士多德的"Tractatus Aristotelis alchymistae ad Alexandrum Magnum, de lapide philosophico"和"魔法书"（Livre de Magie）。参见 Jehan Thenaud,《论诗》（Traité de poesie, B. N.），fol. 29vo；荣格,《心理学与炼金术》（Psychology and Alchemy），见《全集》（Collected Works, New York, 1959），R. F. C. Hull 译，XII，472、482。

① ［译按］Hermeticus 直译为赫尔墨斯秘籍，从下文可知，关系到很多喀巴拉神秘主义、占星以及炼金术等神秘主义的内容。

② ［译按］指犹太教神秘学说，是由中世纪一些犹太教士发展而成的对《圣经》做神秘解释的学说。

③ 一般而言，关于喀拉图主义与亚里士多德传统关系的讨论，见 Philip Merlan,《从柏拉图主义到新柏拉图主义》（From Platonism to Neoplatonism, The Hague, Nijhoff, 1960）和《一元心灵论、神秘主义、元意识：新亚里士多德派与新柏拉图传统中的心灵问题》（Monopsychism, Mysticism, Metaconsciousness: Problems of the Soul in the Neoaristotelian and Neoplatonic Tradition, The Hague, Nijhoff, 1963）。关于赫尔墨斯秘学学说的起源，见 Festugière,《赫尔墨斯秘学揭秘》（La Révélation d'Hermès, Paris, 1949—1953）卷一，页 1 - 88。关于喀巴拉神秘主义起源的讨论，见 S. Karppe,《关于〈光明篇〉之起源和性质的研究》（Etude sur les origins et la nature du 'Zôar', Paris, 1901），页 501 - 581；Henri Sérouya,《犹太教神秘哲学，它的起源，它的心理神秘主义，它的形而上学》（La Kabbale, ses origins, sa psychologie mysttique, sa métaphysique, Paris, 1957），页 31 - 84。

些模式应该产生于意识中,产生于对赫尔墨斯秘学学说的辩证思考中,产生于对自然的观察过程中,正如玄秘的迷信学科、经验的法则以及形而上的沉思。

一 菲齐斯与赫尔墨斯秘学

拉伯雷作品中有许多地方提到自然(Nature)和天然(le naturel),这使得一些评论家认为拉伯雷完完全全是一个享乐主义者。① 但如果对其作品中的自然仔细评价的话,我们就会发现,自然的概念与和谐、理性以及节制密不可分。自然的秩序与建立在感官感知基础上的人类思想十分类似。两者都反映了神的计划(divine plan),神的计划既在自然法则的内在运作中,也在自然的"超自然的"(occult)力量中显明自身。

拉伯雷采用卡尔卡尼尼(Calcagnini)的菲齐斯(Physis[译按]希腊语,意为自然之神)与安提菲齐斯(antiphysie[译按]意为反自然)的寓言故事,无疑表明,和谐是他赋予自然的创造性动因的首要特征(第四卷第 32 章)。② 她(菲齐斯)的孩子本质上是美丽的,而安提菲齐斯的那些孩子则长得畸形颠倒。与柏拉图之树(Platonic tree)形成鲜明对比的是,他们的脑袋恶魔般地长在下面,这有悖于他们的神圣的出身。③ 安提菲齐斯之子的名字,阿莫

---

① 例如 Stanley G. Eskin,《菲齐斯和安提菲齐斯:拉伯雷与卡尔卡尼尼的自然观》(Physis and Antiphysis: The Idea of Nature in Rabelais and Calcagnini),*Comparative Literature*,XIV(1962),页 167 – 173。

② Eskin,前揭,分析了拉伯雷受惠于卡尔卡尼尼之处。

③ 柏拉图,《蒂迈欧》,90a – d,把人比作一棵顶部植根于天上的树。亦见普鲁塔克,《伦语》(*Moralia*),400b,600f。

敦特（Amodunt［译按］意为无形象的形象）和狄斯科尔当斯（Discordance［译按］意为不谐调、混乱），正好将巴奴日在没有债务的世界中所看见的无度与混乱拟人化了（第三卷第3－4章）。然而，在拉伯雷看来，安提菲齐斯表示整个世界秩序的颠倒。通过倒置，巴奴日间接地表述了这种秩序，而拉伯雷在神秘水泉处对世界秩序做了正面的描绘。

拉伯雷从科隆纳（Colonna）的《勃利菲力的爱梦挣扎》(*Hypnerotomachia Poliphili*)① 中借用了神瓶大殿的水泉一说（第五卷第42章），这个水泉是对有秩序的宇宙的综合象征。建在整个构造之上的水晶华盖使人回想起天球（Emperean sphere）和世界灵魂（*Anima Mundi*）。华盖上镶嵌的形象代表第一推动力（*primum mobile*）。在亚里士多德和柏拉图的宇宙论中，这第一推动力为恒星或黄道十二宫天体的神圣运行提供第一推动。接下来，由七行星延续这一运行。拉伯雷认为迦勒底和埃及的魔法家（*magi*）第一次描述了这一运行模式。② 十个天体的完美秩序反映了在年、季、月和天的时间循环中神圣意志和理念形式（ideal form）的完美无缺。但这天

---

① Francesco Colonna,《勃利菲力的爱梦挣扎》(*Hypnerotomachia Poliphili*), Giovanni Pozzi 和 Lucia A. Ciapponi 编, Padua, 1964, fol. y－y iii[vo]，法文译为《勃利菲力之歌》(*Le Songe de Poliphile*), Claudius Popelin 译, Paris, 1883, 卷二, 页246－257 和页246 注释1。亦见 Giovanni Pozzi 和 Lucia A. Ciapponi 编的版本, 卷一, 页354, 该版本中有原始的对开本页码标记。拉伯雷纠正了 Colonna 的行星排列顺序。［译按］《勃利菲力的爱梦挣扎》是一本文艺复兴时期的奇书，情节充满想象，吸引了很多后世读者。男主角 Poliphili 名字的意思为："很多事物的爱人"，Hypnerotomachia 则是由梦、爱和战争三个词拼合而成的怪异词语。书中插画也影响了很多后来的艺术家。

② 见 Jean Pierre de Mesmes,《天文学名家》(*Les institution astronomiques*), 页24－27。另参 Auguste Bouché-Leclercq,《希腊占星术》(*L' Astrologie grecque*), 页35－71。

上世界的完美让位于受尘世影响的元素世界的变化不定。

这四种按等级次序排列的元素，火、气、水和土，构成所有事物。虽然这些元素是从天体的完美"以太"这个第五元素（quintessence）中产生的，但它们生来就败坏了。当赋予它们形式的关键力量终止之时，它们就回到原来的自然状态。于是，我们就觉得这些元素处于不断的争战之中（第三卷第 3 章）。① 然而，拉伯雷对其作用的理解是，它们参与了秩序模式，因为它们为各物种提供质料；虽然个体必定死亡，但物种本身是不朽的。这些元素参与了自然法则安排的等级模式。每个个体成员，与层级递减序列中的各个物种一样，有其自身的本质特性，反映了神圣智慧创造的理念王国的完美。② 于是，它们构成一条存在（being）之链，在这个链条中，每个较高的实体统摄下一个较低的实体，从而形成唯一者、理智（天使）、心灵（人）、感觉（动物）和存在（植物）的总体模式。③ 经由这一层级关系，天上与地上的自然世界彼此交感关联。拉伯雷的水泉意

---

① 比较亚里士多德，《论宇宙》(*On the Heavens*), 268a – 313b,《论生成与死亡》(*On Coming-to-be and Passing Away*), 328b – 336b；柏拉图,《蒂迈欧》, 53c – 61e；Pierre Duhem,《天体系统》(*Le Système du monde*, Paris, 1913—1959), 卷一，页 36 – 41。

② 拉伯雷作品中有关自然完整性的内容，见《巨人传》第一卷第 5、10 章；关于物种永恒和个体性质的内容，见《巨人传》第一卷第 9、20 章，第三卷第 8、20 章，第四卷第 27 章等等；关于自然秩序的内容，见第一卷第 6、23、31 章，第二卷第 15 章，第三卷第 31、48 章，第四卷第 27 章，第五卷第 2 章。亦见 Arthur O. Lovejoy 和 George Boas,《尚古主义与古代相关思想》(*Primitivism and Related Ideas in Antiquity*, 卷一, Baltimore, 1935); Boas,《中世纪的尚古主义》(*Essays on Primitivism in the Middle Ages*, Baltimore, 1948); Hiram Haydn,《反文艺复兴》(*The Counter-Renaissance*, New York, 1950), 页 293 – 554。

③ 《庞大固埃式预言》(*Pantagrueline prognostication*), Plattard 编, 卷五, 页 204 – 205, 列举各存在等级的组成。

象暗示了星座和行星不仅作用于物质客体和较低级的物种,还作用于人的身体。

拉伯雷神殿的水泉以诸神或诸位精灵(daimons)之间的交感关系作为观念上的基础,据说,这一交感关系激活了七行星、行星本身以及"有序地球(geocosm)"的金属、宝石、野兽和鸟类。① 正如巴奴日所言,黄道十二宫的行星和恒星还对人这个小宇宙的各部分组织器官产生了强烈影响(第三卷第4章)。② 于是,人类就有重新探索自然交感关系的医学兴趣,因为通过这些关系,人能够治疗自身的疾病或身体的"不协调"。③ 人天生具有好奇心(第五卷第47章)④,他向周围的世界寻找信息和力量。通过研究行星和恒星的

---

① 如一般所认为的,geocosm 一词的含义是将地球视为一种秩序(cosmos)。重组对应类型以符合行星和适当宝石的正确次序,我们可以列表如下:

I	土星	蓝宝石	天蓝色	纯铅	金天鹤
II	木星	风信子色宝石	(红色)	朱庇特铅	鹰
III	火星	避毒钻石	紫红色	科林斯青铜	狮
IV	太阳	红宝石	(霹雳)	纯金	雄鸡
V	金星	纯绿宝石	(绿色)	铜	鸽
VI	水星	玛瑙	(杂色)	水银	仙鹤
VII	月球	花岗岩	白色	银	猎兔狗

拉伯雷的列表无疑是根据某种成文的编纂,如 Cornelius Agrippa 的《论神秘哲学》(*De occulta philosophia*),见其《著作集》(*Opera*),卷一,页36-43。

② Duhem,《天体系统》,前揭,卷八,页368-369,页421-423。

③ Festugière,《赫尔墨斯秘学揭秘》,前揭,卷一,页123-186,页283-308。拉伯雷从未说过他自己像其他人文主义者如斐奇诺那样在行医时拿护身符当药方。

④ 亦见拉伯雷,《1535年历书》(*Almanach pour l'an 1535*),Plattard 编,卷五,页219;Boulenger 编,页929。在那里,拉伯雷把人天生是好奇的造物的说法归诸亚里士多德。

运动,人不仅发现了秩序的某种表现,而且发现一项可能潜在地影响自己生命的计划。通过周密明断的占星术,人有望预见未来。炼金家依据天体世界与金属、宝石和植物之间的本质关系,试图揭示元素变化的性质,也许还有形成黄金或生命本身的秘密。魔法家研究物体之间的亲和关系,然后运用自然法则的知识试图控制这些物体和自然力。喀巴拉神秘主义者(Cabalist)则使用所有那些技艺,并且/或者对传统中神的话语和文字的本质和力量进行哲学思索,他们相信这种本质和力量最早曾向亚当显示过。①

无论自然哲人对这些学科中的哪一种心生好奇,在他之前都已有三条探寻知识的路径。如果自然学者尝试利用魔法力来实践黑色技艺(black arts),或者迷信巫术占卜或周密明断的占星术,那么他遵循的是神秘术士的方法。对他来说,最安全可靠的是经验主义者的方法。经验主义者探求造物、他自己和造物主的自然规律。但是在研究赫尔墨斯秘学各学科的过程中,自然哲人的确可能发现通往喀巴拉神秘主义的沉思性形而上传统和赫尔墨斯秘学入门秘仪的道路。

二 黑色技艺:虚荣、妄用和迷信

拉伯雷的读者很快就意识到他对黑色技艺的嘲讽。他指责占卜星象和炼金提丹是"鲁留斯的技艺"(art de Lullius)(第二卷第8章),但又肯定地强调彗星和自然力混乱对吉奥莫·杜·勃勒(Guillaume Du Bellay)之死的超自然预示(第四卷第25–27章),

---

① 喀巴拉神秘主义显然是古代神学(prisca theologia)传统的一部分,这种传统可以回溯到摩西和/或亚当。

这两者看起来互相矛盾。① 但是,在对占星家、炼金家、魔法师以及喀巴拉神秘主义实践的讽刺背后,细心的读者会发现,拉伯雷直接接受了这些技艺的自然基础。

拉伯雷对周密明断的占星术的评价,没有哪个比他的讽刺性历书更直接。他的《庞大固埃预言》② 突出强调了占星家们的本质虚荣(vanity),他们利用了人们的轻信和好奇心。拉伯雷对占星家的反对立场非常强硬,甚至坚持认为有必要建立审查制度,来控制他们对愚昧无知的妄用。不过,他的主要责难源于他们用次要的力量取代了首要的因果作用。

上帝改变宇宙中的一切事物。所有生命都依赖于他,依靠他作为造物主的意志。但是,愚蠢的占星术(folz astrologues)使星辰变为首要的影响力,但它们不过是一些符号,或者充其量是现象世界中次要和中介的原因。③ 虽然拉伯雷将天体视为揭示神意的方法,但

---

① 拉伯雷提及"鲁留斯的技艺"很可能是针对永恒的技艺(ars brevis),但更可能的是拉伯雷想到若干归于鲁留斯名下的炼金术论文。见 Arthur Edward Waite,《炼金哲人传》(*Lives of Alchemystical Philosophers*, London, 1888),页68–88。关于杜·勃勒,见 Jean Plattard,《拉伯雷传》(*Vie de François Rabelais*, Paris–Bruxelles, 1928),页168–170;关于彗星,见 Bouché–Leclercq,《占星术》(*Astrologie*, Paris, 1899),页348–369。

② 第一版的标题是"1533年……预言",第二版将日期改为1535年。最后,拉伯雷采用更具讽刺性的标题"永恒时代"。见拉伯雷,Plattard 编,卷五,页202,注释1;Marty–Laveaux 编,《书目》,卷六,页346–347;《评注》,卷四,页353–354。虽然我发觉他有点极端地想在拉伯雷那里找出神秘论的有力证据,但是,在 Paul Naudon 的《共济会的拉伯雷》(*Rabelais franc–maçon*, Paris, 1954,页111–129)中有关炼金术和占星术的一章提供了有益洞见。

③ 该书全称是《关于永恒时代确凿、决然无疑的庞大固埃预言》(*Pantagrueline prognostication, certaine, veritable et infaillible pour l'an perpetuel*),《致读者》(Au liseur),页1,Plattard 编,卷五,页202–205。见 Charles Perrat,《关于 Louvain 的一些预言》,见《拉伯雷:四百年纪念》[*François Rabelais*:(转下页)

他在《1533 年历书》中明确指出，人们不应该试图在其中读出或将其读成"永恒之王的精确的秘密启示"。① 在《1535 年历书》中，他谈到问题的核心，指出人类的观察能力不足以测度精确的天体运行。② 虽然人类的身体从属于星辰，但人类的处境并不完全是悲观的。因为人类的意志不受恒星的支配，而且，通过协调人类意志与神圣意志的关系，人类可以超越不利的偶然星形。但是，人必须避免像占星家那样试图将他们自己的意志强加给上天。占星家们企图控制星座和行星，从而颠倒了知识的自然秩序，这是他们的妄用和虚荣的首要根源。③ 他们和炼金家、魔法师都参与了这场颠倒的对话。

通过炼金家语言的戏仿和讽刺，拉伯雷间接地谴责了那些以倒置的方式妄用其知识的炼金家。例如，在描写巴奴日用"哲人的石头"从巴黎赦罪银行里偷钱时，拉伯雷戏谑地抨击了巴奴日治疗"缺钱病"的方法。但同时，他也批评了寻找哲学石的愚行和那些以为石头可以吸金的人的轻信（第二卷第 17 章）。类似的例子是在教皇岛情节中，《教皇敕令》以炼金术的巧妙手法使黄金从法国流入罗马（第四卷第 53 章）。

到目前为止，对炼金术象征的最大程度化用（adaptation）见于对"穿皮袍的猫"的访问。拉伯雷在对"穿皮袍的猫"的炼金术式戏仿中抨击了法国司法体制的真正基础。代表法官的猫们一般通过第六元素（la sexte essence）控制受害人。他们比炼金家的精粹更胜一等，因为他们无道义的爪子是攫取金子的更可靠手段。他们的审判长格里波

（接上页）Quatrième centenaire］，页 60 – 73。

① 《1533 年历书》，前揭，Plattard 编，卷五，页 217 – 218。
② 《1533 年历书》，前揭，Plattard 编，卷五，页 219 – 221。见 Duhem,《天体系统》，前揭，卷八，页 443 – 501。
③ 《庞大固埃式预言》，前揭，页 2 – 10，Plattard 编，卷五，页 205 – 216，尤参页 215 – 216。

米诺（Grippeminault）所做的应答连祷展示了"第六元素"的三个步骤。法官口念短语"原来"（or ça），指令他面前的人将注意力集中到眼下的事情上；然后暗示他们的有罪抑或无辜全赖金子来定夺。巴奴日用短语"金子"（or la）有力地反驳，边说边把他的金币袋当众扔到法官跟前。终于，格里波米诺在一声"金子真好"的欢呼中结案并宣判他的无辜受害人无罪（第五卷第 11-13 章）。他这心满意足的最后欢呼是对"穿皮袍的猫"的声讨，正如格里波米诺的谜语是对自身的谴责、黑色豆象虫咬坏庇护它的白豆子一样。

炼金家的大作既有实践的目标，也有哲学目标。被内行的炼金家视为真正科学的哲学炼金术是沉思的和象征性的。与寻找黄金完全不同，沉思的炼金术赋予哲人石或金子精神性的意义。这样，金属的变形所意指的就不是金属的再生，而是灵魂的再生。炼金家的炉子或蛋中的颜色变化意指精神发展的几个阶段。炼金步骤从黑色的第一原质（materia prima）开始，接下来依次是结合和腐烂或死亡。精神的死亡之后是清洗净化过程，这一步骤会产生白色的物体。不过，这是中介性的步骤，接着是第三次转化（赤化），也许还有第四步（变黄）——虽然这未必是必需的步骤。① 但是，"穿皮袍的猫"颠转了这个过程。由于受害者此生的血，他们开始是红的，然后变成黑甲虫或黑毒蛇。他们不是从腐朽的黑中重生净化为白，而是从白色的豆子或蛋中生为黑（第五卷第 14 章）。因此，表面上他们超越了炼金术的精粹，实际上，他们通过腐化而导致自身的毁灭。他们一次性地将知识与能力转化为罪恶，与任何恶魔巫术一样黑暗邪恶。

利用一系列双关语和身份误认，拉伯雷将冀姆纳斯特（Gymnaste）遭遇特立派（Tripet）及其部从的事件，转变为对恶魔巫术的流行信仰

---

① 见 C. G. Jung，《心理学与炼金术》，前揭，见《全集》，页 219-221。

和迷信实践的讽刺（第一卷第 34 – 35 章）。毕克罗寿缺乏理智的部下使冀姆纳斯特——他称自己是"穷鬼"——具有了魔鬼的全部能力。他们只想把冀姆纳斯特赶走，而最后，他们由于失心恐惧，被冀姆纳斯特用杂耍功夫完全击溃。恐惧极其迅速地在他们中间蔓延，甚至在下一次出击前，他们都要沾一下圣水，戴上星状护身符，以保护他们免受高康大的魔力控制。然而，对五角星的魔法功效的迷"信"并不能保护毕克罗寿的乌合之众，在具有更高理性和正义的对手面前，他们不堪一击，四处奔逃（第一卷第 43 章）。他们丧失理性的行为，是特里巴老爷（Her Trippa）的博学法术在大众流行层次的反映。

拉伯雷不遗余力地谴责特里巴的黑色魔法（第三卷第 25 章）。如果说，在这一次访问中对庞大固埃的忽略，以及最后巴奴日自己的异常激烈反应，还不足以表现特里巴技艺的恶魔本质的话；那么，巴奴日送给特里巴作为换取其意见的礼物——狼皮和剑，则是足够了。①

---

① 正如 Lewis Spence 在《神秘主义百科全书》(*An Encyclopaedia of Occultism*, New York, 1960) 页 436 中所指出的，狼在中世纪是罪恶的象征。亦见 Auguste Bouché – Leclercq,《古代占卜史》(*Histoire de la divination dans l'antiquité*, Paris, 1879)，卷一，页 146。根据归于 Agrippa 名下的《论神秘哲学》（第四卷，前揭），剑是施行魔法时的必备的工具。关于 Agrippa《全集》出版的假定日期以及第四部书的真实性问题的讨论，见 Auguste Prost,《十六世纪的神秘科学和技艺：阿格里帕的生平与著作》(*Les sciences et les arts occultes au XVIe siècle : Corneille Agrippa, sa vie et œuvres*)，卷二，页 517 – 521；Helda Bullotta Barracco,《阿格里帕的智者书》(Saggio biobibliografico su Enrico Cornelio Agrippa di Nettesheim)，见 *Rassegna di filosofia*，卷六，页 3，页 236 – 244；Waite,《魔法仪式》(*The Book of Ceremonial Magic*, New York, 1961)，页 77 – 79。魔法书的真实性不是 Agrippa 和 Her Trippa 之身份问题的实质所在。Agrippa 死后不久，该书被归于他的名下，此事附带说明了魔法传说是在他周围发展起来的——无论其生前或是身后。见 Prost,《十六世纪的神秘科学和技艺：阿格里帕的生平与著作》，前揭，卷一，页 1 – 13；卷二，页 460 – 462。

他的占卜法绝不是巫术，但都与庸医术密切相关。他的最后一种占卜法，死人召唤法，清楚地表明了他对阴间事情的兴趣。他早先提到的几种占卜法则是要么召唤亡灵，要么就巴奴日的事情来说，召唤巴奴日未来妻子的逼真形象。然而，按基督教权威来看，两种情况都存在某个问题，即被唤来的是人的真实灵魂还是附在他形体上的魔鬼。例如，通过水视法和水相占卜法（lecanomancy），魔法师可以分别在溪流、水泉或一盆清水中召唤某人的形象。这些方法，和特里巴老爷所列举的其他诸如用镜子、筛网、奶酪、熏香或蜡烛等的方法一样，魔法师在运用之前，都要做精心的准备并举行适当的仪式。虽然拉伯雷和其他人文主义者一样显示出对这些占卜术的兴趣，但他肯定知道传统的庸医术如何进行占卜。[①] 虽然他接受这些占卜术以及所有其他所谓玄秘科学的哲学基础，但他清楚明白地谴责它们，认为它们是一种妄用，是黑色的技艺。

正如讽刺占星术、炼金术和魔法的"玄秘"运用一样，拉伯雷也讽刺了与那些迷信学科相关的喀巴拉神秘主义实践（第二卷第20章）。[②] 他抨击"圣路昂的喀巴拉神秘主义者"，将其与流行的喀巴拉神秘主义驱魔传统（第一卷第8、35章）和喀巴拉修道士（cabale monastique）联系在一起。因此，喀巴拉修道士颠转了与喀巴拉神秘主义形而上学沉思相关的宗教实践。

拉伯雷批判黑色技艺，是因为它们确实颠转了知识的自然秩序。人天生禀有学习的好奇心。只要一研究自然，一使用对自然法则和力量的知识，人就对自己最初和最终的神圣始源感到厌恶。他颠倒了人

---

① Bouché - Leclercq,《古代占卜史》，前揭，I，页176 - 188，页330 - 343。
② 亦见《巨人传》第三卷第14章，其中提到"犹太神秘哲学家和'马索莱'们"怎样辨认好坏天使。Waite,《魔法仪式》，前揭，页24 - 133，以及《犹太喀巴拉神秘哲学圣典》（*The Holy Kabbalah*, New York, 1960），页517 - 534。

类理性的位置，并由于不节制而破坏了自身平衡及与世界的关系。

三 经验主义与人类理性的限度

在文艺复兴时期，任何一种神秘科学的背后都有一个经验主义的原则，但黑色技艺是对这一原则的颠转。比如，根据拉伯雷的思想，占星术就得依据天文学，依据对天体的科学观测。炼金术基于对金属、珠宝、石头和草药的性质的系统研究。与魔法相关的学科显示出对控制万物之力（和/或恶魔）的合乎逻辑的知识。喀巴拉神秘主义实践则结合了那些自然学科与对文字之创造力的哲学性或寓意性信仰。但在拒绝那些学科的迷信方面的拉伯雷看来，最重要的是它们作为经验原则的作用。通过研究经验科学，人类建立了与自然世界的对话，这种对话导向人的自我认识，并指出通往上帝知识的路径。然而，经验知识受制于感官感知的不确定，人类智慧最终依靠直觉的哲学辩证法来实现最高成就。

拉伯雷在其文学作品中概述的教育计划，非常强调直接研究自然的必要性。例如，在写给庞大固埃的信中，高康大强调通过与周围环境的积极对话获取经验的重要性。周围的环境不仅包括巴黎社会，也包括庞大固埃身处的自然环境。高康大要求庞大固埃以巨人的气魄研究水中和空中的所有生物，认识所有植物和矿产，没有什么不被了解的东西（第二卷第8章）。同时，他必须学习权威医学著作，练习解剖尸体，从而全面认识人这个小宇宙。①

相对于拉伯雷为庞大固埃安排的教育而言，高康大自己所受的教

---

① 比较 Charles G. Nauert, Jr.,《文艺复兴中的阿格里帕：秘学传统》(Agrippa in Renaissance: the Esoteric Tradition)，见 Studies in the Renaissance, Ⅵ (1959)，页 195–222。

育在自然哲学方面是一种增强和补充。对高康大来说，自然环境世界已成为生活中非常有意义的部分，并完全融入日常活动之中。例如，在饭桌上，他和他的伙伴就直接谈论或通过普林尼和亚里士多德等人的权威著作研究食物和饮料的特性。早晨和晚上，他们研究天文构造。遇到下雨天，他们就去拜访工匠和技师，尤其是那些药剂师和炼金家。① 在他们的教育计划中，拉伯雷还安排了田野调查，这使他们可以自己去研究地理和生物现象（第一卷第23-24章）。不过，仅仅获取世界上的知识是不够的，巴奴日的经历就是一个负面例证。

如果仔细阅读巴奴日对债务和债务人的颂词，我们会发现，他显然对天文学有着全面的了解（第三卷第3-4章）。同样，他与医学家隆底比里斯（Rondibilis）的对质表明，他也熟悉医学（第三卷第31章）。但是，巴奴日并未从其知识中受益。他颠倒了普遍秩序，不是模仿大宇宙来塑造自己的小宇宙，而是将自己的紊乱心灵投射于自然之上。他从不把医学知识用在自己身上，而是扭曲事实来迎合自己。他应该做的，也即他最后终于做的，是合理支配数据资料，并经由理性将其转换为个体经验，从而超越自然现象的王国。② 拉伯

---

① 在文艺复兴时期，要找到一个既是草药医生又是炼金家的药师，或者能调制色素、染料、陶器和纸张的炼金家，或者懂得将草药、矿物和金属用于医学或其他实际用途的炼金家，这并非不同寻常的事。见 George Sarton，《六翼：文艺复兴时期的科学人》（*Six Wings*: *Men of Science in the Renaissance*, Bloomington, 1957)，页104-108。

② 比较 Charles de Bouelles，《论智慧书》（*De sapiente*, 1509），前言，页19-28，页340-358；另参卡西尔（Cassirer），《文艺复兴时期哲学中的个体与宇宙》（*The Individual and the Cosmos in Renaissance Philosophy*, New York, 1964)，Mario Domandi 译，页88-92。在 Bouelles 看来，一个不间断的辩证过程依靠自我认识从感官感知走向对上帝的知识；在拉伯雷看来，推论理性受其自身本性的限制，终极的知识有赖于直觉辩证法，这一点与库萨（Cusanus）的思想一样。

雷暗示，这个辩证过程某种程度上体现在第五元素的寓言中。

这段情节中字面层次与比喻层次相当不一致，这在一定程度上使阐释变得更加复杂。"精致"（Entelechie，[译按] 第五元素王后的名字）的语言在字面上无疑是戏仿女雅士（précieux）的过分优雅言谈和亚里士多德逻辑学的三段论专门术语（第五卷第20章）。拉伯雷描写了王后的徒众徒劳无益的活动——对此最好的概括也许是苏格拉底不倦地测量跳蚤能跳多远，他无疑是借此讽刺哲学家和自然学者们无意义的追求，他们追求的智慧非人力所能及（第五卷第22章）。不过，如果仔细阅读文本，我们会发现更重要的含义。

她的名字、拉伯雷对其亚里士多德派渊源的明确提及，都清楚表明"精致"是完美自然的化身（第五卷第19章）。她的智慧远远胜过她的属下，甚至能治愈不可思议的疾病。但事实上，她是利用自然的和谐力量（草药制成的风琴是其象征）来治愈绝症（第五卷第20章）。同样，一般来说，她的仰慕者们——经验主义的天文学家、炼金家和魔法家，通过刻苦钻研和不懈努力能够掌握自然规律（第五卷第18、22章）。因为，正如"精致"所言，她和她属下的成就像奇迹一般；但当观察者克服自己的无知并对自然提供的知识加以提炼，他就会发现自己能支配无限的力量。同时，观察者也会意识到他自己与完美以及与完美之无法实现之间的不一致。

通过食物与对棋式舞会这两个既不同又密切联系的象征，拉伯雷指出了人类知识的局限。"精致"自己晚餐只吃精神食物："仙丹"和"甘露"。她的客人和属下享受自然所能提供的最好食物（第五卷第23章），她则不同，她像吃风岛的居民（第四卷第43 – 44章）一样，营养来源是风、抽象观念和天上的玛那。正如希伯来词 Ruach [风，现代写法为 Ruah] 所暗示的，她代表了推论理性的最高成就。因为根据喀巴拉神秘主义者的灵魂三分法——Nephesh

[生命精神]、Ruah［理智精神］和 Neshamah［心灵］，Ruah 对应于逻辑，Neshamah 对应于纯洁理性（angelic reason）。① 同样，在对棋式舞会的第三场中，金色一方战胜银色一方，也象征了理性对非理性的胜利（第五卷第 24 – 25 章）。但在金色方最终取胜的时候，王后却不见了。② 从寓意上看，她的消失意味着：作为自然（Nature），她的确代表了推论理性的完美形态；但作为神圣理智所流溢出的创造性动因，她则体现并指向一种更高的智慧。人类无法像她那样上升到超自然层面的智慧。事实上，人类的心智还达不到推论理性的完美形态。尽管如此，人类仍必须最充分地发挥他的能力，同时承认自身的局限和理性的局限。

通过对自然现象的经验式研究，人类能够学到许多有关大宇宙

---

① 《光明篇》（The Zohar），Harry Sperling 等译，Ⅱ，205b – 206a（页 280 – 281）；Ⅲ，141b – 142b（页 409 – 414）。第二列数字指被引用版本的页码，第一列是标准的文献章节编号。亦见 Waite，《犹太喀巴拉神秘哲学圣典》，前揭，页 241 – 253。

② 如一般所认为的，拉伯雷的对棋式舞会改编自 Colonna 的《勃利菲力的爱梦挣扎》，参 Popelin 译本，前揭，卷一，页 191 – 195。亦见 Lazar Sainéan，《拉伯雷〈巨人传〉第五卷：真实性和各章节》（Le cinquième livre de Rabelais: son authenticité et ses parties constitutives），见《十六世纪文学问题》（*Problèmes littéraires du XVI^6 siècle*, Paris, 1927），页 254 – 256。关于对棋式舞会的全面讨论见 Gaston Legrain，《拉伯雷与国际象棋》（Rabelais et les échecs），*RSS*, XV（1928），页 151 – 155。他根据对 15 和 16 世纪国际象棋的历史考察分析了拉伯雷对棋路和规则的描写。关于芭蕾舞的音乐，见 Nan Cooke Carpenter，《拉伯雷与音乐》（*Rabelais and Music*, Chapel Hill, N. C., 1954），页 63 – 68、87 – 96。Boulenger 根据手抄本，将这一段放在第 23 章结尾，页 835 – 836，即晚餐的最后。由于手抄本中遗漏了对芭蕾舞的描写，在此处提及王后的消失，既表明手抄本的缺失，也说明在 Boulenger 的版本中这一段的位置不对。既然王后在更早时的跳舞之后出现过数次，那么这一段只能归于对棋式舞会的情节。此外，它显然属于这一段所述重新开始旅行的附加细节。

的绝对（positive）知识。但他必须将这种知识转换为自我意识，他必须将其纳入到与世界的积极对话之中，由此获得自我认识。对自身本性的认识显示了人类理性的局限，还表明依靠直觉理性获得关于自身、世界和上帝的最充分知识的必要性。这样，人类能够从感官感知走向直觉，这是沉思性赫尔墨斯秘学学说的一个重要方面。

四 神圣的结合

上帝超越任何一种经验法则。虽然人类试图超越万物，超越造物主，但这无法实现，因为在拉伯雷看来，有限的逻辑把握不了无限。人类理性只能带领人类在智慧追求的路上走这么远。但通过直觉辩证法，人可以走得更远，不过，在这两种理性之间存有鸿沟。经验学科只是指出路径。例如，天文学和魔法显示出神圣秩序和智慧，炼金术对于其学习者来说意味着自然意义上的精神再生。尤其是在喀巴拉神秘主义的形而上学沉思和赫尔墨斯秘学著作中，人们会发现对辩证两极之统一的象征性表达，如身体与心灵，以及相应的推论理性与直觉理性之间的统一。拉伯雷对赫尔墨斯秘学传统中的喀巴拉神秘主义加以改编，塑造出天球意象和酒与性的象征秘仪，目的是表达对立面的一致和人的完整。

喀巴拉神秘主义秘仪为巴奴日的寻求提供了形式和内容。酒象征通向自我认识的航程和对智慧的追求，但婚姻——巴奴日之行的表面目的——为他的行动提供了字面上和寓意上的内容。在喀巴拉神秘主义传统中，酒与神圣婚姻有着密切联系。事实上，它们都象征着同一种超自然智慧的秘密和对完整的追寻。在喀巴拉神秘主义中，伴随巴奴日出发的出埃及主题（第四卷第 1 章）意指一个历史事实，即每个个体重复自己的精神体验。① 这是通向自我认识的旅行；它有赖于对上帝的神秘认识，这种认识同样体现在喀巴拉神秘主义的挪亚神话中。

巴奴日的酒神赞歌（epilenie）歌颂了挪亚之酒的德性（第五卷第44章）。由于故事是在《旧约》和喀巴拉神秘主义语境中叙述的，所以挪亚是他那个世代唯一的义人，而且的确是"第一个适合与方舟共存并进入方舟的人"。他的方舟是圣约与小宇宙之舟。他与方舟的合一，象征宇宙统一的超自然模式，因此也象征个体三重灵魂的统一。他通过与上帝所立的约，自亚当犯罪以来第一次稳定了世界。但即使是他的公义，也不足以使他在查究亚当之罪时避免丧失心智平衡。他重建葡萄园和酿酒之事就是对此的象征表现。当挪亚喝醉酒，并在超自然智慧面前出神入迷（ecstasis）时，他的孙子迦南试图从他那儿拿走"圣约的神秘信物"。迦南因其所行被诅咒，因为他追求智慧的方式不正当。② 这样，喀巴拉神秘主义传统中的酒与狄奥尼索斯秘仪中对酒的象征性使用就并非没有相似之处；与此类似，玛那代表从天上降下来的超自然智慧。拉伯雷化用了希伯来象征体系中的酒和玛那，目的是指出人类经由沉思的智慧与神的结合。

拉伯雷没有特别提到"结合（union）"一词，但他对迷狂诗的

---

① 比较《诗篇》114（页113）和肖勒姆（Gershom G. Scholem）《犹太教神秘主义主流》（Major Trends in Jewish Mysticism, New York, 1954），页19-20。[译按] 作者又有中译名为索伦，本书译本参涂笑非译，成都：四川人民出版社，2000。

② 《光明篇》，前揭，Ⅰ，59b-73b（页192-250），尤其是59b（页193）和73a-73b（页248-250）。亦见 William Stirling,《正典：对作为所有技艺之法则的喀巴拉神秘主义中的异教永恒秘仪的阐释》（The Canon: An Exposition of the Pagan Mystery Perpetuated in the Cabala as the Rule of all the Arts, London, 1897），页68-87。

改编暗示了这一点（第五卷第45-46章）。他连续使用 joye［快乐］和 joyeuse［快乐的］表明，他既要描述智慧的实现和享受，同时也描述对智慧的积极探寻。不过，按照基督教神秘主义来看，他并没有提出一种神秘体验，也没有描述与上帝本身的结合。于是，人们可能会首先断言：拉伯雷想要描绘一种由诗意激情之启示所象征的理智经验。这种解释当然没错，但它没有对文本进行全面分析。这种解释没有厘清的是，理智经验本身与拉伯雷清楚描述的迷狂之间的差异。然而，唯一一种被提及的结合是巴奴日所预见的他自己与未来妻子的性结合。但是，根据喀巴拉神秘主义，恰是这种结合可作为理解拉伯雷所描绘的神秘体验的钥匙。这不是改编喀巴拉神秘主义的孤立例子，它是拉伯雷对其作品中女人的作用所给出的最终意义。

如人所料，拉伯雷在谈论女人与男人的天然性关系时或明或暗地提到女人。例如，婚姻数字"六"遍布的特来美修道院把婚姻当作一个基本的目标（第一卷第52-57章）。① 庞大固埃推荐的或许具有智慧和见识的庞祖斯特女卜者（Sibylle de Panzoust），把巴奴日吓坏了，因为她在咨询结束时袒露下体（第三卷第16-17章）。与此类似，在"反教皇岛"情节中，农夫的妻子通过袒露她那"幅员辽阔的地方"战胜了要与农夫抓打的小鬼（第四卷第45-47章）。甚至是拉伯雷用最高贵的语言描写的"精致"，也戏谑性地、象征性地与"第五种梅毒"相关。染上这种疾病，人就会像基督教和炼金术象征中的凤鸟一样获得精神的重生（第五卷第21章）。但特别是在她与犹太教舍金纳（Cabalistic Shekinah）、② 与在智慧和造物树中

---

① 比较 Screech,《拉伯雷式婚姻》(*Rabelaisian Marriage*, London, 1958), 页29-33。

② ［译按］犹太教神学名词，表明上帝为永在之神。喀巴拉神秘主义认为舍金纳是上帝的女性成分。

显示出的神的女性本原的关系中,"精致"指出了性的重要。①

喀巴拉神秘主义思想象征性地表达了性意义上的"神秘结合"。然而,只有一个例子是人与舍金纳的象征性结合,即摩西的例子。在所有其他例子中,男人与妻子的性结合都具体反映了神与舍金纳的精神结合,舍金纳被象征性地认为与"以色列共同体"是一致的。她是天国的王后,既是神的女儿,也是神的新娘。她还是万物之母和永恒的女人。和最后的塞菲拉(Sephira)② 一样,她是神由于亚当之罪而从生命树中分出的知识树。对人和宇宙而言,最后的救赎在于那两棵树的合一状态,舍金纳与神的结合象征此合一状态。③ 因此,拉伯雷改编犹太教神秘主义语言,是为了表达圆满的迷狂。

巴奴日与妻子交合的诗歌幻象,具体体现了三个层次上的结合(第五卷第45章)。它描绘了个体的统一,即理智与激情、心灵与肉体以及男性本原与女性本原的统一。在由于亚当之罪而被分为两部

---

① 犹太神秘哲学认为月亮及其最终与太阳的合一是舍金纳与神合一的一种表现,关于这一宇宙论体系的概要,见《光明篇》,前揭,Ⅰ, 16b – 17a、20a、64a、75b(页70 – 72、84、209、255)。"'光明篇'宇宙配置"的概略见该书附录,Vol. Ⅱ, 页397 – 399。亦见Waite,《犹太神秘哲学圣典》,前揭,页161 – 163、341 – 377。

② [译按] 犹太教喀巴拉神秘主义用语,指造物主上帝的十种表征之一。在喀巴拉文献中,此语的意义逐渐演变,终于指不可知的上帝借以透露自己是造物主的表征。

③ 犹太教神秘哲学的神圣合一教义是在《光明篇》中提出的,见《光明篇》,Ⅲ, 49b – 51b、54b – 55a、57a – 57b、63b、85a、88b – 89a、99b、102b、114a、125a – 138b、140b(页152 – 158、167 – 169、175 – 179、198、258、270 – 274、303、313、340、351 – 397、405 – 406)。对这些教义的详细研究,见肖勒姆,《论犹太神秘哲学及其象征体系》(*On the Kabbalah and its Symbolism*, New York, 1965),Ralph Manheim译,尤其是页104 – 117、138 – 157,和他的《犹太教神秘主义主流》,前揭,页225 – 235。

分之前，人曾是一个整体（one）。①巴奴日的想象代表物质世界与世界灵魂的和谐统一，以及神秘水泉的意义。最重要的是，它意指通过个体的内在化体验，人实现在上帝之中的统一。拉伯雷无疑给出了神瓶的含义。他的语言很清晰。他利用犹太教相信男人因女人而得救——以性结合为表征——的说法来表达最高真理。在上帝的智慧之中，关于上帝的认识是一个整体。因此，酒与性的秘仪是同一的，拉伯雷以之开篇的这两个主题在最后一章的象征中结合在一起。"著名的酒友们"和"尊贵的生大疮的人"没有什么区别（第一卷前言）。通过喀巴拉神秘主义，拉伯雷赋予原本粗俗的幽默以意义。在拉伯雷的思想中，性欲和喝酒一样重要，两者都有其具体的表现和有效性。但只从字面解释拉伯雷会使他的象征笔法失效。在酒与性的秘仪中可充分见出，拉伯雷的"好酒鬼"类似拉伯雷的好色之徒。但拉伯雷对喀巴拉神秘主义传统的利用是象征性和哲学性的。他拒绝喀巴拉神秘主义实践，却化用了喀巴拉神秘主义的哲学层面。对他以及文艺复兴时期的其他人文主义者来说，喀巴拉神秘主义哲学是一个统一传统的有机组成部分。②

---

① 《光明篇》，前揭，Ⅲ，55a、57b（页 168 – 170、178 – 179）。明显与双性人神话类似。《光明篇》的文本使得 Leo Hebraeus 方便地调和了这两种解释。见 Leo Hebraeus，《论爱》（*De l'amour*，Lyon，1554），Tyard 译，Ⅰ，页 222 – 253。

② François Secret 在其《文艺复兴时期信奉基督教的犹太神秘哲学家》（*Les Kabbalistes chrétiens de la Renaissance*，Paris，1964）中，关于拉伯雷，他在 166 页得出如下评论："只要不深陷某种拉伯雷神秘主义的幻想，尤其是在《巨人传》第四卷中，我们就会发现越来越多的希伯来语词汇，这足以证明拉伯雷对喀巴拉具有一定的兴趣……"拉伯雷对犹太神秘哲学教义的使用，肯定不只是对传统的一时兴趣，而他对这种教义的哲学改编，如 Secret 所指出的，则会排除其中"超自然（occult）"的含义，现代读者却往往将拉伯雷对传统的运用与这种含义错误地联系起来。

与巴斯特尔（Postel）将舍金纳教义投射在其非理性的约翰娜母亲（Mother Johana）（即基督新娘）崇拜中不同，① 拉伯雷是以哲学的方式效仿赫尔墨斯秘学著作中象征性的神秘结合（unio mystica）、基督教神秘主义和文艺复兴时期柏拉图主义诗作。例如，克鲁斯的圣胡安（San Juan de la Cruz）的诗作《幽暗之夜》（En una noche oscura），将这个象征传统表现于女性心灵与男性基督的身体结合上。② 与此类似，弗雷·路易斯（Fray Luis）在对《雅歌》（Cantar de los Cantares）的基督教化阐释中，借用了喀巴拉神秘主义的婚姻意象。③ 不过，拉伯雷的"婚姻"在基调上更接近列奥·赫伯莱斯（Leo Hebraeus）的性结合观念，后者将性结合视为太阳与月亮、理智与激情

---

① Guillaume Postel，《威尼斯少女》（*La Vierge vénitienne*，Paris，1928），Henri Morard 译，尤其是页 37 – 38，和《隐匿的钥匙》（*Absconditorum Clavis*，Paris，1899），Biblithèque rosicrucienne 译，2s.，no. 3，页 36 – 39。亦见 William James Bouwsma，《世界的和谐：Guillaume Postel 的生平和思想》（*Concordia Mundi：The Career and Thought of Guillaume Postel* ［1510—1581］，Cambridge，1957），页 14 – 17、37 – 46，和 Secret，《文艺复兴时期信奉基督教的犹太神秘哲学家笔下的〈光明篇〉》（*Le Zôhar chez Les Kabbalisteschrétiens de la Renaissance*，Paris，1958），页 51 – 52。

② San Juan de la Cruz，《生平与著作》（*Vida y Obras*），Crisogono de Jesus 等编，页 507 – 868、871 – 1121。见 Helmut Hatzfeld，《神秘诗的构成要素》（Los elementos constituyentes de la poesía mística），见 *Actas del primer congreso internacional de hispanistas celebrado en Oxford del 6 al 17 de septiembre de 1962*，Frank Pierce 和 Cyril A. Jones 编，页 319 – 325。亦见 Leo Spitzer，《三首有关迷狂的诗》（Three poems on Ecstasy），见 *A Method of Interpreting Literature*，Northampton，1949，页 21 – 45。被讨论的第一首是 John Donne 的《出神》（The Extasie）（1633 年发表），该诗描写了两个从身体中升华出来的心灵的柏拉图式结合，这一结合因而也是文艺复兴时期纯粹的"柏拉图主义"传统中非身体性人类爱情观念的一个例子。

③ Fray Luis de León，《全集》（*Obras completas castellanas*，Madrid，1959），Felix García 编，页 61 – 208。亦见 García 的导论，页 43 – 60；Secret，《文艺复兴时期信奉基督教的犹太神秘哲学家》，前揭，页 137 – 138。

以及理念与人和所有造物之不完美天性的普遍合一的原型象征。从人的角度来看,双性人对他和对拉伯雷都象征了这样一种完美的结合。① 同样,喀巴拉神秘主义和赫尔墨斯秘学著作与古希腊秘仪都具有的神圣的结合(hieros gamos),指向在完整之人中实现的普遍合一。② 因此,神圣的结合在人类感受的层面上体现了哲学辩证法,而球体则象征在上帝之中对立面的普遍统一。

表面看来,巴奴日的婚姻是他的"拯救"之法,因为他的结婚决定表明他已经恢复了身体与灵魂的平衡。他通过婚姻保持了理性。就其寓意而言,他计划中的这种结合代表他与自然的经验对话,代表他的哲学话语和直觉辩证法。在所有这些层面上,他都达到了自我认识,并通过自我认识达到了与自身、与自然的经验世界、与社交宴饮以及与上帝的统一。唯有通过直觉辩证法,他才能实现自身的圆满。巴奴日之恢复平衡体现了万物的完美和谐与秩序,其实现方法与对话方法相类似。唯一者使所有事物和谐融洽,调和所有对立,连接所有

---

① Leo Hebraeus,《爱的对话》(*Dialoghi d'amore*, Winter, 1929),Gebhardt 编,卷一,页 28 – 37;卷三,页 15 – 22、82 – 94。亦见 Edward F. Meylan,《柏拉图式爱欲观的演变》(*L'évolution de la notion d'amour platonique*),见 *HR*, V (1938),页 418 – 442;Secret 的《文艺复兴时期信奉基督教的犹太神秘哲学家》,前揭,页 79 – 83、210 – 211、316,该文就《对话》的柏拉图哲学和犹太神秘哲学的要素及影响分别做了评论。

② Hermes Trismegistus,《赫尔墨斯秘籍》(*Corpus Hermeticum*, Paris, 1945—1954),卷二,页 17;卷九,页 3 – 4。A. D. Nock 和 A. - J. Festugière 编,卷一,页 39,97。《赫尔墨斯秘籍》(*Hermetica*, Oxford, 1924—1936),Walter Scott 编,卷一,页 144 – 145、180 – 181。亦见 Festugière,《赫尔墨斯秘学揭秘》,前揭,卷二,页 548 – 551。关于古代男女神之结合的讨论,见 Richard Reitzenstein,《古希腊的秘仪宗教》(*Die Hellenistischen Mysterienreligionen*, Stuttgart, 1956),页 245 – 252。类似的意象可见于 Philo Judaeus,《论天使》(*De cherubim*, Paris, 1963),页 40 – 52,Jean Gorez 编,见 *Les Œuvres*,卷三,页 38 – 45。

极点。在上帝之中，理念与自然的世界都反映了神圣本质之统一。

赫尔墨斯秘学诸学科（占星术、炼金术、魔法）和喀巴拉神秘主义都是拉伯雷对话体验的基本表达方式。作为经验学科，它们是与世界建立积极联系的手段。人类可以将从自然世界获取的知识转化为对力量的邪恶追求和实利主义的财富。或者，人也可以运用天赋的推论理性，去学习认识自己和周围的环境。那么，他的人类理性就会指引他走向自我知识，并更远地走向直觉辩证法。人的最终知识还是依靠上帝；通过上帝，人才能实现与自身以及与所有造物之间的和谐关系。

拉伯雷的辩证法是能动性的，而且，通过模仿神圣的普遍对话，它为人类提供了自我神化（selfdeification）的潜质。球体是内在性和超然性法则的体现，它象征在上帝之中极端（extremes）的本质和谐统一。同样，圆形或球形经常被用来描绘人的圆满，而这种圆满在拉伯雷看来只有通过对立面的辩证统一才能达到。但是，在这些意象的应用与它们的含义之间存在较大的差异。上帝超越理智与自然的世界，而人永远在寻求达到圆满的完美状态。对上帝而言，球体意象至多是神圣自然的一个近似物，而且，根据否定神学的说法，它是有局限性的，必定缺乏足够的表征（mark）。对人而言，圆是一个可望而不可即的完美限定。因此，就拉伯雷文学作品中人的尺度来看，柏拉图—赫尔墨斯秘学辩证法不但是拉伯雷表达其思想的媒介，而且也成为他为自己和同伴设置的理想。

柏拉图式辩证法之间有序的（cosmic）张力表现在表象与实质之间的游戏中，对拉伯雷式意象和讽喻来说，这是它的基础。同样，在柏拉图哲学中作为理智与物质之中介的世界和谐原则，成为拉伯雷的理想。在拉伯雷看来，双性人神话象征对普遍秩序的适应，如小宇宙层面上的理性，社会层面上的博爱（正义）状态和个体之间的爱。庞大固埃主义体现出这些博爱原则，进一步注意到人类与其造物主之间的对话。人来自上帝，因而必定回归上帝。人所能达到的最高的善是享受善。追求这种快感是一种"愚蠢"。它是一种个体化的直觉体验。不过，他通过哲学辩证法朝向上帝的努力，表现在与其同伴的宴饮交际中。

拉伯雷文学作品中的酒非常具体地象征其辩证法的逻辑性。从字面层次看，喝酒是形容欢宴之于对话的必要性。社交会谈更进一步指向在哲学式欢宴中的思想交流。积极主动的谈话显示了通过有条不紊和通情达理的话语进行学习的欲求。而且，通过对话获得的知识预见了直觉辩证法的智慧。直觉是人所能掌握的最高的对话方式。人依靠直觉方式建立起与自身的统一，以及与同伴和上帝之间有意义的联系。

赫尔墨斯秘学的各种学科最能显示柏拉图—赫尔墨斯秘学辩证法与人的圆满的一致性。通过对世界的经验研究，人锻炼了自己的推论理性。推论理性是唯有人类心灵才具备的能力。占星术、炼金术和魔法这些合乎逻辑的学科以及喀巴拉神秘主义都导向对世界和人自身的认识。人可以通过使用黑色技艺颠转他已获得的知识。或者，他也可以将这种知识转化为与世界的积极对话，这种对话导向自我认识和在上帝之中的智慧。不过，经验学科只是指向直觉智慧，因为这种体验有赖于神意。拉伯雷化用了酒神的激情诗作（furor poeticus）以及酒和男女神结合的喀巴拉神秘主义秘仪中表现出的迷狂，借以象征人与上帝的结合。通过与其始源的合一，人达到圆满。通过直觉辩证法的智慧，人跨越了心灵与肉体之间的鸿沟，正如上帝在自身之内统一理念世界和物质世界。因此，对立面相统一的柏拉图－赫尔墨斯秘学辩证法，表达了拉伯雷富有活力的统一观念，即人类可以在自身之内达到与其同伴、与其环境以及与上帝的统一。但是，这个辩证法同样诉诸人性因素。人永远无法达到统一，但对拉伯雷来说，他必须积极不断地为这个理想而努力。

《巨人传》五卷主题的统一

马斯特尔斯（G. Mallary Masters）著

孔许友 译

从柏拉图—赫尔墨斯秘学传统的视角研究拉伯雷的文学作品，我们会得出结论：拉伯雷与这一传统共有那种对立两极的辩证法。表面看来，拉伯雷的作品似乎是哲学折衷主义的一个实例，但是，如果重新仔细评价他的意象和讽喻神话，我们发现其中展现出对于人类情境的统一观点。此外，构成拉伯雷象征体系的基础的辩证法，指明了《巨人传》五卷书的统一主题和最后一卷的真实性问题。我们不妨按照文本顺序，考察有关柏拉图—赫尔墨斯秘学传统的若干主题，这样，我们会发现这些主题不只是贯穿《巨人传》的五卷，而且，第五卷是前四卷合乎逻辑的必然结论。这或可作为证据，有利于证明第五卷的真实性。

对《巨人传》第五卷真实性的怀疑，最早出现在 17 世纪早期。马蒂－拉沃（Marty-Laveaux）在讨论这一问题时，引用了韦迪耶（Antoine du Verdier）的《人的研究》（*Prosopographie*），该书将第五卷中的《钟鸣岛》(Isle sonante) 部分归于"某位瓦朗斯的埃沙利尔"(un Escholier de Valence) 名下,韦迪耶还提到了居永(Louis Guyon) 的《训诫》(Les Diverses leçons),居永否认拉伯雷是《巨人传》第五卷的作者,其基本依据是第五卷中的反天主教情绪。居永有些含糊地补充说,在那个作者写作第五卷的时候,居永本人正在巴黎,而且很清楚"那位作者,他可不是医生"。尽管有这些异议,17 和 18 世纪的拉伯雷读者并没有怀疑第五卷的真实性。例如,勒迪沙(Le Duchat) 在编辑拉伯雷作品时(1711) 断言,第五卷当然是拉伯雷所作,并说这一卷同时体现了他的风格和精神。他反驳了那些所谓的同时代的(quasi-contemporary) 反对意见,因为他发现,韦迪耶混淆了《钟鸣岛》和杜撰的《俏皮话和笑话》(Fanfreluche & Gaudichon),而居永只是试图毫无批判地保卫拉伯雷的正统地位和他的医学声誉。

  直到 19 世纪中期重新发现手抄本的时候,才出现力图论证最后一卷不可靠的观点。不过,在考虑了各种事实和文体上的反对意见后,马蒂-拉沃推断,拉伯雷可能留下了一些断片和粗略的草稿,那些断片原先也许是为前几卷做的准备,而某个模仿者则收集了那些草稿。① 19 世纪行将结束时,蒂利(Arthur Tilley) 重新考察了有关《巨人传》是否真实的反对意见,他同意勒迪沙对韦迪耶和居永的反驳,完全接受后十六章的真实性(灯笼国和神瓶情节),但第四章则不好确定。② 从那时起,除了伯奇-希施菲尔德(Birch-Hirschfeld) 十分有限的研究外,重要的分析都倾向于接受全书的真实

---

  ① Marty-Laveaux 对拉伯雷的注疏,见 *Œuvres*,卷四,页 309-314。
  ② Arthur Tilley,《〈巨人传〉第五卷的真实性》(The Authenticity of the Fifth Book of Rabelais),见 *Modern Quarterly of Language and Literature*,卷一 (1898-1899),页 113-116。

性，同时附一些次要的限定条件。①

1905年，勒弗朗（Lefranc）和布朗热（Boulenger）编辑了《钟鸣岛》。他们对比了1562年的文本与1564年的完整版和手抄本，由此推断，拉伯雷的编辑者可能使用了他留作出版全书之用的概要、注释和草稿。② 这个结论现在已广为接受，它认同了篡改添写的可能性，但无疑也肯定了，拉伯雷至少在第一份草稿中就已经确然计划写作第五卷书了。③ 塞内安（Sainéan）基于语言、风格和来源对第五卷做了非常全面的分析，他从这些标准得出结论，认为该作是可靠的，除了有四处细微的篡改。在对主要情节进行全面分析、同时详细比对拉伯雷五卷书的语言习惯之后，塞内安才下了这个论断。④

---

① Adolf Birch-Hirschfeld,《〈巨人传〉第五卷和其他确凿几卷之间的关系》(*Das fünfte Buch des Pantagruel und sein Verhältnis zu den authentischen Büchern des Romans*, Leipzig, 1901)，页1-35。

② Jacques Boulenger,《导论》（Introduction），见拉伯雷,《钟鸣岛》(*L'Isle sonante*, Paris：Champion)，Lefranc和Boulenger编，前言，页1-20。没有一个反对第五卷真实性的观点，建立在严谨的或学术性的证据之上。这些观点通常不理睬支持真实性的证据。

③ 最近的编者都毫不怀疑接受这个结论。例如，Lefranc,《导论》（Introduction），《庞大固埃》（即《巨人传》第二卷），卷三，第11章；Boulenger,《导论》（Introduction），见 *Œuvres complètes*，页19；Plattard,《评塞内安的〈十六世纪文学问题〉》（Review of L. Sainéan, *Problèmes littéraires du XVIe siècle*），*RSS*，XIV（1927），页404-405；Gaston Legrain,《评让·普拉塔的〈拉伯雷传〉》（Review of Jean Plattard, *Vie de François Rabelais*），*RSS*，XVI（1929），页166。最近，Pierre Jourda在其编辑的《全集》第二卷（*Œuvres complètes*，卷二，页263-272）中回顾了这一问题；Jourda的结论是，除非发现手稿（an autographe），否则真实性问题不可能解决，不过，他将该书纳入了拉伯雷文集。

④ 塞内安,《〈巨人传〉第五卷：其真实性和构成部分》，前揭，页1-98、251-260。他的详细的语言对比研究结果见塞内安《拉伯雷的语言》(*La Langue de Rabelais*, Paris, 1922—1923)，其中也涉及他早先的研究。

更晚近则有卡彭特（Carpenter）对五卷书中音乐术语进行对比研究，从而为拉伯雷的作者身份增加了进一步的证据。① 分析柏拉图—赫尔墨斯秘学传统，还可为这些研究补充另外的判断标准，因为每个主题都表明了创作的连贯性。

拉伯雷在"致庞大固埃的信"（《巨人传》第二卷第8章）中表达了对柏拉图主义的人文方面的兴趣。这可以看作贯穿五卷书的象征体系的基础。西勒诺斯和富于滋养的骨髓的意象（《巨人传》第一卷前言）表明，表象和实在的柏拉图式游戏为拉伯雷的象征体系和讽喻提供了最充分的涵义。高康大装束中的双性人和颜色象征（《巨人传》第一卷第9-10章）暗示，他以奥古斯丁教义的方式将柏拉图的和谐秩序改造为博爱。在《巨人传》第三卷第1章中，拉伯雷指出，他把博爱当作前两卷书中哲人王的行为准则。然后，通过巴奴日的债务颂（《巨人传》第三卷第3-4章），拉伯雷宣称，柏拉图之爱的主题是普遍的和谐。这个主题在人类经验的层面上体现为节制，它还构成了巴奴日的追寻的根基，贯穿了他后来的行动：先是在占卜咨询（《巨人传》第三卷第10-28章），然后是宴会（《巨人传》第三卷第29-36章），最后是以访问神瓶（《巨人传》第五卷第34-47章）告终的旅行。此外，寓言式的追寻指向拉伯雷的知识观，这种观念体现在酒和食物的双重象征中。

酒，就其本身而言，使人想起拉伯雷对身体领域的积极看法，即认为身体本身是好的。酒与社交欢宴相关，如大肠宴（《巨人传》第一卷第4-5章）和会饮（《巨人传》第三卷第29-36章），因而酒对应于推论理性和人类的经验知识。酒的象征意义与哲学辩证法

---

① Carpenter，《拉伯雷与音乐》（*Rabelais and Music*，Chapel Hill，N. C.，1954），页18-29、97-119。

相对应，这在《巨人传》第一卷的前言中已有暗示，而在《巨人传》第三卷的咨询情节中再次浮现。酒的象征与旅行主题密切相关。第三卷末尾部分（《巨人传》第三卷第49-52章）庞大固埃草的意象，提示了拉伯雷的理想的庞大固埃主义（《巨人传》第四卷前言），而作为船队标志的酒具（《巨人传》第四卷第1章）则预示了神瓶的意象。

纵观整个航程，柏拉图主义的象征不断出现。美当乌提岛（Isle de Medamothi）上的理念图画（《巨人传》第四卷第2章）和冰冻的语言（《巨人传》第四卷第55-56章）与最后一卷《前言》中的蚕豆荚（febves en gosses）类似。这一出自《前言》中被认为伪作部分的意象，再次表述了三重阐释的主题。即便这一段是篡写的，那么这个篡写者显然对拉伯雷的思想具有独特敏锐的见识。除了蚕豆荚的意象之外，他又加了纳瓦拉的宝石（Marguerite de Navarre）——另一个拉伯雷的柏拉图主义历史标志，他还添加了对酒的详细讨论，其中多处提及甘露和马蹄仙泉（fons Cabalin）。综合考虑这些因素，这一段似乎在本质上是拉伯雷式的，也许就是出自拉伯雷手笔。这些意象不仅与前四部书密切相关，而且为最后一些情节的象征做了铺垫。①

人类知识与哲学想象（vision）之间的对立关系体现于丝绸国（《巨人传》第五卷第30-31章）、灯笼国和神瓶的相关情节中。由手执灯笼的亚里士多德所表征的自然科学是柏拉图形而上学的向导和补充。与柏拉图学派拉米（Lamy）交好的那个灯笼（《巨人传》第五卷第32-33章）正是指柏拉图形而上学。虽然柏拉图主义阐释

---

① 《巨人传》第五卷前言，Plattard 编，卷五，页1-9；更短的手抄本由 Boulenger 提供，页771-772。Sainéan 讨论了第五卷的真实问题和他自己反对这一段出自拉伯雷之手的观点，《〈巨人传〉第五卷：其真实性和构成部分》，前揭，页12-14。拉伯雷在第三卷的前言中也提到宝石（Marguerite）。

了哲学辩证法，但柏拉图像灯笼一样只能引导个体走向理智王国。理念的图景（vision）必须通过自我认识才能获得，这是一个由神殿的狄奥尼索斯拼图（《巨人传》第五卷第 38－40 章）和水泉建筑（《巨人传》第五卷第 42 章）所象征的辩证过程。在巴奴日的胜利中，拉伯雷展示了酒的真理与苏格拉底的自我认识相关的全部意义。因此，他用第一卷开始时的主题结束了第五卷。最后三个情节是前四卷中的哲学主题和象征体系的恰当结论。人的知识与神的知识的表面对立在最后一个情节的吟诗中得到解决。拉伯雷同时强调人类理智的沉思特征和实践特征，同样，通过酒的象征，他同时注意到赫尔墨斯秘学诸学科中的经验知识和直觉知识。

拉伯雷对妄用占星术和炼金术的批判，最早出现在"致庞大固埃的信"（《巨人传》第二卷第 8 章）中，而将这二者当作自然学科加以接受则见于高康大的教育安排（《巨人传》第一卷第 23－24 章）。在毕克罗寿战争中，拉伯雷讽刺了对占星术、魔法和玄学的迷信（《巨人传》第一卷第 35－36 章）。与此类似，在第二卷，拉伯雷以炼金术的语言攻击了炼金术士的虚伪和赎罪券的售卖（《巨人传》第二卷第 17 章）。第四卷（第 48－54 章）中的教皇派岛情节和第五卷（第 11－16 章）中的格里波米诺和愚人国（Apedeftes）都同样显示了对炼金术语言的隐喻性使用，借此讽刺教会和司法界的拜金主义，并间接地讽刺对赫尔墨斯秘学诸学科的妄用。[①] 不过，正如

[①] 愚人岛情节在此研究中未讨论。和"穿皮袍的猫"一样，愚人岛也是司法不公的拟人化，拉伯雷通过炼金术语言再一次对之加以讽刺。这一章在现代版本中是第 16 章，Plattard 编，卷五，页 53－59 和 Boulenger 编，页 811－814，而在 Jean Martin 那里是第 7 章，卷二，页 25－32。Boulenger 反驳了对其真实性的怀疑，《导论》（Introduction），见《钟鸣岛》（L'Isle sonante），前言，页 20。拉伯雷对炼金术的运用表明这一章与前一章的关系，同时也说明了它的真实性。

拉伯雷对这些学科之虚伪性的批判是贯穿五部书的基调，他对这些学科的接受也同样遍布全书。

第三卷中拉伯雷对待预言占卜的大体态度表明，他相信通过梦（《巨人传》第三卷第14章）和诗人最后的诗（《巨人传》第三卷第21章）获得哲学想象。他在第四卷对英雄和恶魔之死的讨论也表明，他相信流星和彗星的预示作用（《巨人传》第四卷第26－27章）。从文本上看，预卜的这两个层面之间的关系，通过杜·勃勒之死的描述而得到展现；从哲学上看，则是通过天意（Providence）观念而得到展现。在第五卷，拉伯雷通过水泉的肖像学描绘而为占星术提供了一个象征意义。与此类似，拜访第五元素王国的情节（《巨人传》第五卷第19－25章）和"穿皮袍的猫"情节中的颜色象征一样，意指一种炼金术的哲学运用。神瓶的入门仪式则指向魔法的象征性运用，而这两个情节都显示出拉伯雷对犹太教喀巴拉神秘主义的运用。

在《巨人传》前两卷，拉伯雷在毕克罗寿战争情节中讽刺了对玄学的迷信妄用。在第三卷，对修道院的喀巴拉神秘主义（caballe monastique）（《巨人传》第三卷第15章）和特里巴老爷的鬼魔学（《巨人传》第三卷第25章），拉伯雷采取了类似的讽刺态度。但在前三卷中，拉伯雷数次预示了后两部书中喀巴拉（Cabala）的重要性。① 虽然第四和第五卷都表明，拉伯雷使用希伯来术语的频率提高，但受犹太神秘主义启发的酒和性之秘仪也出现在前几卷中。特来美修道院中女人作为趣味决定者的地位（《巨人传》第一卷第55－57章）预示了拉伯雷将女人视为拯救男人和宇宙的方法。这一

---

① 例如，《巨人传》第二卷前言和第8、20章；《巨人传》第三卷第3、14章。

主题的逐步发展见于向女卜者的咨询（《巨人传》第三卷第 16–18 章）、反教皇岛上的故事（《巨人传》第四卷第 46 章，［译按］在成钰亭中译本中为第 47 章）和"精致"的情节（《巨人传》第五卷第 19–25 章）中。在神瓶的"象征体系"（《巨人传》第五卷第 42–47 章）中，性秘密获得其最充分的涵义。与挪亚所暗示的酒象征相结合，拉伯雷把舍金纳（Shekinah）当作智慧（Wisdom）的显示和女性气质的体现，这种女性气质是理解他的神秘主义和由第一卷前言中的酒友和生大疮者所象征的两种秘仪之间关系的方法。最后的情节也显示了玄学与赫尔墨斯秘学学说的关系，因为在列举古代神学和重复赫尔墨斯秘学的球体隐喻时，拉伯雷指出了贯穿整部作品的柏拉图主义与赫尔墨斯秘学学说的合一。这样，很清楚，拉伯雷对赫尔墨斯秘学传统的运用在《巨人传》全部五卷中具有连续性。

拉伯雷宗教信仰的连贯性也说明了最后一卷的真实性。第五卷前八章的钟鸣岛情节讽刺了整个教会体系。通过抨击教会生活中以教规时间进行的斋戒和严格控制，拉伯雷再次表明，过度要求使人的人性越来越少；在这个例子中，他幽默地把教士描绘成鸟。他的讽刺还包括直接提到这些无用造物的贪食和性乱交，他们把时间都花在吃和唱上面，从不工作（《巨人传》第五卷第 1–8 章）。这些是贯穿拉伯雷的宗教批判的主旨，它们表明这个情节和木履岛（Isle des Esclots）情节（《巨人传》，第五卷第 27–28 章）一样都是可靠的。在后者中，拉伯雷通过半音修士（Frères Fredons）抨击了修士的拜金主义和封斋期。就其宗教信仰的积极方面来说，神瓶情节显示了个体之于上帝的关系，并且最充分地表达了拉伯雷的哲学"神秘主义"。球体意象和隐秘的上帝（Dieu caché）（《巨人传》第五卷第 47 章）暗示了神学内在性和超越性，以及哲学辩证法的对立统一。因此，最后一卷不仅指涉宗教信仰的连贯性，而且通过解决神学与哲学的对立，表明拉伯雷《巨人传》五卷书中思想的统一。

对《巨人传》第五卷情节的回顾显示，柏拉图和赫尔墨斯秘学传统的一个或更多的方面是每个连续情节的基础。第五卷的前言包含柏拉图式的意象、历史影射和酒的象征。钟鸣岛情节（第 1-8 章）是拉伯雷在对宗教极端（extremes）的讽刺中运用柏拉图式和谐的一个例子。铁器岛（Isle des Ferremens，第 9 章）中的讽刺则基于柏拉图的天国树意象，而拉伯雷将理念（Ideas）与鬼魔学结合起来，后者出现在骗人岛（Isle de Cassade）情节（第 10 章）对法庭的讽刺中。炼金术是"穿皮袍的猫"（第 11-14 章）和愚人岛（第 16 章）情节的共同基调。柏拉图式的和谐是皮桶岛（Outrés）情节（第 17 章）中讽刺的基础，同时也与炼金术、魔法、玄学以及第五元素（第 18-25 章）的象征结合在一起。在道路岛（Isle des Odes）（第 26 章）和木履岛（第 27-29 章）情节中，拉伯雷通过运用理念与和谐的主旨批判了人性堕落。丝绸国（第 30-31 章）和灯笼国（第 32-33 章）的情节则暗示了亚里士多德派和柏拉图派哲学的综合，暗示了经验知识与直觉知识之间的对话。

柏拉图与赫尔墨斯秘学传统中每个被讨论的主题都出现在神瓶情节之中。拉伯雷的酒象征在神殿的建筑装饰和题词中得到再现。水泉和梯阶则是对占星术的象征性运用，目的是描绘圆球的和谐。入门仪式将狄奥尼索斯秘仪与阿波罗诗意激情、魔法以及犹太神秘哲学的酒和性的秘仪结合起来，它们都导向自我认识和对上帝的认识。亚里士多德自然哲学与柏拉图哲学辩证法的表面矛盾在赫尔墨斯秘学式圆球的无穷大中得到解决。不仅是神瓶情节的每一章都指向拉伯雷辩证法的统一性，而且，与主题和作品构成相一致的统一性贯穿全部五卷之中。柏拉图与赫尔墨斯秘学传统既显示了这种统一，又表明了第五卷的真实。

《巨人传》第三卷中的普鲁塔克

斯文森(James L. Swanson) 撰

唐俊峰 译

普鲁塔克(Plutarch)对拉伯雷的影响不仅在于他为《巨人传》第三卷的内容奠定了基调,而且点明了其在一个复杂时代中所处的位置。"一个人是否应该结婚,是否应该远航,是否应该借债?"普鲁塔克在对话《非诗体的德尔菲神谕》(*Oracles at Delphi no longer given in verse*)中提出了这些问题,《巨人传》第三卷正是围绕它们而展开。

巴奴日是否应该结婚的苦恼,是《巨人传》第三卷的主导性问题。在这个智性难题(intellectual struggle)之前,巴奴日与庞大固埃关于是否应该借债的问题争论不休。在这卷书的最后,是为远航船只进行盛大的王室装备,这艘船是为巴奴日寻找神瓶启示而造的。

第三卷不同于前两卷。关注点从巨人高康大和庞大固埃宫廷中放荡不羁的生活转移到日常生活,按照Screech的说法,就是"移向一个更加现实的世界"。"《巨人传》第三卷第一章对人文主义思想的强调已经体现出了这种变化，这里面有普鲁塔克持久的影响——从此，［普鲁塔克］对于拉伯雷的笔法（art）和思想产生了决定性影响。"①

普鲁塔克的影响始于拉伯雷《巨人传》的第一卷。在高康大致庞大固埃的著名书信中，老国王写道："我非常喜欢读普鲁塔克的《伦语》（Moraulx）。"② 高康大赞美那个学术（learning）复兴的天堂，尤其是希腊语著作的复兴，他将《伦语》与柏拉图、泡赛尼阿斯③和阿忒涅乌斯④的伟大作品相提并论。

在16世纪，人们认为学习希腊语会导致信奉异教，但高康大对普鲁塔克的兴趣足以抵消这种麻烦。（拉伯雷在普瓦图［Poitou］当见习教士期间，他的希腊文书本曾经被没收。）由于掌握希腊语，他就可以看到一些《伦语》中没有翻译的内容。《伦语》中有一个关于预言本质的对话，就只有懂希腊语的人能读，在写作《巨人传》第三卷期间，这恰是拉伯雷的兴趣所在，很大程度上，这是一部关于预言的书。⑤

普鲁塔克是德尔菲神庙宣布阿波罗神谕的祭司，他在生命的最后时刻，写下了《非诗体的德尔菲神谕》。在这篇对话中，普鲁塔克为神谕辩护，神谕在几个世纪的衰落之后得到了一个短暂的复兴。

---

① M. A. Screech：《拉伯雷》（*Rabelais*），Ithaca, N. Y.：Cornell University Press，1979，页224。

② ［译注］本文中《巨人传》汉译参考成钰亭先生译文。拉伯雷：《巨人传》，成钰亭译，上海译文出版社，1990年8月版，页271。

③ ［译注］公元2世纪希腊的地理学家和历史学家，参《巨人传》，同上。

④ ［译注］公元3世纪希腊语法家，他在《哲人饮宴》里描写过花和果实的功用，参《巨人传》，前揭，页92。

⑤ Jean Plattard，《拉伯雷的创作》（*L'Oeuvre de Rabelais*），Paris, 1969，页233、242。

忒翁（Theon）是主导这篇对话的祭司，他维护神谕，有人批评说，由于女祭司不再做诗体预言，所以神定会弃神坛于不顾，忒翁尤其反对这种批评。不可否认，神的信徒曾经受到诗的启示，忒翁解释说，这种启示适合于诗性即人的本性的时代，在那个时代，甚至历史和哲学都以诗的方式来表达。此外，诗的好处在于它的模糊、双关（double entendre）以及间接性，一些对于国王和僭主不利的预言，如果直接说出来可能连累祭司，此时，这种策略是必要的。

忒翁对自己生活于一个和平与安宁的时代非常满意。由于没有战争和需要特殊应对的问题，忒翁认为不需要"史诗以及奇怪、冗长和模糊的文字"。神用适合一个时代的语言说话：

> 当没有什么复杂、神秘与可怕的事物，而仅是询问一些日常事物时，比如一些书生气的问题：一个人是否应该结婚，是否应该远航，是否应该借债……如果对于这样的事情，也用诗来表达，采用委婉的说法，用一些奇怪的字来求得一个简单的答案，这就是迂夫子所为，借神谕来哗众取宠。①

这三个看似平常的辩题，正是拉伯雷充满哲思的《巨人传》第三卷致力研究的问题。

拉伯雷身处一个充满紧张与冲突的时代。路德、茨温利（Zwingli）和加尔文等人发起了一场激进的宗教改革运动。"檄文事件"（affaire des placards）② 中，攻击"偶像崇拜"的标语贴满巴黎

---

① 普鲁塔克，《非诗体的德尔菲神谕》，见《伦语》第 5 卷，Frank Cole Babbit 译，勒布（Loeb）古典丛书，306 册（Cambridge, Mass：Harvard University Press, 1936），页 339（408c）。

② ［译注］指 1534 年宗教改革派的"檄文事件"。

的大街小巷，作为对这一事件的回应，从 1534 年 11 月到 1535 年 1 月，22 名异端在巴黎被烧死在火刑柱上。1545 年，王室军队在法国东南部屠杀了数千名华尔多教派信徒（Waldensians）。在卡布里埃（Cabriers），男人被处决之后，女人也被锁在谷仓里活活烧死。在《巨人传》第三卷出版的 1546 年，多莱（Etienne Dolet）因为发表了一篇否认灵魂不死的对话而被判处火刑。

拉伯雷正处于宗教冲突的风口浪尖，在教会内部进行改良的主张使他受到正统天主教和激进改革派的双重敌视。尽管第三卷得到了法王弗朗西斯一世的特批，而且题献给那伐尔王后①（Queen Margaret of Navarre），但还是几乎一出版就遭到索邦神学院指责。拉伯雷逃往巴黎，如同 1533 年《巨人传》第二卷《庞大固埃》（*Pantagruel*）和 1535 年第一卷《高康大》（*Gargantua*）受到谴责后他选择逃亡一样。② 1553 年，拉伯雷死后，加尔文将其归入不虔敬的作家之列，"此人假喜剧之名，肆意行渎神之实"。

拉伯雷的福音派教徒身份迫使他"采取一些迂回的方式，以期用一些欺骗性的奇怪文字来求得一个简单明了的答案"。他的做法并非"迂夫子所为，借神谕来哗众取宠"，而是"为了应对强权而采取的策略"。

---

① ［译注］弗朗西斯一世的妹妹玛格丽特·德·瓦洛亚。

② ［译注］1532 年，拉伯雷出版了《渴人国国王庞大固埃传》（《巨人传》的法文题目就是 *Gargantua et Patagruel*）。1534 年，《庞大固埃的父亲；巨人高康大骇人听闻的传记》问世，1542 年两书再出版时，把写父亲的《高康大》编排在了第一卷。1546 年出版了全书的第三卷；1548 年，拉伯雷出版了第四卷书的前 11 章；1552 年，出版了第四卷的定本；1562 年，出版了据说是拉伯雷的生前遗稿，名为《钟鸣岛》，只有 16 章；两年之后，第五卷的其余章节出版，这就是我们现在看到的五卷本《巨人传》的定本。

古典作品研究

从《左传》论春秋时代的谏诤制度

何 杨

谏诤或作谏争，意指下级对上级或晚辈对长辈的过失进行规劝。严格而言，谏、诤有别，如《荀子·臣道》云："大臣父兄有能进言于君，用则可，不用则去，谓之谏；有能进言于君，用则可，不用则死，谓之争。"① 不过，二字通常连用，共同表示规劝之义。

谏诤制度是中国古代的一项重要的政治制度，是中国古代监察制度的重要组成部分，对于纠正君主专制的弊端颇为有益。因此，我国自古以来就注重对谏诤的探讨。例如，先秦两汉就有不少文献论及谏诤，偏重论述谏诤的重要性者，如《吕氏春秋·贵直论》前

［作者简介］何杨，中山大学中文系博士后，本文是中国博士后科学基金项目"《左传》辞令的逻辑研究"（2012M511875）的成果之一。

① 王先谦，《荀子集解》，北京：中华书局，1988，页250。

五篇、《孝经·谏诤章》等；偏重论述谏诤技巧者，如《韩非子·说难》、《鬼谷子》等；偏重论述谏诤之礼者，如《白虎通·谏诤》等；偏重收集谏诤故事者，如《说苑·正谏》等。其后，重要著述有唐代元稹的《论谏职表》和宋代苏洵的《谏论》，而宋代《册府元龟·谏诤部》和清代《古今图书集成·官常典》中的"谏诤部"和"给谏部"收录各家关于谏诤的论述和故事，最为详备。

现当代的研究往往将春秋时代的谏诤制度置于整个先秦时代之中，从而论述较为简略，且大同小异，缺乏深入探讨。① 实际上，夏、商、西周、春秋、战国的政治制度和思想文化皆有不同，笼统论说易于忽略各自特征。鉴于此，本文将以《左传》为主，专门讨论春秋时代的谏诤制度。选择《左传》，理由有二：其一，该书是最为可靠的春秋史料，如童书业在搜尽春秋史料后，认为《左传》最为真实，故其所撰《春秋史》主要依据《左传》;② 其二，《左传》记载了大量谏诤事件，约有近两百则。

一、谏诤主体的范围

谏诤为谏官之本职，然谏诤主体绝不限于谏官，先秦时代更是如此。正如司马光在《谏院题名记》中所言："古者谏无官，自公

---

① 现当代研究参见彭勃、龚飞，《中国监察制度史》，北京：中国政法大学出版社，1989，页12-32；赵映诚，《中国古代谏官制度研究》，《北京大学学报（哲学社会科学版）》，2000年第3期，页97-104；张晋藩，《中国监察法制史稿》，北京：商务印书馆，2007，页23-58；王谨，《中国上古谏政制度》，《山西大学学报（哲学社会科学版）》，2008年第4期，页44-48。

② 童书业，《童书业史籍考证论集》，北京：中华书局，2005，页489-490。

卿大夫至于工商，无不得谏者。汉兴以来，始置官。"① 需要注意的是司马光之说盖谓专掌谏议的专职谏官，因为先秦已设谏官，如春秋时期齐国设有大谏，战国时期赵国设有司过，而秦朝也设有谏议大夫。②

《左传》书中的谏官或有保氏和箴尹。《周礼·地官》载有"保氏"一职，其职能为"掌谏王恶"，孙诒让注曰："此官掌教小学而兼为王之谏官也。"③ 襄公十四年，卫国定姜言及"先君有冢卿以为师保"④。"师保"即冢卿孙林父和甯殖，或为保氏。不过，《左传》并未载其谏诤之事。箴尹为楚国所设，东汉高诱认为箴尹为谏臣。⑤《左传》中担任此官者有宣公四年的克黄、襄公十五年的公子追舒，定公四年和哀公十六年的固。不过，《左传》也未记载他们的谏诤事迹。

实际上，《左传》中谏诤主体绝大多数为卿大夫，⑥ 而非专职谏官。除此之外，尚有太子（如桓公十七年的郑太子忽、襄公十八年的齐太子等）、诸侯妻妾（如僖公十五年的穆姬、僖公二十三年的齐

---

① 司马光，《温国文正公文集》卷六十六，《四部丛刊初编》本。
② 关于两汉之前所置谏官，参见《古今图书集成·官常典·给谏部·汇考一》卷三百九十一，第287册，上海：中华书局，1934；彭勃、龚飞，《中国监察制度史》，页12-32；张晋藩：《中国监察法制史稿》，页23-58。
③ 孙诒让，《周礼正义》，北京：中华书局，1987，页1010。
④ 杜预注，孔颖达等正义，《春秋左传正义》，《十三经注疏》，北京：中华书局，1980，页1957。本文所引《左传》原文、杜预注、孔颖达正义皆自此本。
⑤ 参见许维遹，《吕氏春秋集释》，北京：中华书局，2009，页452。
⑥ 《左传》中"大夫"有广狭二义：广义言之，包括卿；狭义言之，卿为大夫上层。在不强调二者区别时，常常用"卿大夫"一词统称大夫阶层（参见李新霖，《从左传论春秋时代之政治伦理》，台北：文津出版社，1991，页20-31；朱凤瀚，《商周家族形态研究》，增订本，天津古籍出版社，2004，页458-459）。

姜、襄公十九年的仲子等）、家臣（如文公十八年的公冉务人、定公二十年的公敛处父等）、乐师（如昭公八年的师旷）、卜人（如僖公四年的卜人）、匠人（如襄公四年的鲁匠）、膳宰（如昭公九年的屠蒯）、侍者（如襄公七年的侍者和襄公二十五年的侍者）、国人（如昭公四年的国人）、乡人（如昭公十二年的乡人）等。总之，谏诤主体的范围非常宽泛。这一点在晋国师旷的言论中体现得最为明显。襄公十四年，晋悼公认为卫国人将卫献公逐出卫国的行为太过分了，师旷回应说或为卫献公自己太过分，进而论及国君应当为民谋利和臣民匡正国君过失之事，节引如下：

> 天生民而立之君，使司牧之，勿使失性。有君而为之贰，使师保之，勿使过度。是故天子有公，诸侯有卿，卿置侧室，大夫有贰宗，士有朋友，庶人、工、商、皂、隶、牧、圉皆有亲昵，以相辅佐也。善则赏之，过则匡之，患则救之，失则革之。自王以下，各有父兄子弟，以补察其政。史为书，瞽为诗，工诵箴谏，大夫规诲，士传言，庶人谤，商旅于市，百工献艺。故《夏书》曰："遒人以木铎徇于路，官师相规，工执艺事以谏。"正月孟春，于是乎有之，谏失常也。（《春秋左传正义》，页1958）

需要注意的是"工诵箴谏"和"工执艺事以谏"的谏诤主体皆为工，然二者有别。前者为乐工，如杜预注："工，乐人也。"孔颖达疏：

> 《仪礼》通谓乐人为工，工亦瞽也。诗辞自是箴谏，而箴谏之辞，或有非诗者，如《虞箴》之类，其文似诗而别。且谏者万端，非独诗箴而已。诗必播之于乐，余或直诵其言，与歌诵

小别，故使工、瞽异文也。《周语》云"师箴，瞍赋，矇诵"，亦是因事而异文耳。(《春秋左传正义》，页1958)

后者则为工匠，即"百工献艺"之"工"，孔颖达疏：

> 《周礼·考工记》云："审曲面势以饬五材，以辨民器，谓之百工。"郑玄云："五材各有工。言百，众言之也。"则工是巧人，能用五材金、木、水、火、土者也。此百事之工，各自献其艺，能以其所能，譬喻政事，因献所造之器，取喻以谏上，即《夏书》所云"工执艺事以谏"是也。(《春秋左传正义》，页1958)

因此，乐工和工匠皆可为谏诤主体。

又所引《夏书》语今见《尚书·胤征》(只见古文，不见今文)，然顺序不同，《胤征》云："每岁孟春，遒人以木铎徇于路，官师相规，工执艺事以谏。"①《左传》是将"正月孟春"置于引文后，"于是乎有之"即遒人徇路之事。因此，"谏失常也"的谏诤主体亦包含工匠。而且，从文意来看，史、瞽、大夫、士、庶人、商旅皆可为谏诤主体。《国语》亦有类似的话，而且表述更为明确，《国语·周语上》载邵公对周厉王谏曰：

> 天子听政，使公卿至于列士献诗，瞽献曲，史献书，师箴，瞍赋，矇诵，百工谏，庶人传语，近臣尽规，亲戚补察，瞽史教诲，耆艾修之，而后王斟酌焉，是以事行而不悖。②

---

① 孔安国传，孔颖达等正义，《尚书正义》，《十三经注疏》，北京：中华书局，1980，页157。
② 徐元诰，《国语集解》，修订本，北京：中华书局，2002，页11–12。

总而言之，谏诤主体的范围非常广泛。

此外，值得一提的是同时谏诤者不限于一人，例如：成公二年鲁、卫谏晋，昭公二十八年阎没、女宽谏魏子，皆有两位谏诤主体；成公六年知庄子、范文子、韩献子谏栾武子，有三位谏诤主体。

二、等级与谏诤

从上引师旷的言论"史为书，瞽为诗，工诵箴谏，大夫规诲，士传言，庶人谤，商旅于市，百工献艺"可见，士、庶人、商、百工都是无法随时当面谏诤的，须采用"传言""谤"等特殊方式。师旷所言《夏书》更明确要求官师①和百工在官员遒人徇路时谏诤。对于史、乐工（瞽、工）和大夫则无此种规定。

但是，此处必须辨析清楚谁是谏诤对象。首先，这段话源起于卫人逐出卫献公，晋悼公就此事向师旷询问卫人的行为是否太过分。进而，师旷谈及重民的言论。因此，从整个谈话的背景来看，所言当是针对天子与诸侯而言。其次，这段话也出现在上引《国语·周语上》邵公对周厉王的谏诤中，其背景是周厉王派人监视谤言的国人，使得国人只能"道路以目"，于是邵公向其谏诤。从邵公的话可见，谏诤对象皆为天子。此外，所引《夏书》见于《尚书·胤征》，其背景是胤国国君奉夏天子仲康之命征讨羲氏、和氏，在出征之前，对众人说：

---

① 官师一职争议颇多，如杜预注："官师，大夫。"竹添光鸿认为官师为官之师长，不只是大夫（参见竹添光鸿，《左氏会笺》，成都：巴蜀书社，2008，页1296）。杨伯峻认为官师为一官之长，其位不甚高（参见杨伯峻，《春秋左传注》，修订本，北京：中华书局，1990，页1018）。

嗟予有众,圣有谟训,明徵定保。先王克谨天戒,臣人克有常宪,百官修辅,厥后惟明明。每岁孟春,遒人以木铎徇于路,官师相规,工执艺事以谏。其或不恭,邦有常刑……(《尚书正义》,页157)

由此可见,"工执艺事以谏"是对天子与诸侯而言。杨伯峻也认为谏诤对象为天子与诸侯,杨注"正月孟春,于是乎有之,谏失常也"曰:"盖春秋以前天子诸侯有大臣及谏官,遇事可谏;至于在下位者以至百工等,唯正月遒人徇路,始得有进言机会。"(《春秋左传注》,页1018)杜预、孔颖达、竹添光鸿等在注释"史为书"以下语句时皆持此观点,下文在具体论述时会有所引用,此不赘述。

总之,从社会等级上说,其要点是:对于天子诸侯,士以上随时可面谏,士以下(包括士)则不能,皂、隶、牧、圉等奴隶则不曾提及谏诤。《左传》中有两则侍者谏诤的例子,即襄公七年为郑僖公所杀的侍者和襄公二十五年向齐庄公谏诤的侍者。侍者或为奴隶,现难以考定。

此外,由师旷言论可知,有天子、诸侯、卿、大夫、士、庶人、工、商、皂、隶、牧、圉等诸多等级。桓公二年的晋国师服也有类似表述,即"天子建国,诸侯立家,卿置侧室,大夫有贰宗,庶人、工、商各有分亲,皆有等衰"(《春秋左传正义》,页1744)。昭公七年更明确论及"天有十日,人有十等……王臣公,公臣大夫,大夫臣士,士臣皂,皂臣舆,舆臣隶,隶臣僚,僚臣仆,仆臣台,马有圉,牛有牧,以待百事"(《春秋左传正义》,页2048)。[①] 当然,

---

[①] 关于春秋时期的等级制度参见童书业,《春秋左传研究》,北京:中华书局,2006,页108-119;顾德融、朱顺龙,《春秋史》,上海人民出版社,2008,页335-349。

《左传》所记录的春秋时代的谏诤（谏诤对象为天子、诸侯）是否与师旷所言相符，以下来进行验证。

杜预注"士传言"曰："士卑，不得径达，闻君过失，传告大夫。"（《春秋左传正义》，页1958）《左传》中确实存在由大夫传言的案例，不过谏诤对象是卿，即昭公四年，国人谤子产。当时郑国执政子产作丘赋，其国人谤之，谓其为"蝎尾"，毒害国人。郑国大夫子宽将国人的谤言传递给子产。当然，这则例子中的国人未必就是士，根据童书业的考证，国人有广狭三种含义，即国都城中的人、国都城内外的人、本国疆域内的人。而若指国都范围内的人则包括士、农、工、商；若指国都城内的人，则主要指士、工、商，而且士是国人中的上层，对于国家、宗族之兴衰具有极为重要的作用（参见《春秋左传研究》，页120-133）。①

庶人是指"只能使用土地而不能占有土地之农民"（《春秋左传研究》，页112），也是国都范围内国人的一部分，也通过传言的方式谏诤，如《国语·周语上》云"庶人传语"，韦昭注曰"庶人卑贱，见时得失不得达，传以语王也"（《国语集解》，页11）。竹添光鸿曰："《周语》'庶人传语'，是庶人亦得传言以谏上也，此有士传言，故别曰庶人谤为等差耳。"（《左氏会笺》，页1295）因此，谤子产的国人也可为庶人，孔颖达就将其当作"庶人谤"的案例，孔颖达曰：

> 庶人卑贱，不与政教，闻君过失，不得谏争，得在外诽谤之。谤谓言其过失，使在上闻之而自改，亦是谏之类也。昭四

---

① 顾德融基于目前考古发掘出的春秋战国城市中存在不少空地，认为这些空地内有农业区，从而认为国都内也有农民，与童书业的观点稍有差异（参见《春秋史》页343-344）。

年《传》"郑人谤子产",《周语》"厉王虐,国人谤王",皆是言其实事,谓之为谤。(《春秋左传正义》,页1958)

商人也只能在市场上谏诤,杜预注"商旅于市"曰:"旅,陈也,陈其货物以示所贵尚也。"孔颖达疏:

> 商旅于市,谓商人见君政恶,陈其不正之物,以谏君也。……商陈此物,自为求利,非欲谏君。但官所陈,则贵尚可见。在上审而察之,其过足以自改,故亦为谏类,则齐鬻踊之比是也。(《春秋左传正义》,页1958)

"齐鬻踊之比"即昭公三年晏子谏齐景公繁于刑,而获得这一结论则是基于市场上"踊贵屦贱",即市场上所卖假腿贵,所卖鞋子贱。因此晏子可以说是商人的传言者,商人则不得直接面谏国君。另杨伯峻认为杜预释"旅"为"陈"是误说,"商旅"为同义词连用,"商旅于市"意指商旅议于市(参见《春秋左传注》,页1017)。不过,无论是杜预说,还是杨伯峻说,均认为商人不能随时面谏君主,而只能在市场上议论。

百工如《夏书》所言,只得在每年正月遒人徇路时谏诤。童书业认为"百工"一词既可仅指各种工人,也可包括统领百工的工官而言,此处"百工献艺"的"百工"仅指工人(参见《春秋左传研究》页334-335)。不过,《左传》中没有明言百工谏诤的案例,故无法考究。《左传》中有两则谏诤主体为工匠的例子,即庄公二十四年的御孙和襄公四年的匠庆。前者通常认为是工官,如杜预注"御孙"曰"鲁大夫"(《春秋左传正义》,页1779)。《国语·鲁语上》亦载此事,谏诤者写作"匠师庆",韦昭注曰"掌匠大夫禦孙之名也"(《国语集解》,页146)。后者则不可确定,杜预注"匠庆"曰

"鲁大匠"（《春秋左传正义》，页1932）。此匠庆距御孙已百余年，自然不是同一个人。又"大匠"或作"大夫"，如阮校云"纂图本、毛本'大匠'误'大夫'"（《春秋左传正义》，页1935）。

当然，无论是士还是庶人、工、商，皆为国人。国人主要是采取私下议论而非直接面见的方式谏诤，如襄公三十一年，"郑人游于乡校，以论执政"（《春秋左传正义》，页2015—2016）。此外，《左传》中还有两例属于国人的谏诤，即昭公十二年的两例乡人。这两例的谏诤对象都是鲁国卿大夫季氏的邑宰南蒯，乡人为"过之而叹，且言曰"和"歌之"，或为面谏，但不是直接向谏诤对象谏诤。从语言表达上看更为明显，直接向谏诤对象谏诤，在称呼对方时，通常包含"君""子"之类的尊称。① 然而，乡人称"有人矣哉"和"非吾党之士"。襄公三十年的舆人也可能属于国人的范围。② 另该例的谏诤对象为郑国执政子产，舆人为诵，而且舆人直呼"子产"名字，并未尊称，因此也不是面对谏诤对象谏诤。总之，国人不能直接向卿大夫谏诤。至于谏诤对象为天子、诸侯者，《左传》未载，故不可

---

① 参见虞万里，《先秦动态称谓发覆》，见李圃主编，《中国文字研究（第一辑）》，广西教育出版社，1999，页273—301。该文第一部分"先秦典籍中的动态称谓"主要依据文献《尚书》和《左传》。

② 关于舆人的身份，历来存有争议。童书业认为"'舆人'盖'国人'中之从征从役者耳。以其地位较低，故用贱隶之名称之为'舆人'也。'舆人'可有田地，且可有'衣冠'，并有能受教育之'子弟'，其非城外务农之'庶人'或奴隶可知矣"（《春秋左传研究》，页132）。顾德融则主张舆人是服杂役的奴隶或低贱的官役（参见《春秋史》，页346—347）。周苏平分析了国人说和奴隶说，并主张舆人属于国人中的士阶层（参见周苏平，《春秋"舆人"考辩》，《人文杂志》，1999年第3期，页100—103）。晁福林通过考察舆人从周代制车者的含义到春秋为部分国人的含义的发展过程进一步支持和补充了童书业的说法（参见晁福林，《先秦社会形态研究》，北京师范大学出版社，2003，页495—511）。国人说似更加合理。

考。于理推之，天子、诸侯之位高于卿大夫，国人也不能直接谏诤，如《国语·周语上》载周厉王派人监视国人对己的谤言，这也表明国人须在下议论。另外需要注意的是，家臣自可对卿大夫（家主）直接谏诤，而家臣中则包括士。如据朱凤瀚考证，春秋时期的家臣来源有四，即本族人、本国其他贵族家族的成员、异国贵族和属于士阶层者（参见《商周家族形态研究》页486–487）。

三、职务与谏诤

除了存在是否能够直接谏诤的差别之外，上引师旷的话还提示了一条重要信息，即谏诤的方式与谏诤主体的职务相关。

杜预注"史为书"曰："谓大史，君举必书。"（《春秋左传正义》，页1958）"君举必书"一语出自庄公二十三年曹刿谏鲁庄公如齐观社中，且云"书而不法，后嗣何观"（《春秋左传正义》，页1779）。这也就是说大史通过记载君主言行来预防君主的过失，对于卿大夫也是如此，如襄公二十年，卫国大夫甯惠子在临死前嘱咐其儿子甯悼子说："吾得罪于君，悔而无及也。名藏在诸侯之策，曰'孙林父、甯殖出其君'。君入，则掩之。若能掩之，则吾子也。若不能，犹有鬼神，吾有馁而已，不来食矣。"（《春秋左传正义》，页1970）甯惠子担心的是"名藏在诸侯之策"，即史官的记载。当然，还需要直言不讳的态度作为保证，而这一点正是《左传》中良史的基本品质。如宣公二年，晋大史不惧赵盾正卿地位，直书"赵盾弑其君"，孔子评其为"古之良史也，书法不隐"（《春秋左传正义》，页1867）。又如襄公二十五年，崔杼弑齐庄公，大史直书"崔杼弑其君"，为此被崔杼所杀，其后大史的两个弟弟也因直书而被杀。另一个弟弟仍然如此直书，崔杼也只好作罢。不仅如此，南史氏听说此事,"执简以往,闻既书矣,乃止"(《春秋左传正义》,页1984)。不过,史官的职务不只是记史,如徐复观基于《左传》等著作考察了春秋时期史的六种职务,即"在祭神时与祝向神祷告""专主管筮的事情""主管天文星历""灾异的解说者""锡命或策命"和"掌管氏族的谱系"。① 《左传》中的谏诤主体为史官的仅三例,即僖公二十八年的晋筮史、成公元年的周内史叔服②和昭公十七年的鲁大史,虽然不是通过记史的方式来谏诤,但都没有超出史官的职务范围。

乐工(瞽和工)通过歌诗诵箴的方式谏诤。不过,《左传》中没有乐工的谏诤,只有一例乐大师的谏诤,即昭公八年的师旷③借晋平公询问石头为何会说话一事而谏"宫室崇侈"。《周礼·春官》载录"大师",大师为乐工之长,属下大夫职,其下属有"小师,上士四人;瞽矇,上瞽四十人,中瞽百人,下瞽百有六十人"等(《周礼正义》,页1269)。瞽矇的职责之一是"讽诵诗"(《周礼正义》,页1865),与此处瞽、工的职能类似。大师自然也有讽诵的职能。不过《左传》中的师旷的职能远不止于《周礼》中乐大师的职能,而是具有保存文化的职能,"更接近'史'的工作"。④ 因此,

---

① 参见徐复观,《原史——由宗教通向人文的史学的成立》,见《两汉思想史》第三卷,华东师范大学出版社,2001,页132-184。
② 《左传》中,内史为周王室特有职官,诸侯国皆无。《左传》载录周内史有过、叔兴、叔服等人,至其职务,王国维说:"内史之官虽在卿下,然其职之机要,除冢宰外,实为他卿所不及。自诗书彝器观之,内史实执政之一;又其职与后汉以后之尚书令、唐宗之中书舍人、翰林学士,明之大学士相当,并枢要之任也。"(王国维:《释史》,见《观堂集林》卷第六,北京:中华书局,1959,页271)此外,《左传》中内史职务可参见许秀霞,《〈左传〉职官考述》,台湾师范大学博士论文,1999,页13-15。
③ 杜预注:"师旷,晋乐大师子野。"(《春秋左传正义》,页1958)
④ 许秀霞,《〈左传〉职官考述》,前揭,页95。此外,许秀霞认为师旷只是乐官中的一个特例(参见页258)。

君主如有不明之处，可向师旷咨询。如上述引文就是师旷用古制回答晋悼公有关卫人出其君是否过分的问题。又如襄公三十年，晋悼夫人赐食修筑杞城的人，其中有一位年长者说出自己的年龄，由于他计算年龄的方式特别，所以官吏到处询问，此时师旷做出回答，且说出该年长者出生那年所发生的故事。季武子听到此事后评述晋国"有史赵、师旷而咨度焉"（《春秋左传正义》，页2012）。而昭公八年师旷回答石头说话之事也是如此。所以师旷在回答问题的过程中借机谏诤，仍在其职务范围内。

至于商人，若据杜预和孔颖达的说法，则是采取陈列货物的方式谏诤。昭公三年，晏子谏齐景公繁于刑正是基于市场上"踊贵屦贱"的表现。

百工谏诤则与技艺相关，如孔颖达疏"百工献艺"曰："此百事之工，各自献其艺，能以其所能，譬喻政事，因献所造之器，取喻以谏上。"（《春秋左传正义》，页1958）竹添光鸿曰："宫室器用五礼凡百之物，工有常度。若有志淫好辟，则百工得据度以纳谏也。"（《左氏会笺》，页1295）《左传》中有两例与百工相关的谏诤，即庄公二十四年的御孙和襄公四年的匠庆，二者均与"匠"相关。虽然这两个案例并未明言匠人通过献艺而谏诤，但其所谏均与匠职相关。《左传》除载录鲁国匠人以外，还载有成公十七年晋国的匠丽氏、哀公十七年卫国的匠与匠氏和哀公二十五年卫国的三匠，不过，晋、卫的匠职皆不可考。① 《周礼·冬官考工记》载录匠人，属于"攻木之工"的一种，其职务为"建国""营国""为沟洫"等

---

① 关于《左传》匠职，参见许秀霞，《〈左传〉职官考述》，前揭，页42-43、79、109、286。不过，许秀霞失考《左传·哀公十七年》所载卫国的匠与匠氏。

（参见《周礼正义》，页 3415－3507）。御孙向鲁庄公谏诤是因为丹桓宫之楹和刻桓宫之桷的行为非礼，该行为属于"营国"之事。匠庆向季文子谏诤鲁襄公母亲定姒之丧不成礼，其表现之一为"无椁"，即无棺材。虽然《周礼·冬官考工记》中没有明文规定匠人制作棺材，但制棺自然与木匠相关。因此，匠庆在向季文子谏诤之后，又向季文子请求用"蒲圃之槚"做定姒的棺材。

总之，谏诤主体（如史官、乐师、百工等）的谏诤方式与其职务相关。以上皆就公臣而言，家臣也有同样的体现。由于家臣没有封邑，在政治上和经济上都附属于家主，因此在春秋时期普遍承认"只知尽忠家主，而不知有国君"的观念。例如：昭公十四年，齐大夫子韩皙说："家臣而欲张公室，罪莫大焉。"（《春秋左传正义》，页 2076）昭公二十五年，叔孙氏司马鬷戾说："我家臣也，不敢知国。"（《春秋左传正义》，页 2110）① 昭公十二年中的乡人讽谏季氏家臣南蒯，正是因为南蒯"家臣而君图"，试图"出季氏而归其室于公"（《春秋左传正义》，页 2062－2063）。因此，在家臣谏诤时只考虑家主之事，如文公十八年：

> 冬十月，仲杀恶及视，而立宣公。……仲以君命召惠伯。其宰公冉务人止之，曰："入必死。"叔仲曰："死君命，可也。"公冉务人曰："若君命，可死；非君命，何听？"弗听，乃入，杀而埋之马矢之中。公冉务人奉其帑以奔蔡，既而复叔仲氏。（《春秋左传正义》，页 1861）

---

① 关于春秋时期家臣只奉家主的观念论述颇多，可参见李新霖，《从左传论春秋时代之政治伦理》，前揭，页 206－242；朱凤瀚，《商周家族形态研究》，前揭，页 482－489。

公冉务人劝叔仲不要听从召见的命令，因"入必死"，当叔仲不从而被杀后，公冉务人仍带领叔仲家人逃亡。又如昭公五年，季孙打算立仲壬为叔孙氏继承人，家臣南遗劝其不要立，其基本理由是"叔孙氏厚则季氏薄"（《春秋左传正义》，页2040），即从家主利益出发。此外还有襄公二十三年，申丰谏季武子立悼子（少子）；襄公二十五年，东郭偃谏崔杼娶棠姜；定公十二年，公敛处父谏孟孙堕成（孟氏邑）等。这些案例中的家臣之谏诤均为家主考虑。春秋晚期，家臣绝对尽忠于家主的观念有所改变。如《左传》定公十四年卫太子蒯聩令其家臣戏阳速杀害卫灵公夫人南蒯，结果戏阳速未从，其理由是"太子无道"（《春秋左传正义》，页2151）。实际上更为重要的是春秋晚期家臣自身实力的强大。不过，定公十二年后，《左传》中未出现关于家臣谏诤事件的记载。

结　论

通过《左传》可知，春秋时代的谏诤制度内容丰富。首先，春秋时代的谏诤主体的范围非常广泛，主要是卿大夫；其次，等级不同的谏诤主体的谏诤方式不同，具体表现为当谏诤对象为天子、诸侯和卿大夫时，通常士以上阶层可以直接谏言，士以下（包括士）则须传言，当然卿大夫的家臣可直接向其谏诤；最后，职务不同的谏诤主体的谏诤方式也不同，作为公臣的史官、乐师等谏诤主体的职务与其谏诤方式相关，家臣则必须为家主考虑，而非国君。

思想史发微

霍布斯与修昔底德

施拉特（Richard Schlatter）著

戴鹏飞 译

  霍布斯的学者、"文人"、哲学家生涯从翻译修昔底德开始。[①]
但他为什么选择修昔底德呢？他的译作取得了多大的成功？对这位
历史学家的悉心研究如何影响他本人的思想？[②] 最后这个问题的答案
尤其使人兴趣盎然：显而易见，《伯罗奔半岛战争志》蕴含了霍布斯
此后形成的政治哲学的许多根本观点。

---

  ① ［译按］本文译自 Richard Schlatter 为自己编辑的《霍布斯的修昔底德》
（*Hobbes's Thucydides*，Rutgers：The State University of New Jersey，1975）所撰前
言，该文曾以《霍布斯的修昔底德》（*Hobbes's Thucydides*）为题发表于 *Journal of
the History of Ideas*，Vol. 6，No. 3（Jun.，1945），页 350 – 362。
  ② Ferdinand Tonnies 的《霍布斯传》（*Thomas Hobbes*，Stuttgart，1925）提
到过 Arturo Bersano 的一本著作《论霍布斯思想的起源》（*Per le fonti di Hobbes*，
Bologna，1908），说它强调了霍布斯思想的修昔底德起源。不过，我在美国和
英格兰都找不到这本书。

在翻译与研究修昔底德时，霍布斯追随文艺复兴的传统：向希腊和罗马的史家学习，期望从他们那里学会如何解决当时的政治困境。当时人所知的最早的修昔底德拉丁译本出自瓦拉（Lorenzo Valla）之手（约1452年），瓦拉在译本前言中也提到了真实历史的用途。①

马赛主教，后来擢升都灵枢机大主教的赛瑟尔（Seyssel）是第一个以现代语文翻译《伯罗奔半岛战争志》的人。这位枢机大主教的法文译本，除了由于使用瓦拉有错漏的拉丁文底本所带来的一些错误之外，还存在其他一些不准确的地方。② 不过，他的法文译本十分流畅。

虽然赛瑟尔也高度评价修昔底德的政治教诲，但他这样做只是为了阿谀那个时代。在译本前言中，他写道，鄙人不辞辛苦译书，乃为路易十二效劳，正是这位君主在众多的古代史家中发现了对现在的君主制最有用的借鉴——修昔底德，这位古代世界最英明的史家。③

在赛瑟尔的修昔底德译本出现之后的半个世纪里，修昔底德的

---

① 我使用的版本出自哈佛学院图书馆，它很可能是于1485年在威尼斯印制而成（Hain‑Cop. *15511）。1543年，瓦拉的译本在Cologne又由Konrad Heresbach重印。1502年，修昔底德著作的首版由阿尔都斯出版。

② Henri Estienne这样评价赛瑟尔的译本："瓦拉对待修昔底德，更像是在猜谜（divinum），而非翻译，所以，赛瑟尔主教也不过是在猜测瓦拉的意蕴，而不是翻译。"Estienne修订了瓦拉的拉丁文本，并将之与希腊文原文一同出版，他在导言中还查校了瓦拉和赛瑟尔的错误。1564年这个版本（对开本）在巴黎出版。刚才这段话就出自导论（*Ⅲ^b）。

③ 1527年，枢机主教的译本依法兰西斯一世（Francis I）的命令得以出版。"为王国贵族和臣民之故，为了他们的教化"，诗人、王室秘书科朗（Jacques Colin）所作的译本前言中再次强调统治者、贵族学习历史的重要性，并推荐修昔底德为最好的史家。《雅典人修昔底德的〈历史〉：伯罗奔半岛人和雅典人之间的战争》（L'Histoire de Thucydide Athenian, de la guerre, qui fut entre les Peloponnesiens et Athenians, Paris, 1527）。第二版，据说根据希腊文本修订过，出版于1559年。赛瑟尔在翻译过程中，得到了著名学者Jean Lascaris的帮助。

著作又不断地被人翻译成多种现代文字。① 因此，当霍布斯于 17 世纪 20 年代开始翻译修昔底德时，修昔底德著作的翻译已经形成了连续的传统。事实上，霍布斯也知道已经有一个修昔底德英译本。1550 年，尼科尔斯（Thomas Nicolls）出版了他的译本，② 此君先是剑桥大学的学者，后来做了出庭律师。所以，在霍布斯译本出现的 75 年前，英国人就能读到英文本修昔底德著作，只不过是根据赛瑟尔据瓦拉丁文本而来的法文转译而成。不过，毫无疑问，霍布斯的评论是对的，他说修昔底德是被糟蹋成英文而不是被译成英文。尼科尔斯时常粗心大意，比如，在描述雅典瘟疫的译文中，他将 puys［山］误作 pays［国家］，将其译作 countrey［国家］，他又把 eaue［水］误作 cave［山洞］。有时候他也不得不背离原文，因为英文里缺乏对应的词，后来的译者生创了一些新词，才弥补了这种缺乏，这倒也丰富了英国的语言和思想。比如，尼科尔斯在读到 patrie［祖国］一词时，他找不到与之对应的英语单词，因为英语中的爱国主义（patriotism）一词直到爱德华六世时才迅速使用，而在此之前

---

① 佛罗伦萨的 Francesco di Soldo Strozzi 翻译的意大利文本 1545 年在威尼斯出版，此译本献给科斯莫·德·美第奇，并于 1550 年再版；署名 el Secretario Diago Gracian 的西班牙文译本 1564 年在萨拉曼卡印刷；威廉·斯密斯在其 1753 年伦敦出版的译本前言中提到 1533 年的一部德文译本（此译本未出现在 Panzer 或不列颠博物馆目录中）；第二个法文译本 1600 年在 Leyden 出版，译者 Louis Jaussaud，他使用的是修订过的希腊文本以及 Estienne 的拉丁文本。

② ［译按］这个译本书名太长，故将书名移入注释：《雅典人修昔底德所作的伯罗奔半岛人与雅典人之间的战争史，由公民、伦敦金匠尼科尔斯从法文译为英文。公元 1550 年 7 月第 25 天付印》（*Hystory writtone by Thucydides the Athenyan of warre, which was betwene the Peloponesians and Athenyans, translated oute of French in to the English language by Thomas Nicolls Citezeine and Goldesmyth of London. Imprinted the* XXV. *day of July in the yeare of oure Lorde God a Thousande, fyve hundredde and fyftye*）。

英语中没有一个词能同时包含国家（nation）以及公民对它的忠诚情感这两层含义。70 年后，霍布斯可以运用国家（countrey）一词，而尼科尔斯当时却只能使用 patrie。①

不过，尼科尔斯还是成功地译出了这本书，尽管它只能勉强传达出修昔底德的意图；并且，不论英语作为表达古典思想的工具多么力不从心，尼科尔斯从事翻译工作的时代都是一个英语语言尚处在清新饱满、直截有力的时代，这些都是后来更加学究气的英语所不及的。

即使谈到准确性，我们也不能完全责难尼科尔斯，因为他依据的法文本身就残缺难辨。而且尼科尔斯身处切克爵士（Sir John Cheke）领导的译者圈子之中，后者对于翻译强调的正是字面上的"信"。在一封致切克的信（这封信也是《战争史》的译本导言）中，尼科尔斯说，他努力平实地翻译修昔底德的作品，并请求切克从希腊文为其校对。译者将自己的译作献给切克，切克又是爱德华六世的老师，因此，尼科尔斯心里可能十分清楚他的译文很可能会用于教导年轻的国王。无论如何，他细心地翻译、印刷了赛瑟尔和科朗的导言。在这份导言中，据说路易十二和法兰西斯一世都从这位历史学家那里获得颇多实践教诲。

要是有人说尼科尔斯的译本还是无法令人满意的，他可能会辩解说，学富五车的学者们总会对翻译横加指责，无论这是不是他的翻译。因为甚至直到 1550 年，保守的学者们仍然担心，如果翻译那些经典的作品，学术的殿堂就会被玷污。这好比守旧的牧师惧怕《圣经》被翻译之后，教会就会被俗人庸俗化；也正如贵族统治者担心，要是议会探寻到国家的秘密，政府就会变成民主大众的政府。但是，当时大众民主的宗教、政府、文学的浪潮正开始席卷英国。就在

---

① 参见"葬礼演说"及米诺斯对话。N. E. D 认为"country"一词最早被用作表示"祖国"是在 1566 年。

尼科尔斯之后的一代，翻译已经变成一项受人尊敬的技艺，大批译者将古希腊和古罗马的经典译成英语文学中的经典。几年之后，最伟大的英语韵文作品——钦定版圣经（King James Bible）就出现了。①

因此，当霍布斯决定翻译修昔底德时，他就是决定了进入这一受人敬重的、充满活力的思想与语言传统。他的先辈们从没有怀疑自己是在丰富英国文学，同时也是在改进国民同胞的道德和智识水平。在他们的想象中，经典作品和当代文学一样充满生机、贴近生活，他们认为将这些经典作品呈现给国人是一项伟大甚至充满爱国情怀的事业。霍兰德（Philenon Holland）在他的普林尼译本（1600年出版）前言中写道，只有极少数老派学者仍然反对翻译，"仍然不尊崇他们的国家和母语——但他们本该尊崇的"。②

到霍布斯开始翻译古希腊、罗马历史时，已经出现了许多古典译本。③霍布斯知道尼科尔斯的译本，并且他在自己的译本前言中说，现在急需一个新的、根据当时修订过的希腊原文直接译出的英译本取代旧译——这个老译本与瓦拉所根据的有缺陷的希腊文本尚且有三道隔阂。他还说，阅读修昔底德的读者需要地图，因此他的译本首次提供了地图。

---

① 参见 F. O. Matthiessen，《翻译，伊丽莎白时期的技艺》（*Translation, an Elizabethan Art*, Cambridge: Mass., 1931）以及被此书参引作为1550年以后英格兰翻译史实例证的著作。C. H. Conley 在《早期英语译者》（*The First English Translators*, Yale, 1927）中说，尼科尔斯的是一位年轻的清教徒，许多大学以及保守的天主教学者、牧师和政治家都反对他的翻译。玛丽王后治下，任何译作都不准出版。由此可见翻译事业从来都不只是翻译事业，尤其像霍布斯这样的人。

② F. O. Matthiessen，《翻译，伊丽莎白时期的技艺》，前揭，页179。

③ 例如，Henry Savile 的《塔西佗》（*Tacitus*, 1592）；North 的《普鲁塔克》（*Plutarch*, 1579）；Holland 的《李维》（*Livy*, 1600），《苏伊托尼埃斯》（*Suetonius*, 1606），《马尔科利努斯》（*Ammianus Marcellinus*, 1609）；Rich 的《希罗多德》（*Herodotus*, 1584）；Watson 的《波利比乌斯》（*Polybius*, 1568）；Heywood 的《撒路斯特》（*Sallust*, 1608）。

即便尼科尔斯的译本不失准确，霍布斯还是会想到一些他的不足之处：英语作为一种语文，本身在1550年到1625年之间经历了那么快速的发展，尼科尔斯的译本已经完全过时了。这就正如一个世纪之后，霍布斯的译本尽管仍不失准确但也被认为过时一样。1753年，史密斯牧师（Rev. William Smith）在其修昔底德译本前言中写道：

> 霍布斯先生，不论他作为哲学家是多么令人失望、毫无作为，但毫无疑问他却是一位极有学问的人。这点在他的修昔底德译文中展现得无可争议……［但是］现在不是任何人都能轻松愉快地阅读他的译文。他忠实于原文，但却忠实得过分而屈从于原作者的文字……过分贴近原文使得他的译作显得相当臃肿冗长，原作的精神被遮蔽了，原作高雅尊贵的文气完全消失了。他使用了太多低级庸俗的表达，这些都是修昔底德极力避免的。他时常将原本庄严肃穆的场合弄得滑稽诙谐，以此取悦读者。自从霍布斯翻译以来到现在，英语已经发生了巨大的变化，并经过了高度的涤荡、净化。因此，虽然他的措辞不失机智，但他们却不够简练、准确、高雅——而这些正是我们文明的、有教养的读者自上个世纪以来就习惯于听到的语言风格。①

---

① 一个例子可以说明史密斯所做的"润色"（I, 8）：他写道，"这些战士用头巾包裹着他们的腰部"，而霍布斯译为："这些战士耷拉着碎布遮盖他们的私处。"霍布斯译本的第四版出版于1822年和1829年。S. T. Bloomfield 牧师在他的译本前言中说，史密斯的译本已经过时了，不过霍布斯译本又再次受人欢迎。Bloomfield 追随他那个时代的风尚，反对史密斯精细的用词，认为它缺乏直白、通俗的英语的"原始力量"。霍布斯使用的是 Estienne 的希腊文、拉丁文文本，它经过 Aemilius Portus 的修订，1594年于法兰克福出版。关于霍布斯译本的准确性，参见莫尔斯沃斯（Sir William Moleswort）版（两卷本，London, 1843）的注释。译本据说经过本·琼森（Ben Jonson）和阿伊顿爵士（Sir Robert Ayton）修订。

无论如何，霍布斯的主要任务是取代尼科尔斯，译成一个现代的、准确的译本。由于他有幸在一个英语写作和翻译的传统都十分优秀的时代写作，所以他能够将修昔底德变得现代而不改变其作品的性质，也不失却尼科尔斯所把握到的生活气息以及与生活的贴近。从他们对瘟疫的描述中摘抄的一些句子可以证明，霍布斯改正了尼科尔斯的错误，并使译本适合时代，同时，他的译文依然遵循尼科尔斯开创的伟大传统。

尼科尔斯的译文：

> And to them, that were infected with other sickenes, yt tourned into this selfe same. And those, that were in full helth, founde the soubdainly taken, without that, there was any cause precedinge, that might be knowin. And furste they felte a great heate in the hedde, whereby their eyes became redde and inflamed. And within-fourthe, their tongue and their throte, became all redde, &their breath became stinkynge and harshe. Whereupon, there ensued a continual neysinge and therof thair voice became hoerse. Anone after that, yt descended into the stomacke, whyche caused a greate coughe, that did righte sharpely payne them, and after that the matter came to the partes of harte, it prowokedde them to a vomyte. By meane whereof, wyth a peyne yet more vehemente, they avoyded by the mouthe, stynkinge and bitter humors. And wyth that, some dyd fall into a yeskynge, whereupon they came incontynently into a palsey, whyche passed from some forthwyth, and with othere endured longer. And althoughe, that, to touche and se them wythoute, and throughe the bodyes: they were not exceedinge hotte nor pale, but

that their skynne was, as redde colour adusted, full of a lytle thynne blaynes: yet they feeled winfourthe so marvailous a heate, that they might not indure, one onely clothe of lynnen upon their fleshe, but they must of necessytie be all bare. ··· But the woorste that was in this, was that men loste their harte, &hope incontynently, as they feeled themselves attaincted. In suche sort, that many, for despaire, holdinge themselves for dead, habandoned and forsoke theself, &made no provisyon nor resistence againste the sickenes. And an other great evill was, that the malady was so cotagious, that those, that went for to visitt the sicke, were taken and infected, lyke as the shepe be, one after an other. By occasyon whereof, many dyed for lacke of succours. Whereby it happened that many howses stoode voyde, and they that went to se theym, dyed also. And specially the most honest & honorable people, whiche toke it for shame, not to go to se nor succour their parentes and their frendes. And loved better to putt and sett fourth themselfe to manyfest danger, than to fade them at thair necesstie.

霍布斯的译文：

If any man were sicke before, his disease turned to this; if not, yet suddenly, without any apparent cause preceding, and being in perfect health, they were taken first with an extreame ache in their heads, rednesse and inflammation of the eyes; and then inwardly, their throats and tongues, grew presently bloody, and their breath noysome, and unsavory. Upon this, followed a sneezing and hoarsenesse, and not long after, the paine, together with a mighty cough, came downe into the breast. And when once it was settled in the stomacke, it caused vomit, and with great torment came up all manner of bilious purgation that Physitians ever named. Most of them had also the Hickeyexe, which brought with it a strong convulsion, and in some ceased quickly, but in others was long before it gave over. Their bodies outwardly to the touch, were neither very Note nor pale, but reddish livid, and beflowred with little pimples and whelkes; but so burned inwardly, as not to endure any the lightest cloathes or linnen garment, to be upon them, nor any thing but meere nakednesse. … But the greatest misery of all was, the deiection of mind, in such as found themselves beginning to be sicke (for they grew presently desperate, and gave themselves over without making any resistance) as also their dying thus like sheepe, infected by mutuall visitation; for the greatest mortality proceeded that way. For if men forbore to visite them, for feare; then they dyed forlorne, whereby many Families became empty, for want of such as should take care of them. If they forbore not, then they died themselves, and principally the honestest men. For out of shame, they would not spare themselves, but went in unto their friends. ①

正如在这些文句中一样，霍布斯在通篇译文中都更新、校正了词语的拼写，用新词和新的拼写形式取代了尼科尔斯过时的词语。尼科尔斯扩展开的地方，霍布斯进行压缩和简练。他缩减或省略了繁复的连词，在尼科尔斯使用成对对仗词的地方，霍布斯只使用一

---

① 均引自1629年伦敦第一版。

个词。"使他们自己置身于""诚实、光荣的""他们的父母与朋友""丧失了信心与希望"变成了"置身于""忠实的""朋友""立刻陷入绝望"。尼科尔斯修饰性地说出了许多修昔底德不曾有的表达，霍布斯却删削了许多，努力追求表达的精确。二者均适宜阅读，但是，霍布斯的洗练直接可能更加接近原文简洁有力的风格。无论如何，即便霍布斯选择修昔底德、翻译修昔底德只是为一部著名的古典作品提供一部适合于他那一代人阅读的译本，除此之外并无其他目的，他也获得了巨大的成功。

然而，霍布斯选择修昔底德很可能是为了回应他同时代人善变的历史品位。16世纪的古典主义者坚信，人们阅读古希腊和古罗马的经典作品应该努力寻求它们之中包含的道德教诲。因此，修昔底德并不是他们最理想的古代历史学家。霍布斯拒绝接受所谓的道德教导，他也怀疑伦理原则对人类行为的真实影响，这些定然都会触怒都铎王朝时期英国那些严肃、满腹道德说教的学者。阿什阿姆（Roger Ascham）和他的老师，切克爵士都不将修昔底德作为必读书目之一推荐给那些想成为绅士的好学生。阿什阿姆更爱读李维。① 在霍兰德翻译的李维的前言中，他更倾向于将李维作为政治美德的教师，甚至直到1625年，牛津坎登历史高级讲师（Camden Reader of History）维热（Degory Wheare）还给予李维最高的赞誉，尤其赞赏他毫不吝惜对人进行道德评价。②

---

① 参见 Matthiessen，《翻译：伊丽莎白时期的技艺》，页14、55；Ascham，《教师》（*Scholemaster*），第11章，以及《德国事务的报告和评论》（*Report and Discourse of the Affairs of German*），两者都收录于其《全集》（*The Whole Works*）第三卷（London，1864）。

② 参氏著，《阅读世俗史和教会史的方法》（*The Method and Order of Reading both Civil and Ecclesiastical Historie*），第二版，London，1694，页86－89。

雅各宾时代（Jacobean Age），英格兰文学作品呈现的特征是信仰和道德领域的怀疑主义，以自我利益为人类事务根本动机的信念越发强盛。因此，修昔底德与此相应地变得愈发受人欢迎也就不难理解了。培根居然能够从修昔底德中找到理由证明，无端地对西班牙发动战争是合理的。① 培根显然也视《伯罗奔半岛战争志》为最完美的历史著述。② 在《学术的进展》（Advancement of Learning）第二卷，他说史家的职责是描述重大事件，让读者从这些事件中获得他们自己的结论；一旦如此认可史家的职责，必然引导那些有思想的人将修昔底德置于李维或其他任何古典史家之上。

同时，在《学术的进展》第二卷，修昔底德也是唯一被提及的史家，他的作品无须增删修改，就值得被整合进普遍史之中。在《学术的进展》中，培根谋划着一项宏伟的计划，他要收集、整理所有知识门类以便为其进步做准备。所以，霍布斯对修昔底德的翻译完全有可能是该计划的一部分。最近的学术倾向是尽量不提培根对霍布斯思想的影响。③ 但是，霍布斯的生平资料（参 Tönnies，《霍布斯》[Thomas Hobbes]）以及这两人政治思想明显的相似性都表明，在霍布斯心目中，培根即便不是一位伟大的哲人，也是一位明智的政治思想家。霍布斯很可能将培根的短文《论邦国至尊伟大的真正原因》（Of the True Greatness of Kingdoms and Estates）译成拉丁文，

---

① 《培根著作集》（Works），Spedding、Ellis 和 Heath 编，第十四卷，London，1874，页 474。

② 《培根著作集》，第四卷，1870，页 304－305。

③ 参施特劳斯（Leo Strauss）的《霍布斯的政治哲学》（The Political Philosophy of Hobbes，Oxford，1936；[译按] 中译参申彤译本，南京：译林出版社，2001），他确实强调了培根的影响，但没有把这种影响归于《随笔集》（Essays）；而霍布斯正是从《随笔集》中吸收了许多他的宗教、政治观点。

而这篇短文完全体现了培根成熟的政治哲学。而且，促使他们两人同时推崇修昔底德的也正是他们从这位史家那里发现的政治教诲。

在其译本献词中，霍布斯提到了他的资助人，新近继任的德文郡公爵，之前也是他的学生。他说公爵是最"值得花费时间与辛劳追忆那些伟大的人物、阅读历史以及学习公民知识"的人。霍布斯推荐这位新任公爵阅读修昔底德，并且告诉他，它能"有效地指导人成为一个高贵的人，并最终使人学会掌控那些伟大而重要的行动"，尤其在他那个几乎无人理解何为政治美德的时代，更是如此。总之，霍布斯延续了一个传统，在这个传统中，人们阅读古典史家是为了寻找指导他们当时政治的智慧。那么，霍布斯从修昔底德身上学到了怎样的政治智慧呢？

在"致读者"的前言中，霍布斯解释说，修昔底德是最优秀的史家："他的作品是最重要、最适当的历史作品，它能教导并教给人行动的知识，使人们在当下能审慎地行动，对未来也颇有远见。若仅就人类而言，再没有人能比我这位作者做得更充分更完美。"霍布斯在一个文段旁做了个旁注："此即历史的用途。"在霍布斯标注的文段中，修昔底德说："希望从那些发生过、将来也许还会再发生（取决于人性的状况）或诸如此类的事情中寻找到真理的人，能从这本书中找到足够的理由使他自己确信从此书中找到的就是真理。"（1.13）

霍布斯在这个文段中做旁注，他想要强调，他自己以及修昔底德思想中一个重要的观念。不变的人类本性的观念是历史科学的基本假设之一，修昔底德详细解释的也正是这一点。① 不变的人类本

---

① 参芬利（J. H. Finley, Jr.），《修昔底德》（*Thucydides*, Cambridge, Mass., 1942），页108-110。

性，是历史永恒的组成要素，它指示着史家将某一事件与另一事件比较并由此建构起有用、明智的模式。霍布斯将《利维坦》的前三分之一部分内容用于详细描述人类本性，它构成了其政治哲学的基础。另外，霍布斯从修昔底德的历史作品中找到了证明人类本性为何物的最坚实例证。读起来，《利维坦》对人类行动准则的描写就像是从这些例证中抽象出来的原则。

战争伊始，在斯巴达的雅典使者为他们的帝国辩护，他们说（霍布斯如是解释）："起先我们不得不扩大我们的领土，我们依据的只是事物本身的性质，它们首先是恐惧（fear），其次是荣誉，最后是利益。"他们继续争辩说，要是"屈从于最重要的三件事情——荣誉、恐惧和利益，那我们就愿意接受我们现领有的领地；但是我们再次不愿意屈从这些事物，那么我们现在所做的除了遵循的是人类的行为准则之外，再没什么令人困惑不解的"。他们仅仅只是遵循着"人类的自然天性"（页41）。在《利维坦》中，霍布斯发现人类本性中引起人们相互争斗并相互臣服的是对利益的欲望、恐惧以及爱荣誉，即劣等对高等的尊重。"因此，在人类本性中，我们发现导致争斗的三项主要原因。首先，竞争；其次，畏（diffidence）；第三，荣誉。"（《利维坦》，第一部分，第13章）在这三者中，恐惧是导致伯罗奔半岛战争的原因（霍布斯用两个旁注标出了修昔底德对这一事实的叙述，第14页及46页）。而恐惧的缺失——这时人就不再害怕来自人类自身的惩罚或神圣惩罚——导致雅典在瘟疫时期陷入无政府状态。这两点都能支持《利维坦》的理论，即恐惧催生了国家间的战争，而恐惧的缺失则导致国内的无政府。

另外，战争初期在斯巴达的雅典使者的演说辞中，霍布斯译作："弱者服从于强者的统治，这长久以来就是一个事实……你们现在转而要求公平、正义，要知道，谁能有机会说服那些凭借他们的实力就可以获得自己百般钟爱的利益的人，要他们放弃这些利益！"霍布斯在另一旁注中写道，斯巴达人在整个战争期间从未"真正尊重过正义，只要它和他们自己的利益或情感相左"。最后，在米洛斯对话中，霍布斯将雅典人的主张译作：

> 在人类的诸般争执中，正义只有在必然性平等的情况下才能被达成一致。只要双方的实力有所差距，他们就会竭尽全力地争胜，而弱者只能屈从于这种凭他们的实力所能得到的地位……［我们认为］对人来说，几乎毫无疑问的是，出于自然的必要性的压力，他们所到之处都会尽其全力地去获取统治。这条铁律既不是我们生造出来的，并且也不是我们最早运用的；我们只是发现了它，并且我们的子孙也应该永远将它承继下去，就像我们现在应用它一样。要是你们或其他人也获得同我们现在一样的权力，你们也同样会这么做。

在译本序言"修昔底德的生平和历史"中，霍布斯明确表示，他赞同米洛斯的雅典将军，他们拒绝讨论雅典人的侵略是否正义，他也赞成士兵们只需不择手段地执行雅典城邦的意志即可。至于在这种情况下城邦的行动是否正义，霍布斯不予理会，他写道："这和其他人喜欢隐瞒他们的行动没多少差别，雅典人只是公开地采取这些行动而已。"

因此，历史的判断和雅典政治家们的观点都支持霍布斯的论断：强者统治弱者，这是自然法则，而正义在国家间关系中或任何不存在主权权力（sovereign power）的地方，都只是空言（《利维坦》，第一部分，第13章）。科西拉（Corcyra）革命当然是描述人在自然状态下生活的最有力例证，同时它还是《利维坦》将内战时期视为最典型的自然状态这一章的史证。

在《利维坦》另一个著名的章节中，霍布斯继续说道，政治权利（liberty）和自由（freedom）不过是国家拥有独立的主权权力，胜利地战胜它的敌人。霍布斯引用雅典为例证：雅典人是自由的，因为他们的政府有能力抵制别国的侵略或侵略别国，尽管雅典人没有拒绝服从政府的自由（liberty）（第二部分，第21章）。在修昔底德译文中这种观点就已经显现了：波俄提亚的将军说，"人的自由（liberty）别无所是，它只是临近城邦间的角逐"。霍布斯对此做了一个旁注，他写道："因此，一个城邦只要它必须臣服于其周边的某个更强大的城邦，那就别妄想这个城邦会是一个自由的城邦。"（页262）

毫无疑问，霍布斯将他在修昔底德笔下所发现的对人的自然本性以及引导人行动的动机的描写，完全当作真实的状况接受下来。但不论对修昔底德还是霍布斯来说，对人的自然本性的分析都仅仅是他们写作任务的一部分。人的自然本性虽如此，但良好的社会该如何建立并保存下去呢？修昔底德将伯利克勒斯时期的雅典看作良好社会，而他的历史就是要记录并分析这个帝国的衰败。很显然，霍布斯也将斯图亚特王朝的詹姆斯时代的英格兰视为良好社会，并且他那先知般的眼睛发现：若要使这个良好的社会不衰败，就必须从历史，尤其是修昔底德的历史中获得教诲。[①] 修昔底德没有为霍布斯的问题提供解决方案，但他明白无误地证明了雅典的衰败是由于其国内的政治分裂、党争以及叛乱。霍布斯也许怀疑，是否存在最终的解决方案，因为他说，科西拉革命的恐怖情景"从前就发生过，

---

① 有关霍布斯对当时政治的看法，参见 Julius Lips，《霍布斯在英国革命时期的政治派别中的位置》（*Die Stellung des Thomas Hobbes zu den Politischen Parteien der Grossen Englischen Revolution*），Leipzig，1927。

并且只要人的自然本性不变,它就会不断发生"。不过,当他在翻译这些文句时,就已经在思索问题最终的解决方案了。他接受修昔底德的观点,认为问题的关键之一是政治的统一,并且从修昔底德这部雄伟的历史中找到了答案的大致轮廓。

在译本导言"修昔底德的生平和历史"中,霍布斯写道:

> 在修昔底德对城邦政府的看法中,很显然,他是最不喜欢民主政治的。在许多地方民主派的政治煽动家为了名声和智慧上的虚弱而展开的争斗角逐,他们的相互指责损害了公共利益。这种状况始终无法解决是由于雅典人目的各异,同时又受演说家鼓吹的影响;城邦采取的疯狂行动都是听从谄媚的建议做出的,这些建议左右着那些只想获得权力或已经大权在握的人摆布普通民众。

在古典作家中,霍布斯尤其钟情于修昔底德,并愿意将其史书作为他同时代人的政治教科书译出,这还有另一个原因。《伯罗奔半岛战争志》是古代政治理论之毒的必要解毒剂。在《利维坦》中,霍布斯抱怨说,有些人听从了亚里士多德、西塞罗以及其他一些古人的政治观念,而这些古人对民主、自由(liberty)的错误看法直接导致动乱、叛乱。"我想我可以毫无保留地说,我们这几个西方国家从未做过比从古希腊文学、拉丁文文学中学习而付出更大代价的事情。"(第二部分,第 21 章)在《比希莫特》中,霍布斯将亚里士多德、柏拉图、西塞罗、塞涅卡和古代历史学家中普遍的政治理论视为爆发内战的最根本原因。①

---

① 《比希莫特》(*Behemoth*, London, 1680),页 31、57、74。在《利维坦》第二部分第 25 章,霍布斯说,民主政体只有在特定的环境下才能有效;这种环境很明显是来自修昔底德的描写。

霍布斯继续讨论这位史家对政治的看法,他评论说:"似乎他也并不赞成少数人的统治,他说,在这种政体下,每个人都渴望出人头地、成为领导者,他们比在民主政体下更无法忍受低人一等的境况。由此,动乱和统治瓦解也就随之而来。"在这段文字的旁边,霍布斯旁注如下:"寡头派自身内部的野心导致他们统治的破产。"(页521)霍布斯在修昔底德中发现的这个观点一直保留到他后来的作品中。贵族政体也许比民主政体好些,但仍不免分裂陷入殊死纷争中。①

霍布斯总结了修昔底德对政治的看法:"他虽然称赞了雅典的少数人与多数人混合的政体,却心仪庇西斯特拉图的统治(尽管他的政权是僭越而来的)以及战争初期伯利克勒斯的统治——后者虽然名义上是民主制,但实质却是伯利克里的君主制。因此,他最赞赏的还是君主政体,这似乎是由于他乃王室后裔。"在《伯罗奔半岛战争志》的译文中,霍布斯特地将"雅典在伯利克勒斯治下实际上是一人统治的政府"这一观点用斜体加以强调。

霍布斯成熟的政治理论自然拒绝承认"混合政府"的可能性,那么,他是在译本出版之后的某个时间得出这个结论的吗?译文本身有些文段能够证明,霍布斯并没有把"五千人政体"视为主权被分割、分立意义上的混合政体。霍布斯的译文如下:"雅典人……召集公民大会。在会上(由于已经废止了四百人议会),他们将主权授予'五千人'。"不过,即便"五千人"拥有主权(sovereignty,后来的译者在这里已经不使用这个词,如克劳利[Crawley]将其译作

---

① 《法律的要素》(*Elements of the Law*, Cambridge, 1928),第二部分第5章。霍布斯注意到,威尼斯人改进了古希腊、古罗马人贵族政体的模式(《利维坦》,第二部分第19章)。《比希莫特》第219页注意到,Rump 很可能会成功地统治英国,要是其成员都足够忠实、智慧的话。

政府［government］），根据霍布斯后来的观点，这个政体也不是混合，而是单纯的贵族政体。霍布斯这样描述如何创建一个真实、毫无混杂的贵族政体：人们聚集在一起，并且大多数人都投票同意将主权授予特定的一群人。事实上，雅典人创建的"五千人贵族政体"正是史书中对霍布斯观点最好的诠释的例子。由于霍布斯在这个文段中使用了"主权"这个霍布斯政治思想中至关重要的一个概念，我们可以猜测，霍布斯在这里赞成这种特定形式的贵族政体，它不像"四百人贵族政体"，它由全体人民恰当地建立，并良好地统治。他称其为"混合政体"，只是因为那是修昔底德的意思而非他自己的观点。这个观点如若无误，霍布斯这里的思想就不会同他后期的政治思想冲突。

无论如何，霍布斯从《伯罗奔半岛战争志》中解读出的对君主政体的偏好——而不论修昔底德事实上偏好哪种政体，可以充分证明他本人已经为他的政治问题找出了答案：一个人的统治。霍布斯反对庇西斯特拉图，因为后者是篡权者。但这并不能表明霍布斯关于合法性的观点没有完全形成。首先，这里他只是在转述修昔底德的观点；其次，此处暗指的合法性观念与《利维坦》中的理论根本不会冲突。《利维坦》清楚地指出如何创建合法的政府，也指出了为什么叛乱和篡权对自然法（law of nature）而言都是犯罪。成功的篡权者虽然可以变成合法的君主，但这并不能证明篡权是好的。

事实上，修昔底德对希腊僭主的论述，为霍布斯支持绝对君主制、反对古典政治理论提供了一个最主要的论据。在《伯罗奔半岛战争志》相关文段的译文中，他将僭主定义为不受限制的君主制（unlimited monarchy），它不同于古时希腊"权力受限的王制"（kingdoms without honors limited）；后者是"世袭的"，这表明君主的承继由法律确定，而在僭主政体中，主权者有权任命自己的继任者。霍布斯在这一文段旁边做了个注释，他写道："此即僭政与王政

（regal authority）的区别。"因此，修昔底德的僭政看起来就等同于霍布斯理想的君主政体——主权不受限制，包括任命继承人。在《利维坦》中，霍布斯清楚地表明他理想的君主政体不是世袭制的，它自己决定继承人。① 在同一地方，霍布斯提到斯巴达王制，把它作为表面的君主政体的范例，它是古时希腊世袭制的王政，它与时新的僭主政体不同（第二部第19章）。如果僭主政体就是霍布斯理想的君主政体，那么亚里士多德及其后继者们反对僭主政体的理论就破产了，弑杀僭主也就和弑君没什么两样，都是有罪的。这种观点，虽然依赖词语定义，但却对霍布斯极有吸引力，他曾多次用它来抨击如下观点：若政体是僭主政体，那么反叛就是正义的（《利维坦》第二部分第19、29章，以及第四部分第46章；《比希莫特》，4、31）。阅读古代那些作家的政治理论会导致内战和叛乱，但恰当地阅读修昔底德却能够教导人们服从他们的主权者。这也就是霍布斯为英国人提供一个优秀的《伯罗奔半岛战争志》译本的另一原因。

最后，霍布斯发现，修昔底德关于宗教的看法也和他自己的宗教信念极其吻合。他在译本序言中说道，这位史家属于阿那克萨哥拉（Anaxagoras）一派，"而阿那克萨哥拉的观点远非庸众所能理解，于是他们就冠之以'无神论者'的称号——他们这些人常常将这样的称号授予所有那些不像他们一样冥想荒谬可笑的宗教的人身上"。霍布斯说，阿那克萨哥拉和他的学生苏格拉底，都是被以无神论的罪名处死的，而有些人也将这罪名安到修昔底德身上。霍布斯继续写道，事实上，修昔底德根本不是无神论者，他只是反对迷信；并

---

① 施特劳斯说，"在其思想发展的所有阶段，霍布斯都认为世袭的绝对君主制是最好的政治形式"（前揭，页59），但这个判断明显错误。总体而言，他对霍布斯和修昔底德的论述比其书其他部分的说服力要小。

且,虽然他责备尼基阿斯(Nicias)在遵守宗教习俗上太过谨小慎微,导致战争的失败,但同时,在别处他又称赞尼基阿斯的虔敬。"因此,我们这位史家在其史书中,一方面反对迷信,另一方面,他又不是无神论者。"也许,霍布斯几乎完全是在描述他自己。他同样不是一位无神论者,他蔑视迷信,视大众的基督教荒谬可笑;他的思想使他荣膺无神论者之名,并且,在1666年,他感觉到自己的生命可能因这一名号而受到威胁。

因此,霍布斯对修昔底德的研读确立起了或浓缩了其思想的大致轮廓和思想中的许多细节。作为个人而言,有人说他阅读并不广,但却能彻底消化吸收所读的书;作为一名译者,他置身于这样一个传统之中:对古典史书的阅读必须为政治行动服务。当他开始阅读修昔底德时——或许出自培根的建议,他已经对政治事务沉思了许久。当时议会和国王正在为王权进行着激烈的争论,人人都在选择立场,而霍布斯(此时正值他30多岁的后期)肯定已经想出某些重要的理论假设、前提,能使他的政治理论在未来的40年中始终保持连贯。在阅读修昔底德时,他准确地发现人的自然本性这一观点,以及他自己正在建构的国家(state)① 概念。毫无疑问,霍布斯时常过度解释修昔底德,但霍布斯翻译修昔底德之际,他的伟大心智获得了重要发现,这些重要发现所形成的新思想恰恰包含于修昔底德的书中,所以,看似过度解释,实则是因缘际会。于是,霍布斯浸淫于修昔底德,一直到他后期的作品中,他还不断地征引《伯罗奔半岛战争志》中的例证。在他写自传时,他仍然用拉丁文写道,修昔底德的史书是古代最优秀的作品,而他也将这部史书作为政治智慧译给了他的国人——对此,这位已84岁高龄的哲学家无疑依然记忆犹新。

---

① [译按]或可译作"状态",即指霍布斯建构的自然状态。

激情与国家

——重读《利维坦》

黄 涛

引 言

霍布斯究竟是如何构建其国家学说的,这是政治哲学研究者必须认真思考的重大问题。要想为这个问题寻找答案,必须首先理解霍布斯关于人性的看法。《论公民》的前言中说:

> 我要从构成国家的要素入手,然后看看它的出现、它所采取的形式,以及正义的起源,因为对事物的理解,莫过于知道其成分……在研究国家的权利和公民的义务时,虽然不能将国家拆散,但也要分别考察它的成分,要正确地理解人性,它的哪些特点适合、哪些特点不适合建立国家,以及谋求共同发展

本文作者是华东政法大学讲师。

的人必须怎样结合在一起。①

唯有正确认识人，才能探明国家建立的根源。在《利维坦》"引言"中，霍布斯对于"认识人自身"这句古老的格言进行了全新的诠释。他提出，认识人自身就是要认识人性的普遍性方面，就是要探究人的全部感情活动，最终发现人与人之间"情感相似"的方面。②

对于共通情感的探究属于哲学的内容。但在霍布斯的时代，这个论题无疑是令人疑惑的，那时，受经院哲学浸染的知识人仍然有一种"信而好古"的热诚（页576），政治法律学说仍然坚守亚里士多德的前提，认为有一类人根据天性更适合于"治人"，另一类人则根据天性则更宜于"治于人"。霍布斯质疑这种区分，他想要在"普遍共通"的人性基础上建构其政治法律学说（页117）。这里所谓的"普遍共通"的人性不同于一般意义上谈论的个体情感和情绪，它必定反映了人性中最深刻的同一性，正是这种同一性，为政治统一体的成立提供了必要的观念基础。我们由此可以推出，霍布斯倚重的激情并非局限于个体的激情，而是一种超出个体、属于政治社会的"独特的激情"。然而，人们习惯用一种局限于个体的激情概念来解说霍布斯的国家学说，并在此基础上，将个体的自然权利而非

---

① 霍布斯，《论公民》，应星、冯克利译，贵阳：贵州人民出版社，2003，"前言"。
② 霍布斯，《利维坦》，"引言"，黎思复、黎廷弼译，北京：商务印书馆，1985。对于《利维坦》的引用采取文中夹注的方式标出了中译本页码，译文参考 Richard Tuck 编辑的《利维坦》英文本（北京：中国政法大学，2003年影印）译文偶有改动，但未一一注明。另参见霍布斯，《论公民》，前揭，"前言"。

义务作为国家学的根据。① 对这个结论，几乎所有的研究者都未感觉到有检验和审查的必要。在论述霍布斯的作品中，很少有专门的篇幅对作为其国家学基础的"激情"概念进行细致的分析。②

一、"激情"的本质

霍布斯有关激情的讨论是从理解感觉开始的。将感觉作为人类思想的开端是真正意义上的近代观点。在近代思想史上，培根首次指出，感性存在是真理，自此之后，哲学家逐渐懂得，共相、真理只能在感性存在中去寻找。与霍布斯同时代的洛克就对经验主义思维方式作了系统性发挥，最终证明，共相、思想一般包含在感性存在之内，人们可以从经验中获得共相、真理。③ 霍布斯继承了这一观点，《利维坦》的开端声称，"关于人类的思想，我首先要个别地加以研究，然后再根据其序列或其相互依存关系加以研究"（页4）。

感觉来自外界物体或者对象对感觉器官的施压。通过对感觉的原因的分析，霍布斯就将对象世界和内部世界分离开来：

> 真正的对象本身虽然在一定的距离之外，但它们似乎具有在我们身上所产生的幻象，不过无论如何，对象始终是一个东西，而映象和幻象则是另一个东西。因此，在一切情形之下，

---

① 参见黑格尔，《哲学史讲演录》（第四卷），贺麟、王太庆译，北京：商务印书馆，1978，页159；文德尔班，《哲学史教程》，罗达仁译，北京：商务印书馆，1993，页594。

② 讨论激情概念的唯一例外的一篇文章，参见舒远招等，《霍布斯激情论探析》，《中南大学学报》，2005年第6期。但遗憾的是，该文并未对此做进一步展开。

③ 黑格尔，《哲学史讲演录》（第四卷），页17-31、137-156。

感觉都只是原始的幻象。(页5)

这一区分有着重要的意义：对象始终是存在着的，感觉对于对象有一种依赖，对象成为检验感觉的标准。不仅如此，由于内部世界依赖于外部世界，因而，在认识方面就不能脱离外部世界。但这并不意味着，内部世界失去了相对于外部世界的独立性，比如，他说："当我们说任何事物是无限的时候，意思只是我们无法知道这种事物的终极与范围，所知道的只是自己无能为力。"（页17）又比如，尽管外部对象无法提供关于上帝的知识，但他认为，称上帝之名仍然有其意义，它"只是为了使我尊敬上帝"。这就表明，内部世界必定具有某种独立于外部世界的意义，可以产生出不同于外部世界的第二世界。实际上，揭示人的内在感觉世界的这个双重特征，乃是《利维坦》一书前十二章的关键内容，也是正确理解霍布斯国家学的基础的关键所在。

有关感觉的探究提供了起点，从此出发可以对感觉的序列和关系进行研究。这一研究领域有一全新的名称，即"想象"。对想象的研究从属于对感觉的研究，但它并非静态地研究感觉，而是研究感觉的运动。感觉的序列存在于感觉的运动中，想象是对感觉运动的描述。① 从感觉的原始序列（即所谓的原始想象）出发研究感觉的运动，可以获得两类知识：第一是记忆，第二是慎虑。前者产生于为某种结果寻找原因的过程，或者产生于为原因寻找结果的过程。（页15）后者则源自经验的积累，对未来做出预测和假定。（页16）然而，不论记忆还是慎虑，都建立在感觉基础之上，同对象有着或多或少的距离，因而作为知识都是不准确的。在霍布斯看来，真正的知

---

① 参见斯通普夫等著，《西方哲学史》（第七版），丁三东等译，邓晓芒校，北京：中华书局，2005，页319–321。

识属于推理,只有推理,才能建立与对象相符合的感觉序列。推理是理性指导下的推论过程,它具有想象无法达到的确定性。(页34-35)推理的光辉例子是几何学,它获得的成果被称为"学识"。(页32)

尽管霍布斯对于推理倾心赞赏(页28),但正确地进行推理十分困难。一方面,人们可能会滥用作为推理前提的定义(页19-20),在霍布斯看来,语词除了能反映出对象的本质之外,还可能会具有说话的人的本质、倾向与兴趣赋予的意义(页27)。另一方面,只有在进行大量训练后,才有可能运用正确的推理,但即便是训练有素也可能出错。因此,政治法律学说显然不能指望建立在理性推理的基础之上。霍布斯对推理的滥用嗤之以鼻,大加讽刺,他的真实想法,是要在大多数人的品质的基础之上构造有序的政治法律结构。在有关语言和推理的讨论过程中,他不止一次谈到"激情",①明确预示着他要将关于激情的分析视为一个全新的领域。

激情不等于感觉,关于激情的知识迥异于关于想象和推理的知识。记忆和慎虑只涉及想象的内容,只涉及事物是否存在,即认识论问题;但在激情描述的"自觉运动"中,思考的是想象同现实对象的关系,即实践问题或欲求能力的问题。这种关系是通过情感来表达的:

> 当这种意向(即明确地被意识到的想象)是朝向引起它的某种事物时,就称之为欲望或者愿望。……而当意向避开某种事物时,一般就称之为嫌恶。欲望和嫌恶这两个名词都来自拉丁文,两者所指的都是运动,一个是接近,一个是退避。希腊文的这两个字的意思也是这样,一个是接近,一个是退避。(页36)

---

① 霍布斯将激情视为是影响语言和推理的正确使用的要素,参见《利维坦》,页19-20、23、26-27、28-29。

霍布斯将与肉欲有关的"愉快"称为"感官愉快"(pleasures of sense)。它受制于直接或间接的身体感觉,具有自然的和被动的属性。相较而言,他所谓的"愉快"与"不愉快"则产生于内在世界相对于外部世界的积极作用,产生于"对事物的结局或终结的预见所引起的预期",即所谓"精神愉悦"(pleasures of mind)。在此种愉悦中,并未考虑目标指向的事物在感觉上是否愉快,而只考虑目标本身是否能使人愉快。考虑到唯有借助激情才能提供目标,才能产生对现实世界的欲望、爱好、嫌恶、憎恨、快乐与悲伤,因此,"精神愉悦"就有超出"感官愉快"的"价值",它是生命运动的"辅助"和"加强"。(页38–39)

忽视"感官愉快"与"精神愉悦"之间存在的区分,是误解霍布斯国家学说的人性论基础的根源所在。在霍布斯笔下,激情是对人类实践生活的描述。他注意到:

> 任何人的欲望的对象就他本人来说,他都称为善,而憎恶或嫌恶、恶和可轻视状况等语词的用法从来就是和使用者相关的,任何事物都不可能单纯地、绝对地是这样。(页37)

在此,激情的概念与伦理学上的善、恶概念关联起来,人的激情成了善、恶的源泉。但这并不意味着善、恶下降到动物的层面。激情并非病理学意义上的本能与冲动。相反,它带来了一种"精神愉悦",这是"感官愉快"无法比拟的。感官无法给人类活动带来目标,唯有精神愉悦才能成为生命的标志。唯有精神愉悦才能命令人,才能鼓舞人,才能不断使人追求其目标。霍布斯说:

> 一个人对于时常向往的事物能够不断取得成功,也就是不断处于繁荣昌盛状态时,就是人们所谓的福祉,我所说的是指

今生之福。(页45)

激情总是体现着想象的能动力量,它以对现实世界的支配为内容。霍布斯将直接与作为或者不作为相关的那种欲望或者反感,称为"意志"。激情的能动的力量正是通过意志表达出来的。意志是一种直接地规定运动的激情。如果说在感觉中,外部世界对于内在世界实行强迫,那么,借助于激情,就将这一关系颠倒过来。激情提供了行动的动力,而感觉的内容则提供了行动的目的。尽管激情总是要与行动的目标相互关联,但其实两者之间是应该有所区分的,它们的存在基于不同的原理,前者是欲求能力,后者则是认识能力。因而在《利维坦》的引言中,霍布斯便宣称要将"情感的相似"和"对象的相似"区分开来进行探究。

由此看来,"欲望"并非一种原始感觉,而是保持着与原始感觉——因而与对象——之间的距离。它偏离了对象在内心中的表象,超出了原始感觉,以最丰富的方式呈现自身,形成了不同于原始感觉的"第二世界",正是这个世界替代了原始感觉所对应的真实的对象。因此,"激情"并非人的动物性的显现,而是人的内在世界的支配活动的表达。将人的内在世界作为独立的、自在的世界加以探究,这就超越了自然主义,而具有了真正的哲学意义。然而,人们并没有十分公正地对待这位哲学家,即便黑格尔也坚持认为,在霍布斯的学说中"没有什么玄思、真正哲学的东西"。①

二、自然状态的生成

在《论公民》一书中,霍布斯集中表达了导致自然状态的三个

---

① 黑格尔,《哲学史讲演录》(第四卷),页157。

原因（页92）：其一，所有人都有为害人的意愿，人们总是高估自己，认为自己可以凌驾在别人之上；其二，认识上的分歧；其三，许多人同时想要同一样东西。第一个原因和第三个原因都属于激情，第二个原因则属于认识。考虑到自然人在身心方面平等，在知识方面不至于引起较大分歧。因此，就可以得出如下结论：认识上的分歧不是冲突的真正原因，唯有激情才是自然状态的根源所在。激情不是动物式的本能冲动，也并非心理学上的情绪迸发，而是人的内在世界的能动性的产物。它摆脱了自然性，通过人的情感世界支配现实世界。正是在此意义上，福柯注意到，导致自然人之间的相互冲突的是自然差异性的消失：

> 在自然之差异性消失的地方，就产生了不确定性、冒险、危险，以及双方预备交战；正是这种原初性之势力关系中的动态元素产生了战争的状态。①

在自然差异消失的地方，正是激情生活对于现实世界的支配占据主导的地方。在激情生活所涉及之处，一切自然差异都可忽略不计。在霍布斯看来，激情生活是如此丰富，如此多样，以至于不仅同一类事物无法在同一个体身上永远引出相同的激情，而且所有的人也不可能对于同一对象具有相同的激情。（页37）这一切都将导致个体以其绝对自由的态度无规律地构建各自的世界，这些世界必然相互交叉和重叠，冲突因此将不可避免。因此，冲突的真正原因，并不在于人口众多、资源匮乏，而是因为激情支配的世界之间的交

---

① 参见福柯，《必须保卫社会》，钱翰译，上海：上海人民出版社，1999，页79–99。参见蔡英文，《霍布斯主权理论的当代诠释》，见《主权国家与市民社会》，北京：北京大学出版社，2006。

叉与重合。早在霍布斯讨论激情概念之初，便潜在地孕育了冲突的可能性。

这种有关冲突原因的看法极大地提升了理解冲突的层次，它将冲突的真正根源归结于人的精神活动。要想真正解决冲突，需要诉诸人的精神能力。这就对后世思想家产生了极大影响，黑格尔因此认为，个体之所以要表现出毁坏他人财产的欲望，原因并不在于他想要满足自己的需要，而是为了引起他人的关注。① 能动的激情生活所产生的冲突状态与一般而言的冲突状态具有完全不同的特征。这是一场个体与个体之间的战争。并且，战争不仅存在于现实的战役和战斗之中，更重要的是，表现为一种普遍的战争意图。霍布斯尤其注意到，要想认识自然状态中的冲突，还需要考虑时间的要素：

> 时间的概念就要考虑到战争的性质中去，就像在考虑气候的性质时那样。因为正如同恶劣气候的性质不在于一两阵暴雨，而在于一连许多天都有下雨的可能一样，战争的性质也不在于实际的战斗，而在于整个没有和平保障的时期人所共知的战斗意图。所有其他时期则是和平时期。（页94）

时间要素的引入提示我们，尽管战争没有现实发生，却有时刻爆发的危险。这是一种对于冲突的"现实可能性"的描述，具体来说：

> 只要战争被描述为现实（也就是说，只要它被宣布为一种偶然的未来之中的不可排除的事件），它就早在开始之前就开始了。只要它是可能的，它就是现实的。……只要战争是现实可

---

① 霍耐特，《为承认而斗争》，胡继华译，上海：世界出版集团、上海人民出版社，2005，页50。

能的，敌人就存在；只要他存在，他的可能性就当下地、现实地被假设了，并且正在形成自己的结构。①

霍布斯试图找到控制"激情"的方法。他从人与人之间的竞争开始，并未表明他坚持人性本恶的观点。② 承认人与人之间的竞争和冲突，无须承认人与人之间"天性为敌"。敌对意味着分裂，敌对的绝对性意味着分裂的绝对性。在此基础上无法构建稳定的共同体。竞争和冲突的根源在于激情，在于内在世界对外部世界的支配。因此，自然状态并不同于单纯的暴力世界。相反，它具有"替代"的意义，它"替代"了一个纯粹暴力的动物状态，与自然状态中敌对的"现实可能性"相对的，乃是有秩序的政治社会的"现实可能性"。

黑格尔曾简洁而鲜明地指出霍布斯自然状态论述中的不足。他视霍布斯自然状态的实质是"动物状态"。③ 但黑格尔既未解释自然状态产生的根源，也没有解释这种状态消逝的原因。自然状态并非起源于人的动物式本能，而是起源于独立于自然的激情。激情是"欲望"之源泉，它间接地作用于自然，产生自然的"剩余价值"。单纯个体的自然本能不能将敌对扩大到如此普遍的地步。只有通过激情的支配，即便在对象不存在的地方，也要构想对象，才能成为普遍敌意的源泉。卢梭早就注意到，冲突并非起因于自然，"激情"只有在社会中才能产生。他正确地看到，霍布斯的自然人已经成了社会人。对此，霍布斯决不否认，他清晰地表明，"欲望"是小团体

---

① 这一关于冲突的"现实可能性"为施米特所发展，详尽分析参见德里达，《友爱的政治学及其他》，胡继华译，吉林：吉林人民出版社，2006，页123 – 125。

② 霍布斯，《论公民》，前揭，页10。

③ 参见黑格尔，《哲学史讲演录》（第四卷），页158 – 159。

的根源。① 他的自然状态因此就并非如卢梭笔下的自然状态那般出于自然，而是自然物和人为物的综合或者复合。②

激情是绝对自由的，它是内在世界的未受规定状态。在政治社会中，个体生活的主要目标既非由感觉提供，也非由理性提供，而是由激情提供。自然人尚未完全脱离自然，现实世界的经验活动仍然是必须重视的方面。但在此却不存在单纯的现实世界，只有现实世界同内在世界的复合。通过"激情"，现实世界获得了扩展，超出了外部对象，给个体带来了全新的感觉，即愉悦或不愉悦的情感。这种激情具有感觉不具备的能动性。因此，正是霍布斯使人性中的激情独立出来，为政治学或者一般而言的实践哲学开启了新的方向，从此，构成人性的要素中又增添了新成员。在理性的认识能力之外，情感能力也是人性的重要组成部分。此前的思想家们总是将激情当作本能加以排斥，霍布斯却为激情正名，激情不仅不应该被排斥在政治学和法律学的领域之外，相反，它是人性中最普遍的要素，它不仅主宰了理性对世界的认识（如好奇心），而且较理性更适合充当政治生活和法律生活的根据。他甚至主张，区分人与动物的最重要根据不是理性而是激情。懂得过激情生活的自然人是居于想象和现实之间的存在者。与古代思想家不同，霍布斯认为，透过激情也能聆听人类灵魂的声音。

三、走出自然状态

尽管自然状态极其悲哀，却有可能从中解脱。

---

① 参见霍布斯，《论公民》，页3-6。
② 类似指责参见孟德斯鸠，《论法的精神》（上册），张雁深译，北京：商务印书馆，1961，页4。

这一方面要靠人们的激情，另一方面则要靠人们的理性，使人们倾向于和平的激情是对死亡的恐惧，对舒适生活所必需的事物的欲望，以及通过自己的勤劳取得一切的希望。（页97）

语词之力太弱，不足以使人履行其信约，人的本性之中，可以想象得到的只有两种助力足以加强语词的力量：一种是对食言所产生的后果的恐惧，另一种是因表现得无须食言所感到的光荣和骄傲……，可以指靠的激情是恐惧。（页107）

在霍布斯笔下，恐惧是摆脱自然状态，走向政治社会的关键。

在《利维坦》中，霍布斯区分了两种意义上的"恐惧"（fear）：其一是对于头脑中假想出的，或根据公开传说构想出的不可见的力量的恐惧；其二则是一种因为对原因或者状况的不理解而产生的恐惧，又被称为"恐慌"（Panique Terror）。在自然状态下出现的究竟是何种恐惧呢？霍布斯做了极其清晰的说明：

人们反对说，通过相互的 fear 并不能结合成社会，相反，如果他们如此地害怕对方，那么，他们甚至连看都不会看对方一眼。在我看来，反对者们认为 fear 仅仅是指实际上受到了惊吓（actually frightened）。但是我通过这个词指代对于未来之恶的预测。在我看来，不仅是逃跑，而且不信任、怀疑、警惕和对于所担心的东西加以预防是那些处于 fear 状态下的人们的特征……①

这个原本在《论公民》中作为脚注的句子改头换面成为《利维

---

① 霍布斯，《论公民》，页11-12。（此处据英文本重译，参见 Hobbes: On the citizen, Edited by Richard Tuck and Michael Silverthorne, 北京：中国政法大学出版社，2007影印。）

坦》讲述自然状态的关键段落（页95）。由此看来，《利维坦》中的恐惧是一种产生自"对于未知的恶行的各种预测"的"激情"。相较而言，日常生活中所谓的恐惧则是"惊吓"，它并非作为激情而存在，而是当身体遭遇现实的危险时而发出的本能的自我保护信号。由此看来，认为霍布斯笔下的恐惧属于"身体的恐惧"的看法就误解了"激情"的本质。"激情"表达了想象对现实对象的支配。究竟何种原因能导致死亡属于认识的内容，根源于经验，只能靠记忆、慎虑、理性获得。但恐惧的真正根源却并非因为恐惧特定对象，根据霍布斯的说法，恐惧出于"对于命运的关切"（页80）。然而，对命运的关切总会存在原因，一旦真相大白，恐惧就会随之消失。况且，由于人们之间的激情彼此不同，不可能同时产生对相同事物的恐惧。唯有一种情形，似乎能使人处于长久的恐惧和焦灼不安的状态，因此成为真正的恐惧的根源。这就是出于对未知原因的好奇而产生的恐惧：

> 人们既然相信以往所出现的和未来将要出现的一切事都有其原因存在，所以不断力求免于所惧之祸、得到所望之福的人对于未来就不可能不经常感到担心。于是，每一个人，尤其是过分预虑未来的人，便处在类似普罗米修斯的状况之中。因为就像普罗米修斯（这个名词解释起来就是精明的人）被钉在视野辽阔的高加索山上，有鹰以他的肝为食，白天吃掉多少，夜晚又复长出多少的情形一样，一个关注于未来、看得太远的人的心也是成天地被死亡、贫困或其他灾难的恐惧所蠹蚀，除睡梦中外，总是无休止地焦虑，不得安息。（页80）

人的内在世界一旦超出现实世界，就使主体产生了对即将到来的危险的"预虑""焦虑"和恐惧。这是一种脱离了对象实存的恐惧。想象的这种脱离现实世界的能力，不再是一种认识能力，而是一种欲求能力。想象在对现实世界的支配中无法获得满足，它无法把握现实世界，又不肯放弃其支配权。主体尽可以想象那些被支配的对象，但却缺乏可以支配的对象。恐惧实质上是一种"无对象"的畏惧。

在对恐惧概念进行界定的过程中，霍布斯进一步指出，"这种激情只存在于众人之中"，他解释说：

> 最初发生这种畏惧的人，对于原因总是有一些理解，只是其余的人一个个都认为旁人知道为什么，于是跟着别人一哄而散了。（页41）

这就表明，霍布斯在自然状态中所说的恐惧，并非个体性的恐惧。更准确地讲，自然状态中的恐惧乃是从个体的恐惧出发的，最终扩展为一种普遍的、共同的激情，因而具有公共性。恐惧激情的这种独特的特征，一直没有为研究者们所重视。我们在日常生活中了解的激情都是个体性的，受制于个体的身体结构和认识想象。但霍布斯笔下的恐惧却摆脱了个体性，这究竟是如何成为可能的？这就需要进一步细致地讨论自然状态中人们在共同生活中具有的内在心理结构。

在个体身上出现的恐惧，常常是能够找到原因的，一旦原因消失，恐惧也就消失了。但究竟是什么原因令自然状态中的人们个个心生恐惧呢？施特劳斯认为，个中原因是"暴力造成的横死"，他想将这种原因归结给战争所带来的危险的程度，即并非一般性的死亡事件，而是暴力所带来的严重的死亡威胁。但这个判断并不符合霍布斯本意。首先，在自然状态中，人类的认识水平相当低下。其次，尽管自然人也有求知欲（霍布斯甚至认为，求知欲和好奇心是人有别于动物的特征），但也不能肯定他们对原因的认识能够达到同一水平。因此，虽然死亡对关切自我保存的自然人是一场重大事件，但他们并不会过分在意恐惧的原因，这或许是因为他们根本就认识不到原因，或许即便有这种认识，也不可能有对这种原因的统一性认识。因此，不如说他们对恐惧的原因采取了完全漠视的态度，对这种众人的恐惧来说，恐惧的原因在某种程度上是不存在的。

然而，恐惧的感觉却在每个人中间蔓延，之所以如此，是因为尽管他们不从认识论的角度来讨论恐惧的来源，但旁人的恐惧就已经足以使他心生恐惧。因此，使每一个体产生恐惧的原因，都是导致众人恐惧的原因，这就必然会引起恐惧在众人之间传递的情况。但为何会出现这种情况？只因造成恐惧的原因太多且繁杂，能预设任意一个理由，尽管它并非旁人产生恐惧的理由。因此，恐惧的实质还得在个体的生活状态中去寻找，个体必然经历过令自己恐惧的状态，而这种状态正在蔓延和发生，这就是战争与冲突的"现实可能性"，这也就是为什么霍布斯在对于自然状态的描述中会如此强调时间因素的原因。战争与冲突既不会停止，也不会永远停留在可能性中。眼下冲突的现实只是冲突的可能性的一次显现，而根本无法穷尽冲突的全部可能。凡此种种，就使恐惧成为自然状态之下共有的基本心灵结构。

尽管导致恐惧的对象具有一种丰富的、杂乱的以至于不可把握的特征，但就内心世界而言，恐惧却是一种稳定的情感结构。当自然状态走向极端，恐惧也获得了其稳定的形式，成为超越了个体主义局限的普遍激情。恐惧因此就揭示了个体激情之绝对自由的必然结局。正是这种独特的激情，使自然人身上的一切"激情"摆脱了自然要素，上升到纯粹的内心世界，因此确立了自我意识。①但应注意到，在霍布斯笔下，通过恐惧概念所建立起来的自我意识并未走出自身，它尚停留在对那个充满战争的"现实可能性"的对象世界的依赖中，而未获得自己的本质形式。这种自我意识的萌芽，直到黑格尔笔下才获得其完善的形式。在黑格尔笔下，自我意识终于冲破了对象世界的依赖，最终走出了自身，在自身之内达成了对自己的认识。在此，自我意识完成了双重化的使命，从而建立了相互承认的法权。②

四、共同体存在的根据

在国家学说史上，正是霍布斯首次提出了一种假设的国家契约基础及其动机的完整解释。如果说在自然状态中，具体行动是根据主体的主观欲望来设定的，那么在利维坦中，这一主观行动就客观化了。前者是抽象自由，建立在欲望的正当性基础上，后者则是具体自由，存在于具体的法权共同体中。霍布斯的契约观本质上并非私法契约，而意味着一种同质性，它是"利维坦"成立的观念基础。

---

① 参见黑格尔，《精神现象学》（下卷），贺麟、王玖兴译，北京：商务印书馆，1979，"绝对自由与恐怖"，页114–123。施特劳斯指出，霍布斯将对暴力造成的死亡的恐惧，视为是唯一恰当的自我意识。但他在叙述这一关联时，不是将对死亡的恐惧与"绝对自由"关联起来，而是与"主奴辩证法"关联起来。参见施特劳斯，《自然权利与历史》，彭刚译，北京：生活·读书·新知三联书店，2003，页69–70。

② 参见黑格尔，《精神现象学》（上卷），贺麟、王玖兴译，北京：商务印书馆，1979，第二版，第四章。关于黑格尔相互承认的法权，参见高全喜，《论相互承认的法权——〈精神现象学〉研究二篇》，北京：北京大学出版社，2004，上篇，第五部分。

这种同质性表现为具体的一国"臣民"之间的自由和平等。正是基于这种同质性，自然状态下的原子式个体向着共同体转化。在利维坦中，自由的一般特征已不同于自然状态下的绝对自由，而是超出了个体，走向了共同体。

在自然状态中，所有人彼此平等，自行判断其恐惧心理是否有正当理由，因而无法设想存在绝对的强制。新的自由观的生成因此要从恐惧概念中获取力量。恐惧概念中的超越性方面正是利维坦形成的基本原理，因为它超越了个体性，而建立了同质性和公共性。在契约的基础上所建立的共同体必须通过恐惧才能获得保证。只凭借一种奠定在合意基础上的契约是无法实现从自然状态向利维坦的转换的。对此，霍布斯指出：

> 如果要建立这样一种能抵御外来侵略和制止相互侵害的共同权力，以便保障大家能够通过自己的辛劳和土地的丰产为生并生活得很满意，那就只有一条道路：把大家所有的权力和力量托付给某一个人或一个能通过大多数的意见把大家的意见化为一个意志的多人组成的集体……这就不仅是同意或协调，而是全体真正统一于唯一的人格之中；这一人格是大家相互订立信约而形成的，其方式就好像是人人都向每一个其他的人说：我承认这个人或集体，并放弃我管理自己的权利，把它授予这个人或这个集体，但条件是你也把自己的权利拿出来授予他，并以同样的方式承认他的一切行为。（页131－132）

同意或协议不足以成为政治状态成立的根据，是什么东西使全体统一在唯一的人格之中呢？要想实现这种人格，而不只是获得建立在数量基础上的社会契约，就必须诉诸恐惧概念的超越性。这种超越性是政治人格的真正来源。它属于精神的事物，只有在那种超越性的恐惧的基础上，主权的生成才可以被誉为是"活的上帝的诞生"（页132）。正因此，也才必须令其"绝对"和"神圣"。

> 在地上没有什么像他造的那样无所惧怕。凡高大的，他无不藐视，他在骄傲的水族上做王。①

霍布斯将主权视为"人类中权势最大的"，是大多数人根据自愿同意的原则联合起来，把自身的权势总合在自然人或社会法人身上的权势（页62-63）。

由此看来，深受后世学者诟病的"绝对主权"概念，绝非是为了主张专制主义，实质上是通过绝对主权概念表达的"超越性"，保证利维坦替代自然状态的有效性。正确的方法是将霍布斯的主权绝对学说理解为一项命令：必须捍卫政治状态，从而与自然状态诀别。主权绝对学说的实质是为了使人们理解和捍卫主权的根据，而并非宣扬国家可以肆意运用暴力和强制。霍布斯甚至主张，世俗法一旦与自然法相违背，就不会有任何拘束力（页261-263）。

要想理解霍布斯笔下共同体秩序存在的可能性，就必须领悟恐惧概念的超越性。霍布斯通过自然法来传达这种超越性，传播自然法的道理正是《利维坦》的目的所在。但如何传播自然法，如何使人们理解政治状态之所以为政治状态的根据呢？根本方法是诉诸人们的宗教观念。新的宗教是霍布斯国家学的秘密所在。正是这种宗

---

① 参见霍布斯，《哲学家与英格兰法律家的对话》，姚中秋译，上海：上海三联书店，2006，第一章、第二章。亦见斯托纳，《普通法与自由主义理论》，姚中秋译，北京：北京大学出版社，2005，页180-207。

教使政治状态的存续获得了保障。① 正是它削弱了权力概念的自然方面,避免主权的正当强制沦为暴力。

在霍布斯的上帝概念中反映了恐惧概念所要传达的超越性。在他看来,在一切事物中,上帝具有"第一因"的地位(页163-164)。上帝具有超越一切的属性,因而"不可抗拒"(页279)。这种不可抗拒的力量甚至超越了利维坦,因而利维坦也需在上帝中获得根据。正是在此意义上,霍布斯宣称其国家学是其宗教哲学的组成部分(页88)。

然而,无论在想象中还是在推理中,都无法找到上帝这个对象,霍布斯试图用情感来取代宗教,上帝存在的根据被置于人的"内心崇敬"中。内心崇敬是自然法的本质,他提出,"神律所规定的不是人伦之间的自然义务,便是我们对主权者上帝自然应有的崇敬之道"。他甚至提出,上帝之所以要降祸于人,"也不是这人犯了罪,也不是他的父母犯了罪,是要在他的身上显出神的作为来"(页280)。在此方面,霍布斯偏离了基督教会的视野,因此招致罗马天主教会、英国圣公会高级教会的教士和清教徒式的基督教长老会教士的反感。② 上帝无法被认识,只能被赞美,它根源于一种超越于客观对象的普遍情感。

也正是在这里,我们发现了利维坦的生命所在,这个"活着的

---

① 卢梭注意到神意与共同体的关联,参见卢梭,《人类不平等的起因和基础》,李平沤译,北京:商务印书馆,2007,页111。有关霍布斯公民宗教的研究,参见 S. L. Lloyd:*Ideals as interests in Hobbes's Leviathan*, London: Cambridge University Press, 1992。又参见王利,《国家与正义:利维坦释义》,上海:上海人民出版社,2008,页133-146。

② 奥斯丁,《法理学的范围》,刘星译,北京:中国法制出版社,2002,页302。关于反传统教会学说的例子,参见霍布斯,《利维坦》,页295。

上帝",这个"骄傲之王",不是在人世间的欲望中获得生命的,真正的源头在于这种超越的、神圣的情感。因此,霍布斯笔下的恐惧又可以被称为"神圣的恐惧",它使人们再度与上帝亲近。①

利维坦建立在"神圣的恐惧"基础上,它始于欲望,又超越欲望,它具有的普遍性和超越性,为共同体的形成奠定了基础。政治共同体是一种统一而非分裂的状态,它以普遍性和同质性为其观念基础。恐惧概念凭借自身为这种同质性提供保证,并且提供了守护此种同质性的力量。② 由此看来,恐惧就不仅是自然状态的本质,也是利维坦赖以建立的基础。而一旦忽视了恐惧概念的超越性,则霍布斯的利维坦就将带来恐怖,③ 而他的国家学也因此会沦为没有道德关怀和缺乏价值判断的社会学。④ 霍布斯借助于新的宗教来保证了此

---

① 参见埃德温·柯利《我可不敢如此肆意著述——或如何阅读霍布斯的神学—政治论述》。载于刘小枫、陈少明主编,经典与解释12:《阅读的德性》(北京:华夏出版社,2006,页83-163)。柯利并未注意到,霍布斯在恐惧概念之上建立了三种宗教。参见《利维坦》,页41、页78以及第十二章"论宗教"。

② 施米特提醒说:"问题不应在于从个人心理学角度追问霍布斯的主观信念,而是针对其全部政治学说的系统性根本问题,因为他的政治学说绝对没有关闭通向超验的大门。霍布斯的政治学说追问的是,'耶稣是基督'这一准则可替代抑或不可替代。"参见施米特,《政治的概念》,刘宗坤等译,上海:上海人民出版社,2004,页146-147。

③ 参见富里迪,《恐惧的政治》,方军等译,南京:江苏人民出版社,2007。富里迪的恐惧不同于霍布斯的恐惧,它失去了后者含有的超越性方面,缺乏生命力量,是虚无主义时代的典型心理写照。因而富里迪的恐惧属于现代性结构。参见该书页118,尤其参见该书第4章。类似观点参见洪德里奇《恐怖之后》,该书分析了9.11之后西方世界的"恐惧"的社会心理结构,上海人民出版社,2005。

④ 施特劳斯,《霍布斯的政治哲学》,申彤译,南京:译林出版社,2001,页197-198。

种特殊的内心结构，从而使他提出的国家学保持着同政治社会学之间的距离。①

结　语

霍布斯的恐惧叙事完全符合近代哲学的一般倾向，在此，

> 有限的东西，内在和外部的现实被人们用经验加以把握，并且通过理智提升到普遍性。人们要求认识各种规律和力量，即，要求把感觉中的个别东西转化为普遍的形式②。

在霍布斯的时代，精神进入到了寻求普遍事物的阶段，但还远未达到这个普遍物的确定性阶段。既然如此，人们就用一种超越性的情感来替代对于确定物的认识，借此捍卫被否定了的具体经验。③正是在这一思维水平上，霍布斯提供了对人性的崭新看法，在他提出的建立在激情基础上的人性观中，人的自然性和精神性结合起来，并将这种结合反映在一种具有普遍意义的情感结构中。至此，霍布斯就完成了国家学的奠基工作。在对人性之内在结构进行考察的基础上，他成功地发现了共同体得以成为可能的根据，建立了一种崭新的国家学学说。借此，他就为一个战乱频繁、丧失秩序的时代，带来了对于未来和平的确定的"希望"。

---

① 参见施特劳斯，《自然权利与历史》，页 180 - 181。
② 参见黑格尔，《哲学史讲演录》（第四卷），页 5。
③ 黑格尔在《精神现象学》第二章（"知觉，事物和幻觉"）中提供了对于共相的分析。参见《精神现象学》（上卷），第二章。

古文今刊

柏拉图的哲学

其诸部分以及由始至终诸部分品第上之诸等级

法拉比（Fārābī）著

叶然 编译

编译说明

法拉比（فــارابی محمد بــن محمد ابونصــر, 870—950）[①]是与我们昔日大唐并峙的阿拉伯帝国最伟大的圣哲，被誉为仅次于"至圣"（the First Teacher）亚里士多德的"亚圣"（the Second Teacher）。诚然，法拉比之"最伟大"源于亚里士多德派这个身份，毕竟亚里士

本文作者为中山大学哲学系2011级博士生，本译稿为2012年中山大学博士研究生国外访学与国际合作研究项目（985工程）成果。

① 全名的拉丁转写是 Abū Naṣr Muḥammad ibn Muḥammad Fārābī，简称为 Fārābī 或 Al Fārābī（Al 是冠词）。古代拉丁语世界将其读作 Alpharabius 或 Alfarabius。当代西方学界一般遵从原文，并去除长音符，读作 Al Farabi。相应地，汉译作阿尔法拉比或法拉比。

多德乃横贯中古基督教—伊斯兰教—犹太教三大宗教世界的无上权威;然而,法拉比最重要的著作①《政治制度》(*The Political Governments*) 至少形式上模仿的是"至圣"的"先师"柏拉图最重要的著作《政制》(*Politeia*,一译《理想国》)——让哲学藏身于政治性言辞框架之中。② 因此,即使出于更好地理解"亚圣"心中的"至圣",我们也有必要仔细探究"亚圣"心中的"先师"。

法拉比曾两次调和柏拉图与亚里士多德:一次指出二人的对外(exoteric,或显白)意见相一致,见《神圣者柏拉图和亚里士多德这两位圣人意见的和谐化》③;另一次则指出二人的哲学意图一致,见《柏拉图和亚里士多德的哲学的两种意图》。④ 我们不知道这里所

---

① 这一评价出自另一位几乎同样伟大的亚里士多德派:迈蒙尼德。
② 参 Strauss, L.,《法拉比的〈柏拉图〉》("Fârâbî's *Plato*"), 载于 American Academy for Jewish Research, *Louis Ginzberg Jubilee Volume on the Occasion of his Seventieth Birthday*, English Section, New York, 1945, 页 357–358。
③ 英译文为 Alfarabi, "The Harmonization of the Two Opinions of the Two Sages: Plato the Divine and Aristotle", 载于 Alfarabi, *The Political Writings: Selected Aphorisms and Other Texts*, Butterworth, Ch. E. 译, Ithaca, 2001, 页 115–168。通常简称"柏拉图和亚里士多德意见的和谐化"。中译文为阿尔法拉比,"两圣相契论", 载于阿尔法拉比,《柏拉图的哲学》, 程志敏译, 上海: 华东师范大学出版社, 2006; 修订版, 2010。
④ 英译本为 Alfarabi,《柏拉图和亚里士多德的哲学》(*Philosophy of Plato and Aristotle*, Mahdi, M. 译, 修订本, Ithaca: 2001)。书名更严格的英译为 *The Aims of the Philosophy of Plato and of Aristotle*, 参 Strauss, L.,《法拉比的〈柏拉图〉》, 前揭, 页 359。法拉比精心将这部著作分为三部分:《获得幸福》—《柏拉图的哲学、其诸部分以及由始至终诸部分品第上之诸等级》—《亚里士多德的哲学、其哲学诸部分、诸部分品第上之诸等级以及他的起点和终点》("The Philosophy of Aristotle, the Parts of his Philosophy, the Grades of Dignity of its Parts, and the Position from which he Started and the One he Reached")。关于后两部分的译名,参考下文。前两部分内容的中译文见阿尔法拉比,《柏拉图的哲学》, 程志敏译, 前揭。顺便提及, 笔者建议汉语学界引进《柏拉图和亚里(转下页)

谓"意图"是对外的还是对内的（esoteric，或隐微的）。但如果法拉比始终无法论证两位哲人对内的一致，那么无异于说法拉比的调和并不成功。此外，如果"意图"是对外的，那么第一次调和时应该已经讲明了这种意图，又何须再讲？法拉比并非随意的作家。所以，我们有理由认为这里的"意图"至少在某种程度上是对内的，也就是说两位哲人的对内意图在某种程度上相一致。但在何种程度上，则颇难揣测，因为这本书正式书名仅仅标出复数的"意图"，而没有加"和谐"一词，就像"意见的和谐"一样；此外，法拉比后学、著名的阿威罗伊（Averroes）把这本书称作《两种哲学》——把原本单数的"哲学"也变成了复数，仿佛揭示出柏拉图和亚里士多德有某种内在不可调和。事实上，法拉比终其一生都回避讨论两位哲人的对内意图是否一致。①

然而，据法拉比专家所说，法拉比正是在讨论两位哲人的意图时，不经意之间展现了相对来说最为对内的柏拉图教诲，即这本由三部分构成的书的中间那部分，也是最短的那部分——《柏拉图的哲学、其诸部分以及由始至终诸部分品第上之诸等级》（简称《柏拉图的哲学》或《柏拉图》）；而且很有可能这一部分也是法拉比所有著作中最为对内的教诲，而这无异于说法拉比认为柏拉图哲学等于真正的哲学，或者说法拉比不仅形式上而且实质上追慕"先师"遗风。② 这样，法拉比几乎成了对内的最伟大的柏拉图派。难道他甘愿放弃当一个所谓"原创哲人"？甘愿把柏拉图解经家当成自己最高理想？果真如此的话，他又如何成了对外的最伟大的亚里士多德派

（接上页）士多德的哲学的两种意图》时，保留其内在的三联结构。
① 参 Strauss, L.,《法拉比的〈柏拉图〉》，前揭，页359。
② 参同上，页375，对观页359。

哲人呢？这一切都与"什么是柏拉图哲学"密切相关。带着这些疑惑，我们期盼仔细读读这篇《柏拉图》。

《柏拉图》拥有独立的阿拉伯文校勘本：Alfarabius，《论柏拉图的哲学》（*De Platonis Philosophia*，Rosenthal, F. 和 Walzer, R. 笺注，London，1943），带有拉丁译文。较为信实的英译文出自马迪（M. Mahdi），程志敏教授曾将此英译文转译为汉语（俱参前注）。权威解读文献是英译者的老师施特劳斯的《法拉比的〈柏拉图〉》（前揭）。①

首先，由于原文极为精微，故英译文尚有少量但关键的可商酌之处，而且转译成中文时亦产生了一些错误（众所周知，世上没有完美的翻译），同时另有一些中文译法尚可探讨；其次，中译者未译出英译注，而且中英译文都没有足够的古典语文学注解；再次，中译文省略了英译文所附的供研究使用的某些编码，还有一种编码连英译文也未标出；最后，全文分节亦有讨论余地。所以笔者不揣浅陋，以英译文为基础，凭借研究文献，重新编译本文以及相关注释。当然，笔者采纳了程译文某些精彩译法。现将几个问题分述如下：

一、英译者将标题全称译作 *The Philosophy of Plato, its Parts, the Ranks of Order of its Parts, from the Beginning to the End*。《法拉比的〈柏拉图〉》则采用了一种更晓畅的译法：*The Philosophy of Plato, its Parts, and the Grades of Dignity of its Parts, from its Beginning to its End*（页360注7）。② 这种译法中，the grades of dignity 指品第上或德性上的等级，作为一个整体受 of its parts 修饰，而非 the grades 受

---

① 显白的、简化的版本即作者晚出的《迫害与写作技艺》（*Persecution and the Art of Writing*, Chicago, 1988, 中译本为《迫害与写作艺术》，刘锋译，北京：华夏出版社，2012）导言。

② 下面引用此文均只标页码。

of dignity of its parts 修饰。①

二、对英译文的改动，主要参考《法拉比的〈柏拉图〉》，偶亦参考校勘本拉丁译文，犹豫不决时则征求北京大学阿拉伯文专业刘舒博士的意见。译文中带方括号的补充性文字为编译者所加。注释分三种，均限于语文学讨论：一是"英译注"②；二是"施特劳斯注"，由笔者摘编、译述自《法拉比的〈柏拉图〉》；三是"编译注"。

三、校勘本中阿拉伯文的页码，以带方括号的阿拉伯数字随文标注，如［3］，同时以冒号在此页码后再加行码，如［3：10］指第3页第10行。注释中征引此页码和行码时，略去方括号。

四、英译者使用的分节法和分小节法不同于校勘本。在分节法上，他参考了施特劳斯的建议（页379注53），但又做了进一步细分（将第9：11–10：7和第20：2–20：14分别单列为两节）。这里的汉译文则还原施特劳斯本人的分节法，但保留了英译者的分小节法。节码以节前居中的中文数字表示，如"一"，小节码以小节前带§的阿拉伯数字表示，如§1。同时，笔者还用鱼尾括号随文标注校勘本节码和小节码，如【一】和【§1】。

最后，笔者的编译得益于程志敏教授和刘舒博士，谨致谢意！虽经多方努力，疏漏必定仍然不少，概由笔者负责。笔者不通古典阿拉伯文，故本译文权当抛砖引玉，期盼通晓这门语文的中译者早日译出更完善的译文。

叶然
2013年3月8日
Hyde Park

---

① 另参20：10（此编码含义见下文）以下的"部分"和"等级"两词，以及22：9的"阶级地位"一词。

② 其中阿拉伯文转写体有两种符号暂代之以外形相近的"'"和"'"，通阿拉伯文者不难识别。

一

§1【一】【§1】[3] 首先，他［柏拉图］① 探究了某些属人事物，这些事物使人②能得到羡慕，盖因它们中有某种东西构成了人作为人的完美性，③ 毕竟每个存在者（being）④ 都有一种完美性。由此，他探究了，人的完美性是否仅仅在于他有未受损伤的身体器官、美丽的脸蛋和柔软的肌肤；或者此完美性是否还［3：5］在于他有显赫的祖系和族系（a distinguished ancestry and tribe），或者有庞大的族系以及众多的朋友和爱人；或者此完美性是否还在于他富裕，或者享有荣耀和高位（glorified and exalted），统治着一群人或一个城

---

① ［编译注］全篇仅5：5，21：7，23：8 三处出现"柏拉图"字样。

② ［施特劳斯注］开篇就出现含混的语词"属人"（humanus [human]）和"人"（homo [human being]），说明"人"这个主题极为重要。同样重要的是如下一些区分：人—神（14：4－15：12），人—野兽（17：7－19：12），人—男人（11：9），人—公民或人—杂众。应该注意"人"明显不同于"城邦""民族""杂众""王者"。"人"避免出现于讨论宗教的那段（6：10－6：18），却极频繁地出现于讨论诗的那段（7：9－7：21）。诚然，"人"也避免出现于讨论修辞术的那段（8：1－8：6），但"我们"代替了"人"（页392注99）。

③ ［编译注］First he investigated the human things that make man enviable as to which of them constitutes the perfection of man as man。as to 在此指"依据"。which 相当于 what，将自身引导的从句名词化，以便受 as to 支配。

④ ［施特劳斯注］注意"存在者"和"事物"（［编译注］汉译有时作"东西"）的异同。所有存在者都是事物，但并非所有事物都是存在者。有些事物并非知识的对象，当然尤其不是哲学的对象，参8：14 以下，对观16：7 以下。其他一些事物是某些知识的对象，如语文学，但与哲人无干，因为它们并非存在者。一个存在者的完美性是一个事物，其本身并非存在者。一种生活方式就是一个并非存在者的事物（页389）。

邦，在其中他的命令得到执行，而且人群或城邦臣服于他的意愿。为了那种幸福——它是令人变得完美的最终事物①——人拥有这些事物中的一些或全部，是否足够？当他探究这些事物时，他变得明白了，②［3：10］要么它们本身绝非幸福，而只不过被信以为是幸福，要么对于人获得幸福，它们本身还不够，除非有其他③某种东西来补充它们，或补充它们中的某一些。

§2 然后，他探究了，这个其他的东西必须是什么。他变得明白了，这个其他的东西——获得它就是获得幸福——是某种知识④和

---

① ［编译注］英译作"给他以其终极完美性的那种幸福"，拉丁译文作"那种是人的最高完美性的幸福"，汉译从施特劳斯译法：beatitudo quae est ultimum quo homo perficitur（页370注32），即 the happiness that is the ultimate thing by which a human being is perfected。施特劳斯还提到，福咯拉（Shem Tob Falkera，1225—1290）的希伯莱译文作"那种最终的幸福"，故意略去了"完美"。比较4：9"这种幸福"的施特劳斯注。

② ［施特劳斯注］本文惯常的流程是先说"他探究了"，然后再说"他变得明白了"或"他让人明白了"等等，所以每个例外情况都值得注意。不仅要注意只出现"他探究了"的情况，还要注意连"他探究了"都不出现的情况，这种情况中最重要的例子就是讨论哲人和王者相互等同的那段（13：8—13：12）。不必说，"他变得明白了"和"他让人明白了"之间的不同也不能忽视（页380注54）。

③ ［施特劳斯注］比较3：11-3：13，9：8，16：2和19：12，20：4以及11：6和17：7诸处的"其他"一词（［编译注］汉译中有时作"另一种"或"另一个"）（页379注52）。

④ ［编译注］knowledge，如施特劳斯所说，此词对应希腊文 *epistēmē*（施特劳斯从拉丁译文 scientia，译作 science，取其古义，见页361）。经刘舒博士证实，英译文中译作 science 的（6：3，7：1，7：4，9：18，20：17，20：19，21：4，21：5，21：17）均为此处的 knowledge；相应地，凡译作 scientific 的（9：11，12：8，22：3，22：5）均为此词的形容词；故汉译统一将 science 和 scientific 分别译作"知识"和"认知的"。英译者也许碍于 knowledge 无形容词和复数。顺便说，汉译中的"知道"或"知晓"的原文亦为此词同根词。

某种生活方式。①

[3：15] 所有这些可以在他名为《大阿尔喀比亚德》(*Alcibiades Major*, 阿尔喀比亚德, 意即② "榜样" [model]) 的书中找到, 此书又名为《论人》。

§3【二】【§2】[4] 在那以后, 他又探究了这种知识是什么, 以及它的区别性 (distinguishing) 标志, 然后他发现了它的所是、它的区别性标志以及它的特质, 它就是关于每一个存在者的本质③的知识: 这种知识是人的最终完美性, 也是他所能拥有的最高完美性。④ 这 [4：5] 可以在他名为《泰阿泰德》(*Theaetetus*, 意即 "自愿的" [voluntary]) 的书中找到。

§4【§3】在那以后, 他探究了那种真的是幸福的幸福、它的所是、它从哪类知识而来、它是哪种特质⑤状态, 以及它是哪种行为。他区分开了它与被信以为是幸福却不是幸福的东西。此外, 他让人知道了, 高尚的⑥生活方式就是导致获得这种幸

---

① [编译注] 如施特劳斯所说, 此词对应希腊文 *bios* (页 361), 不独指生活方式, 还指生活、生命、生物, 即如今 "生物学" (biology) 的词头, 当然 "生物学" 在古希腊兼指安身立命之学。

② [英译注] 对于对话标题的 "解释" (其中不少是那个孤立抄件所载文本的边注或行间注) 的可能的来源, 具体可参校勘本, 页 xvi – xviii, 页 17 以下。

③ [编译注] 从施特劳斯译作 essence (页 364)。英译作 substance, 似太实。

④ [英译注] 将第 4 行的 *ghāyatih* 读作 *kamāl lah* (抄件 A?)。

⑤ [编译注] character, 或译作 "品质"。此词在 7：15 和 21：15 以下诸处译作 "品质"。

⑥ [编译注] virtuous, 参 10：5 "高尚的" 编译注。亦参 11：5 "高贵"。

福①的东西。这可以在［4：10］他名为《斐勒布》(*Philebus*，意即"亲爱的"［beloved］)的书中找到。

二

§5【§4】当他认识到使人幸福和完美的这种知识和这种生活方式时，他便首先开始探究这种知识：如果人应该渴求一种具有这样特质的关于诸存在者的知识，那么他能获得吗？或者说，情况是不是如同普罗塔戈拉(Protagoras，［4：15］意即"砖块搬运者"［the carrier of bricks］)②的主张：人不能获得这样的关于诸存在者的知识；这不是那种可能的、人自然而然有能力获得的知识；［5］他所获得的关于诸存在者的知识，毋宁是每一个对于诸事物进行沉思(speculate)

---

① ［施特劳斯注］校勘本译作"那种幸福"(illa beatitude)，不妥，应译作"这种幸福"(haec beatitude)，也就是前一句中的"被信以为是幸福却不是幸福的东西"，而不是"它"(那种真的是幸福的幸福)。所以"高尚的生活方式"不同于后文所谓"可欲的生活方式"(6：11等处)，后者才导致真正的幸福。支持我们这种解读的有福喀拉的希伯莱译文："他让人知道了，这种高尚的生活方式就是用以获得此世(this world)幸福的东西。"我们的误解并非偶然，事实上法拉比希望他的大多数读者以现代译者"理解"他的方式来理解他：高尚的生活方式等于可欲的生活方式。3：1-4：10作为一个整体(尤其本段)都致力于营造这种理解(页385-386)。我们还注意到，后文中甚至作者自己就把真正的高尚生活方式等同于可欲的生活方式，参15：15以下，16：12，17：4，17：15以下，22：17。不过我们没有理由根据后面的论述来"理解"前面的论述，除非法拉比写作技艺低下(页388)。［编译注］参3：8"那种幸福……事物"编译注。亦参施特劳斯页371注36。

② ［英译注］从抄件A，将第14行的 ma'nāh 置入括号。抄件A的这条边注把一个很小的 'ayn 放在第一个语词之上，这可能表示该语词应该读作 'āmil ［制作者］，而非 ḥāmil ［搬运者］。

的人的意见，毋宁是每个人偶然具有的信念；① 而且对人而言自然而然的那种知识，与每一个个体所形成的信念相关，而不是一个人会渴求但将不会达到的这种其他的②知识？［5：5］探究了普罗塔戈拉的论证之后，柏拉图让人明白了，③ 与普罗塔戈拉所主张的相反，这种知识——其特质在《泰阿泰德》中为人所明白——能够获得，也的确存在，④ 而且它是属于属人完美性的那种知识，而非普罗塔戈拉所主张的知识。这可以在他名为《普罗塔戈拉》的书中找到。⑤

§6【§5】然后，他探究了，这种可获得的知识［5：10］之获得，靠的到底是偶然性（chance），还是探究，还是教导和学习；以及是否存在一种探究或教导或学习的方法，用以获得这种知识，抑或根本就不存在探究或教导或学习的方法，用以获得这种知识——就像美诺（Meno，意即"固执的"［fixed］）曾经常常主张的。因为他［美诺］宣称，探究、教导和学习［5：15］无效又无用，⑥ 而且并不导致知识；此外，人要么靠自然和偶然性——而非通过探究或教导或学习——来知道一个东西，要么什么都不知道；不为人知的

---

① ［编译注］conviction。施特劳斯指出，此词的原文可表示信仰，它还出现于 15：5 "深信"一词的原文中（页 372 注 40）。请比较 6：6 编译注。

② ［编译注］可能呼应 3：12 的"其他的"。

③ ［编译注］英译作 explained，应改为 made it evident。因为经刘舒博士证实，原文与其他地方的 it became evident to him ［他变得明白了］中的动词同根。后文凡 explain 皆从此处译法。

④ ［英译注］从抄件 A，将第 7 行的 *wa-yu'khadh* 读作 *wa-yūjad*。

⑤ ［英译注］亦参亚里士多德，《形而上学》，卷四，§5，§6。

⑥ ［编译注］这里的"无效"（futile）在拉丁译文中是其拉丁文词源 futiles，本义为脆弱的、无目的的。关于"无效又无用"，另参 10：3 以下"有益""有用""必要"诸词。

(*what is*①not known) 不能变得为人所知，无论靠探究，还是学习，还是推断（inference）；而且不为人知的永远保持不为人知，不管对于靠探究或教导或学习来理解一个东西而言，探究活动的那些倡导者们②主张什么。[6] 他[柏拉图]变得明白了，靠探究，同时靠这种探究赖以进行的一种才能（faculty）和技艺（art），能够获得这种知识。这可在他名为《美诺》的书中找到。

三

§7【三】【§6】既然他已变得明白了，在所有那些知识中，正是应该靠这种知识来获得人的完美性；在此有一种技艺和才能，[6：5]能够用以探究诸存在者，直至达到这种知识；在此亦有一种探究、学习或教导，作为通往这种知识的途径——于是他着手③探究④了哪种技艺提供这种知识，以及靠哪种探究来获得这种知识。他最先追查（canvassing）那些广为接受的⑤技艺和那些广为接受的探究，

---

① [英译注]将第16行的 *wa-immā ann mā* 读作〈*wa-immā an yajhalah*〉*wa-inn mā*。参阿尔法拉比，《逻辑》，fol. 79*r*：3。

② [编译注] protagonists。该词源于希腊文 *prōt-agōnistēs* [首要的行动者]。此希腊语词常用于指戏剧中的主角或主演。比较 *Prōtagoras* [普罗塔戈拉]的词形。

③ [施特劳斯注]全文未提 *sharī'a* [启示的律法]（也未提 *millah*，[编译注]参6：10英译注），唯有这里的 *shara'a* [着手]（[编译注]由刘舒博士拈出此词）是 *sharī'a* 的同根动词，而此词刚好出现在本文关于宗教的讨论的稍前方（页372注40）。

④ [编译注]不从英译作 find out，因为经刘舒博士证实，原文与全文经常出现的"探究"相同。

⑤ [编译注]据施特劳斯所说（页361），对应希腊文 *endoxoi*，与 *doxa* [意见]一词同根。

也就是诸城邦和诸民族①的公民之中广为接受的那些。

［6：10］首先，他开始探究，宗教沉思和对诸存在者的那种宗教探究，是否提供这种知识和那种可欲的（desired）生活方式；其次，对诸存在者和诸生活方式进行这类探究的那种宗教三段论技艺，是提供这种知识，还是根本就不提供，抑或尚不足以提供这种关于诸存在者的知识和［6：15］这种生活方式。他进而变得明白了，关于诸存在者的知识和关于诸生活方式的知识，多大程度上为这种宗教探究和这种宗教三段论技艺所提供；它们所提供的并不够。所有这些可以在《游叙弗伦》（*Euthythron*，一个人名）即《论虔敬》中找到。②

---

① ［施特劳斯注］本文既使用"城邦"和"另一个城邦"这样的说法，又使用"民族"和"另一个民族"，但更倾向于使用前者——"城邦"出现的次数是"民族"次数的三倍，而且在讨论完美共同体中的探究时始终只使用"城邦"（20：15 – 20：20）。关于城邦与民族的区别的非人数（non-quantitative）层面，应该参考 7：1 – 7：9，在那里只出现了"民族"：民族靠共同语言团结在一起，而城邦的纽带则是礼法。亦参 22：18 – 23：1（页 379 注 52）。［编译注］亦对观 3：7"一群人或一个城邦"。

② ［英译注］本段中"宗教"的原文是 *dīn*（对观 *millah*，见阿尔法拉比，《获得幸福》，§33，§55 以下）。在《高尚宗教》（*Virtuous Religion*, fol. 52*v*：16—18）中，阿尔法拉比说："*millah* 和 *dīn* 几乎同义。"在伊斯兰教中，"宗教沉思"可指辩证神学（*kalām*），亦可指服务于礼法学（*fiqh*）的"宗教三段论技艺"。参阿尔法拉比，《知识举要》（*Enumeration of the Sciences*），章 5。"三段论技艺"（*al-ṣinā'ah al-qiyāsiyyah*）无疑也曾为神学家们所使用。［施特劳斯注］本段三个关于"宗教"的关键词区别如下："宗教沉思"在宗教知识中最核心的，可指关于上帝自身的神秘知识；"对诸存在者的那种宗教探究"是宗教知识的理论层面，即 *kalām*［神学］，基于某种自然学；"宗教三段论技艺"是宗教知识的实践层面，即 *fiqh*［礼法学］。请注意本段的结论只涉及"那种宗教探究"和"宗教三段论"，却未涉及"宗教沉思"。不过，关于诗的那段开头（7：9，此开头不同于其前一段和其后三段各自的开头）极明确地得出了柏拉图关于整个宗教的最终结论（［编译注］施特劳斯也许强调，7：9 所谓（转下页）

§8【§7】[7] 在那以后，他探究了，那种技艺是不是语文知识；一旦人根据操着这种特定语文①的民族的杂众（the multitude），理解了那些揭示性名相（the significative names）②及其所揭示的意义，③同时根据语文知识研习者们的方法，探究并知晓了这些名相和意义，那么他是否将对诸事物的那些本质④ [7：5] 有一种全面的知识，并获得那种关于它们的可欲的知识；因为这种技艺的研习者们自身相信这一点。他变得明白了，这种技艺根本就不提供那种知识；他还让人明白了，那种能够给出一条通往那种知识的途径的知识，多大程度上⑤为这种技艺所提供。这可以在他名为《克拉底鲁》（*Cratylus*）的书中找到。

§9【§8】接下来，既然前述诸技艺不提供这种知识，[7：10] 他又探究了，提供这种知识的技艺是不是诗（poetry）；致力于得到这种关于诸存在者的知识的那种才能，是不是制作诗篇的能力，以

（接上页）不提供那种知识的"前述技艺"已然包括整个宗教。同时还要注意古希腊的诗与宗教相结合）。然而，本文对宗教的批判仅仅涉及其认知价值，这与柏拉图对话本身对这个问题的看法完全吻合（页373注41、42）。对结论有所保留的段落除了讨论宗教的段落，还有讨论节制（13：13－13：16）、爱欲和友谊（14：1－14：4）以及立法者（21：11－21：14）的段落（页380注54）。

① ［编译注］似指古希腊文。

② ［英译注］参阿尔法拉比，《关于幸福之路的指示》（*Directive to the Path of Happiness*, *al-Tanbīh 'alā sabīl al-sa'ādah*, Hyderabad, 1346 A. H.），页25－26；《逻辑》，fol. 4。

③ ［编译注］英译作 the ideas they signify，但施特劳斯强调，本文有意未使用"观念"（希腊文作 *idea*）一词（页364），刘舒博士也指出，所谓的 the ideas they signify 其实是一个词，而且是稍前的 significative 的同根名词，因此应改译为 their significations 或 the things they signify。

④ ［英译注］从抄件 A，第4行中读作 *bi-jawāhir*。

⑤ ［英译注］从抄件 A，在第7行的 *kam* 后加上 *miqdār mā*。

及获取如下这种东西的能力——正是从这种东西之中,才得以制作出诗篇和诗性陈述;吟诵诗篇,理解其意义以及其包含的道理(the maxims),是否为我们提供了那种关于诸自然存在者的知识,以及关于可欲的生活方式的知识;[7:15]靠诗篇来塑造一个人的品质,并靠诗篇包含的道理来提升其自身,是否足以让人践行完美的属人生活方式;此外,靠诗性方法探究诸存在者和诸生活方式,是不是通往那种知识和那种生活方式的途径。他进而变得明白了,多大程度上知识为诗所提供,以及对于做人(being human)来说,诗的价值是什么。他[7:20]让人明白了,广为接受的诗性方法,根本不在任何程度上提供这种东西[知识],反而引人远离它。这可以在他名为《伊翁》(*Ion*)的书中找到。

§10【§9】[8]随后,他以相似的方式探究了修辞技艺:修辞,或者在探索诸存在者时使用修辞性意见,是否为我们提供那种关于诸存在者的知识,或者为我们提供关于那种生活方式的知识。他让人明白了并非如此。他进而变得明白了,多大程度上知识为修辞所提供,以及什么是[8:5]它所提供的一切所具有的价值。①这可在他名为《高尔吉亚》(*Gorgias*,意即"服务"[service])的书中找到。

§11【§10】然后,他以相似的方式②探究了智术(sophistry)技艺,以及智术是不是那种提供可欲的知识的探索。他让人明白了,智术并不提供[8:10]那种知识,而且智术探索并不是通往那种知识的途径。他进而让人明白了智术的价值。这可以在《智术师》(*Sophist*,"作伪者"[falsifier])和《欧蒂德谟》(*Euthydemus*,一个

---

① [英译注]将第5行的〈min〉dhālik 置入括号。
② [英译注]从抄件F,在第7行的 faḥṣ 后加上 mithl。

人)中找到。因为在他名为《智术师》的书中,他让人知道了,智术技艺是什么,它是做什么的,以及它追求多少目的;何为智术之人,这种人有多少类,这种人探索什么样的事务(affairs);此外,① 这种人[8:15]并不从事那种把人引向可欲的知识的探究,也根本不探索作为知识对象的诸事物(matters subject to knowledge)。至于《欧蒂德谟》,他在其中让人明白了智术探索和智术教诲的方式,它如何几[9]近儿戏(being play),以及它如何并不提供那种知识,亦不导致一种要么理论上要么实践上有用的知识。

§12【§11】在那以后,他探索了辩证术家们(the dialecticians)的那些探究②以及那种辩证术探究,这种探究是否把人引向那种知识,以及这种探究是否[9:5]足以提供那种知识。他让人明白了,对于达到那种知识,这种探究极有价值;的确,除非辩证地探究那种知识,否则通常不可能达到它。然而,这种探究并非从一开始(from the outset)便提供那种知识。不,为了获得那种知识,还需要另一种才能来协助和补充这种运用辩证术的才能。[9:10]这可以在他名为《帕默尼德》(Parmenides,意即"同情"[compassion])的书中找到。

四

§13【四】【§12】既然他已穷尽了所有广为接受的认知(scientific)技艺或理论技艺,而且发现其中任何一种都不提供这种关于

---

① [英译注] 从抄件A,将第14行的 ⟨fa-tabayyan lah⟩ annah 读作 wa-annah。

② [英译注] 从抄件A,将第3行的 ṣinā'ah 读作 fuḥūṣ。

诸存在者的知识或那种生活方式,他接下来便开始探究诸实践技艺,以及源于这些技艺的诸行动:当人拥有了(encompasses)所有这些[实践]技艺,或[9:15]它们所包含的所有知识时,他是否将获得那种关于所有存在者的知识;此外,这些技艺所产生的诸行动,是否提供那种可欲的生活方式,因为这些技艺结合了知识和行动。因此,他探究了,这些技艺提供的种种知识是否构成那种知识,以及[10]源于这些技艺的诸行动是否构成那种生活方式。他让人明白了,它们不提供那种知识,也不构成那种生活方式,而且①得到它们的那些人,并非意在终极完美性,而是②意在靠它们来获取仅仅有用的③和有益的④诸事物。有用的也许是必要的,⑤ 然而[10:5]有益的永远是高尚的⑥而非必要的。所以,凭借他们从这些技艺中获取的东西,他们要么意图得到必要的东西,要么意图得到益处(gain),也就是高尚事物。

§14 因此,当[有用的和有益的]此二者与所有实践技艺的关系显现出来时,他开始探究必要的是什么,有益的又是什么(探究益处或什么是有益的,[10:10]与探究什么是高尚的并无区别,因

---

① [英译注] 从抄件 A,将第 2 行的 *wa-lākin innamā* 读作 *wa-inn*。
② [英译注] 将第 3 行的 *qaṣd al-muqtanīn lahā* 置入括号。
③ [编译注] 施特劳斯指出,"有用的"希腊文即 *sumpheronta*(页 387)。此词已见于 9:1。
④ [编译注] gainful,施特劳斯指出,即希腊文 *kerdalea*(页 387)。
⑤ [编译注] 希腊文作 *anagkaia*。
⑥ [编译注] 施特劳斯(页 387 及注 78)指出,此词即首次出现于 4:9 的关键词"高尚的",原文为 *fāḍil*,希腊文作 *kala*(本义为美的)。但英译者译为"好的",此译法亦见§13-§16,§20 以及 14:5,14:18,20:6;经刘舒博士证实,所有这些地方均为同一个词。现将英译"好的"通改回"高尚的"。

为它们几乎是表示同一个概念①的同义词）。他探究了杂众眼中那些高尚事物，和杂众眼中那些有益的事物，以及它们是不是真的高尚且有益。他还探究了，杂众眼中那些有用的事物，是不是真的像他们所相信的那样有用。他让人明白了，并非如此；至此，他见识了［10：15］杂众眼中是高尚的益处的所有事物。

这可以在他名为《小阿尔喀比亚德》（*Alcibiades Minor*）的书中找到。

§15【§13】在那以后，他探究了真正有用的那些事物、真正有益的那些事物、真正高尚的那些益处，以及一个人何以无法靠广为接受的那些技艺来得到这些东西中的任何一个。

§16 然后，他让人明白了，杂众眼中有用且有益的事物，与真正有用且有益的事物之间有何关系；［10：20］［真正的］益处或高尚事物何以无非就是那种知识［11］和那种可欲的生活方式，以及要想得到那种是真正益处的益处，诸实践技艺何以不够。

这可以在他名为《希帕库斯》（*Hipparchus*，"审视"［observation］）的书中找到。

§17【§14】然后，他探究了，那种可欲的完美性和［11：5］可欲的目的，是否靠如下这些人的生活方式来达成，即虚伪者们（hypocrites），以及假装高贵②且隐瞒另一种目的，从而在人们面前捏造出（falsify）自身种种意图的那些人。因为正是在这种生活方式

---

① ［编译注］英译作 idea，但如 7：3 "其所揭示的意义"编译注所示，全文未出现过 "观念"一词，而且刘舒博士指出此处原文表示 "确定的意思"，故暂译作 "概念"。拉丁译文作 vox［说法］，可资佐证。此外，英译文 12：16 和 13：6 的 idea 同样是此词。

② ［编译注］noble，刘舒博士指出，原文本义为美的，与 3：4 "美丽的"为同一个词，但不同于 4：9 "高尚的"，尽管后者对应的希腊文本义为美的。

中，杂众看到了力量和坚韧（strength and fortitude），而且他们会因这种生活方式而羡慕一个人。故他还探究了，这种生活方式是不是杂众相信的那样。这可以在他的两本书中找到，他以两个男人①来命名这两本书，他们是极端的［11：10］虚伪者，在他们的生活方式和行动中极端虚伪，而且被视为智术师。他们通过言辞和行事达到了自身在能争善辩（quarrelsomeness）和智术式劝说两方面的极限，随后便以其力量和坚韧名世。这两本书的第一本他称作《［大］智术师希庇阿斯》（*Hippias the [Major] Sophist*），② 另一本他称作《［小］智术师希庇阿斯》（*Hippias the [Minor] Sophist*）。③ 关于这种生活方式，他让人明白了，它并不［11：15］提供那种可欲的目的，反而引人远离之。

§18【§15】［12］然后，他探究了快乐追求者们的那种生活方式，以及人是否靠这种生活方式达到可欲的完美性。他让人明白了那种是真正快乐的快乐，杂众所广泛接受并渴望的这种快乐是什么，［12：5］真正的快乐是那种源自可欲的完美性的快乐，而且快乐追求者们的生活方式绝不导致那种源自可欲的完美性的快乐。④ 这可以在

---

① ［英译注］此词并非阿尔法拉比常用的 *insān*（希腊文 *anthrōpos*，"人"［human being］），而是"男人"（*rajul*，希腊文 *anēr*）。本小节中"坚韧"（fortitude）的阿拉伯文即 *rajlah*（"男子气"，"男子品格"）。［编译注］因拉丁译文有时把 homo [human being] 误译为 vir [man]，故施特劳斯特别指出，13：7"做哲人的那个人"和"做王者的那个人"以及 22：15"那种完美的人"和"那种从事探究的人"（注意施特劳斯没有提到紧接着的"那种高尚的人"）均未显示性别（页367 注27）。

② ［英译注］参校勘本，页 xix，页9，页21。

③ ［英译注］同上。

④ ［编译注］这个长句中，名词（那种是真正的快乐的快乐）和后面一个疑问从句以及两个陈述从句，并列作"让人明白了"的宾语。类似情况在本文中并不罕见。

他的《论快乐》(*On Pleasure*)① 这本书中找到,此书被归于苏格拉底。

五

§19【五】【§16】既然他已变得明白了,杂众所从事的这些技艺无一是提供那种知识的认知技艺,或提供那种知识的实践技艺,或提供那种生活方式的实践技艺,而且[12∶10]杂众中广为接受的那些生活方式无一导致幸福——于是他自己②不得不提出并让人明白,提供关于诸存在者的知识的那种理论技艺应该是什么样的,以及为人提供可欲的生活方式的那种实践技艺应该是什么样的。在他名为《忒阿格斯》(*Theages*,也就是"经验"[experience])的书中,他让人明白了,这种理论技艺是什么:那就是哲学。[12∶15]他让人明白了,对那种知识进行解说的那个人是谁:他就是哲人。他还让人明白了,哲人这个概念是什么,以及他的行事③是什么。

§20【§17】[13]然后,在他名为 'Erastaí [爱人们]④ 的书中,他让人明白了,哲学不仅是一个高尚的东西,不,它是那种真正有用的东西。此外,对于做人,它并非有用的同时却不必要,而是既有用又必要。⑤

---

① [编译注]即《会饮》(*Symposium*)。[英译注]同上。
② [施特劳斯注]注意这个代词的强调意味。该词亦见于23∶2 "他自己"。
③ [编译注]activity,对观15∶6,18∶2-19∶3 此词的用法。
④ [编译注]该对话的标题一般英译作 Lovers [情人] 或 Rivals [情敌]。此外,经刘舒博士证实,'Erastaí 是本文阿拉伯文本中仅见的希腊文语词,尽管是转写形式。该词源于希腊文 *erōs* [爱欲]。[英译注]同上,页21。
⑤ [编译注]可见有用的不同于必要的,对观10∶4。

§21【§18】在那以后，他探究了［13∶5］提供那种可欲的生活方式、安排（orders）种种行动并把诸灵魂引向幸福的那种实践技艺。他让人明白了，这就是王者的（princely）和政治的技艺。他还让人明白了王者和政治家这种概念。①

§22 然后，他让人明白了，做哲人的那个人与做王者的那个人是同一个人；这两者中的每一个都靠一种技能（function）和一种才能而变得完美；② 这两者中的每一个都拥有一种技能，这种技能［13∶10］提供那种从一开始就可欲的知识，以及那种从一开始就可欲的生活方式；这两种③［技能］中的每一个，在那些得到它的人们之中，也在所有其他人中，制造那种真正是幸福的幸福。④

§23【§19】然后，他探究了节制⑤是什么。他探究了诸城邦中

---

① ［编译注］这两句存在"重复界定"之修辞格——"王者的"和"政治的"重复界定"技艺"，"王者"和"政治家"重复界定"概念"。［英译注］这一小节对应《政治家》？参校勘本，页21–22。

② ［英译注］参阿尔法拉比，《获得幸福》，§42 英译注 2（［编译注］见 Alfarabi,《柏拉图和亚里士多德的哲学》，前揭，页138）。

③ ［英译注］从抄件 A，第 10 行中读作 wa-ann kull wāḥidah minhumā（采用注中的 minhumā 代替 baynahumā）。

④ ［编译注］本段从"这两者中的每一个都靠一种技能"开始，汉译均从施特劳斯译文（页367），而非英译者译文。英译者认为两个"从一开始"一定要修饰"提供"，但他无法解释作者何以只使用了一个"提供"。英译者也许察觉到了这个问题，所以在正文中自行削去了一个"从一开始"（参本句英译注）。笔者认为施特劳斯译法也许更正确。关于"从一开始"，对观 9∶7。施特劳斯还指出，本段四个分句中的后两个是一体，所以等于说本段分为三个陈述，而第二个陈述处于居中位置（页367–369）。不仅如此，本段也恰好处于全文居中位置。在古典修辞学中，居中位置为前后所辅翼，往往最不具有显白性。关于这一点，施特劳斯在页371 注35 中征引西塞罗《演说家》50、《论演说家》卷二313 以下。

⑤ ［编译注］moderation，希腊文作 sōphrosunē。

广为接受的那种节制，那种是真正节制的节制是什么，那种被信以为节制的节制之人是什么样，那种是真正节制的节制之人是什么样，[13：15]什么是那些真正节制之人的生活方式，以及对于真正的节制是什么，杂众何以一直无知。这可以在他名为《卡尔米德》（*Charmides*）的书中找到。

【§20】他以相似的方式探究了那种勇气（the courage），端赖此勇气，诸城邦的那些公民才以拥有勇气（being courageous）名世。他让人明白了杂众相信是勇气的那种勇气是什么，他还让人明白了那种是真正勇气的勇气。这可以[13：20]在他名为《拉克斯》（*Laches*，意即"准备"）的书中找到。①

§24【§21】[14]然后，他探究了爱欲②和友谊。他探究了那种在杂众眼中是友谊的东西、那种是真正的友谊和爱欲的东西、那种真正值得付出爱欲的东西，以及那种在杂众眼中值得付出爱欲的东西。③

§25【§22】然后，他仔细④探究了，那种决心[14：5]变成

---

① [施特劳斯注]对勇气的讨论（本段）在行文流程上不同于对宗教沉思的讨论（6：10-6：18）、对节制的讨论（上一段）、对爱欲和友谊的讨论（下一段）（页380页54；[编译注] 参3：9"他变得明白了"的施特劳斯注）。

② [编译注] love。如果正如本小节英译注所说，本小节对应《吕西斯》，那么该词译作"爱欲"（*erōs*）便可能不失公允。至于14：18英译文中的love译作爱欲，则并无疑问，因为施特劳斯提到了那个词（页361）。参13：1编译注。

③ [英译注] 这一小节对应《吕西斯》（*Lysis*）？参校勘本，页22。[施特劳斯注] 以上几段探究的诸德性不包括正义，而且22：5小心地区分了正义与诸德性（页361注10）。

④ [施特劳斯注] 本文其他地方以"他探究了"发语，但此处插入了"仔细"这个小词，这暗示本段乃至整个14：4-16：10的主题——哲人——与众不同（页361注12）。

一位哲人或一位政治家,并达成某种高尚事物的人应该是什么样,他应该如何痴迷①他所追求的东西,不考虑其他任何东西,并沉醉(revel)于其中。由于"沉醉于它"并"受它诱惑(seduction)"此二者被归于痴狂(rapture)这个属类(genus)之下,所以他探究了痴狂以及其属类是什么。由于有些沉醉和诱惑值得谴责,而有些则值得赞美,[14:10]又由于有些值得赞美的东西是杂众相信其值得赞美,却可能不是真的值得赞美,而其他一些东西才是真的值得赞美,所以他探究了[沉醉和诱惑]这两者。再者,由于过度的诱惑和沉醉被归于着魔②和疯狂,而且乍看上去便会相信[着魔和疯狂]这两者值得谴责,所以他还探究了[14:15]那种据说值得谴责的着魔和疯狂。他提到,那些谴责这两者的人们有时却的确赞美它们。因为他们相信,人们常常因种种属神(divine)事物③而变得着魔和疯狂,其程度极深,以至于他们中有些人预言未来的事情,另一些人则痴迷对高尚性的那种爱欲,以及对清真寺和庙宇中践行的诸德性的那种探索。另一些人[15]结交④某些诗人,这些诗人在凭借种种神灵性事物⑤来制作诗篇方面颇富技能,而这些神灵性事物正是

---

① [编译注] be possessed by,该表述在这里似接近其本义,即受神灵支配而着迷,因为本段稍后就在属神的语境下再次用此表述。

② [编译注] enchantment,本义指用唱歌或念咒来控制某人,不一定是邪魔所为,本段稍后即出现属神的"着魔"。

③ [编译注] 从施特劳斯译法 things(页391及注96),而非英译文 causes。15:13 的 causes 亦然,不另注。

④ [编译注] associate。与稍后15:10"联系"为同一个词,因而此所谓结交,可能暗指在有些方面性情相投。

⑤ [编译注] 从施特劳斯译作 spiritual things(页391;刘舒博士支持此译法),而非英译文 spirits。在施特劳斯的行文中,这里所谓"神灵性"强调非身体性。他还把神灵性事物与柏拉图《苏格拉底的申辩》中的"命神性事物"(*daimonion*,27b3–c3)相比。

他们着魔和疯狂的原因。这些以及类似的东西，就属于值得赞美的着魔和疯狂。他探究了这种值得赞美的诱惑、沉醉、痴狂、着魔和疯狂，这种情况①何时是属神的，以什么方式出现，出现在哪种灵魂之中，[15：5]以及出现在哪种人身上。他提到，赞美这种情况的人深信（is convinced），这种情况发生在灵魂属神的那种人身上：这种人热望和期盼种种属神事物。他开始探究这种灵魂的特质；何以有一种沉醉、诱惑、痴狂、疯狂和着魔是值得赞美的和属神的，而又有一种则是值得谴责的和属人的。说起这种属人的东西，属人的疯狂[15：10]常常与野兽的疯狂相联系，以至于有些人的疯狂属于狮子，而他们的着魔属于公牛，另有些人的疯狂和着魔则属于公山羊。他探究了所有这些，区分出野兽的沉醉与对属神事物②的沉醉，还探究了对高尚事物的着魔和沉醉的那些类型，这些类型与属神事物相联系。③而且他让人明白了，不可能达到哲学、政治家技艺（statesmanship）以及完美性，除非[15：15]追求这些东西的那个人的灵魂沉醉于它们，沉醉于他④追求的这个目的；不论哲人还是政治家都不可能做他用以追求那种高尚目的的那种行事，除非那样一种沉醉持续存在于他身上。

---

① ［编译注］自此以下，作者视前述数种痴狂状态为一体，故数次合言而使用单数谓语。

② ［施特劳斯注］本段用了四次"属神事物"一词（14：16，15：6，15：12，15：13），只有这里这次与柏拉图本人的观点相联系，而其他三次均与其他某些人的意见相联系。我以为这次所谓属神事物等同于关于诸存在者的知识和正确生活方式（页391）。

③ ［施特劳斯注］从本段开头一直到这里，是本文第一次讨论"属神事物"，第二次讨论是17：7 – 19：13。请注意第一次讨论避免了使用"他让人明白了"和"他变得明白了"，却非常频繁地出现"他提到"（页392注98）。

④ ［英译注］从抄件A，将第15行的 $taltamisuh\bar{a}^2$ 读作 $yaltamisuh\bar{a}$。

§26 然后,他探究了以哲学为目标的这种人[16]在其探究中应该使用的那些方法。他提到,它们就是划分(division)的方法和综合(bringing together)的方法。①

§27 然后,他探究了教导的方法:如何靠两种方法从事教导,即修辞的方法和他称为辩证术的另一种方法;如何能够把这两种方法都用于交谈和言说,以及都用于写作。

§28 然后,他探究了交谈的价值和[16:5]写作的价值;在什么程度上,通过写作来教导,与交谈相比存在缺陷;写作所达到的是什么;在什么程度上,交谈在[写作所达到的]那个方面有所不及,以及何以更高明的教导方法是交谈,而写作的方法却更低劣。②他让人明白了,要想变成哲人,一个人应该知道什么样的一些东西。

所有这些可以在他名为《斐德若》(*Phaedrus*,这个语词在阿拉伯语中意即"发光的"[shining]或[16:10]"照亮的"③)的书中找到。

六

§29【六】【§23】既然他已变得明白了,这种技艺不属于广为接受的那些技艺,而那种真正是一种高尚生活方式的生活方式,在

---

① [英译注]柏拉图,《斐德若》,265d,266b;参阿尔法拉比,《柏拉图和亚里士多德意见的和谐化》,2:12以下,8:20以下([编译注]这里用冒号隔开的两个数字分别是阿拉伯文页码和行码,下同)。

② [英译注]阿尔法拉比,《柏拉图和亚里士多德意见的和谐化》,5:22-6:5。

③ [编译注]illuminating,亦指启蒙的。

诸民族和城邦中也得不到广泛接受；而且不论完美哲人还是完美王者，都无法把他的诸举措①施行于他所处时代存在的那些民族和城邦，而那位探索［完美哲人和完美王者］②这两者以及那种高尚生活方式的沉醉者，［16：15］也无法在如此城邦和民族中学习或探究这两者——于是，他开始探究，当这两者变得太难找到时，一个人是否应该安于他在其祖先或其城邦公民那里找到的那些意见，③以及是否应该安于［17］他在其城邦或民族的公民那里找到的那些生活方式。他让人明白了，一个人不应该安于这些东西，倘若他尚未探究这些东西，亦未寻求达到那些是真的高尚的高尚事物，④不管后者与他的城邦公民的那些意见和那些生活方式相同还是相反；而且他应该在这些意见中寻求真理，并在这些生活方式中寻求那种真的高尚的高尚生活方式。［17：5］这可在他名为《克力同》（Crito）的书中找到，此书又叫作《苏格拉底的申辩》（Apology of Socrates）。⑤

§30【§24】然后，他在其另一本书中探究了，人应不应该通过无知、一种低贱的生活方式以及一些恶行来偏爱（prefer）安全与生命；⑥［17：10］人践行这样一种生活方式时的存在与生命，是否有别于他并不作为一个人，而是作为野兽，以及作为比野兽还糟的东西时的存在与生命；人之死亡和不存在，以及他虽存在但无知且

---

① ［编译注］acts。拉丁译文作 muneribus［应该采取的行动，义务］。
② ［编译注］英译者用方括号补充的是"哲人完美性和王者完美性"，愚以为未必。
③ ［英译注］将第 17－18 行的 aw 'alā … madīnah 置入括号。
④ ［英译注］第 2 行中读作 allaiī ⟨hiy 'alā al-ḥaqīqah fāḍilah⟩。
⑤ ［编译注］此非今本《苏格拉底的申辩》，后者为下一段的《苏格拉底对雅典人的抗辩》。［英译注］参校勘本，页 23－24。
⑥ ［编译注］下面连续有五个与这里的疑问从句并列的疑问从句。为方便汉语读者，已将英译者所用的解释这六个从句之间关系的标点符号通改为分号。

践行这种低贱生活方式，这一切是否有别于他作为野兽以及比野兽还糟的东西时的存在；践行野兽的生活方式和比野兽的生活方式更糟的生活方式，与去死比起来，哪一种值得偏爱；[17:15] 倘若人绝望于在余生按那种高尚生活方式和哲学来存在，而且他知道，一直到他的末日，他的存在都将有赖于践行野兽的生活方式，或他由之变得比野兽更糟的生活方式，那么他是应该践行并偏爱这样一种存在，还是应该视死亡为值得偏爱者；再者，倘若他需要拥有节制或勇气或 [17:20] 其他任何德性，而这种德性或这种节制或这种勇气，并不是真正的德性或节制或勇气，而只是被信以为如此，那么人是应该偏爱生命，还是应该偏爱 [18] 死亡。他在其两本书中探究了这些，第一本是《苏格拉底对雅典人的抗辩》(*Protest of Socrates Against the Athenians*)，① 第二本是他名为《斐多》(*Phaedo*)② 的书。

他让人明白了，③ 一个人应该偏爱死亡而非那样一种生活，而且那样一种生活只会将他引向两种状态中的一种，[18:5] 即要么仅仅做些兽行 (bestial activities)，要么做些比兽行更糟的行事。因为 [看到] 一个人拥有最完美的兽性，并做着这方面最完美的那些行事，无异于假设他已死去，并转世 (transformed) 成为野兽，具有其外形。因此，一个行事如鱼的人，④ 无异于一条具有人形⑤的鱼：

---

① ［英译注］同上，页 24–25；参 §30 开头。

② ［英译注］参阿尔法拉比，《柏拉图和亚里士多德意见的和谐化》，20–22，作者在那里提到灵魂不朽问题。

③ ［英译注］参 Ibn 'Aqnīn 对 18:3–19:13 的疏解 (paraphrases)。Halkin, A. S., "Ibn 'Aknīn's Commentary on the Song of Songs"，载于 *Alexander Marx Jubilee Volume*, English Section, New York, 1950, 页 423 注 152。

④ ［英译注］参亚里士多德，《动物志》(*Historia Animalium*)，卷二，§13, 505a28 以下。

⑤ ［英译注］从 Ibn 'Aqnīn，将第 9 行的 *khilqatuh* 读作 *khilqatuhā*。

[18:10] 他①唯一的德性就在于，他②具有人形，而且行事如完美的鱼。这也无异于如下情况，即他的外形像鱼，他的行事也像鱼，同时却像人一样很好地谋划（calculating）其种种行动。因为在这整个状况中，除了在一个层面以外，他并不具有人性（humanity），这个层面就是，谋划是人的谋划，而正是靠谋划，那人才得以很好地做那种兽行。他［柏拉图］让人明白了，一个人把那种兽行做得越完美，[18:15] 他便离做人越遥远；假如那些兽行出自某个生命体（animate body），③ [19] 而这个生命体拥有野兽外形的同时，还拥有人关于这些行事的谋划，那么这样一些行事也许无非是那种能够出自野兽的最完美的行事——这个生命体把这些兽行做得越完美、越有效，它便离做人越遥远。④

因此，他发现，任何不进行探究的人的时间和生命，不是属人存在者⑤的时间和生命，而且这人应该 [19:5] 不在意赴死，并⑥偏爱死而非生，正如苏格拉底所为。因为，当他［苏格拉底］知道了，除非通过遵从种种虚假意见并践行一种低贱生活方式，否则他

---

① ［英译注］从 Ibn 'Aqnīn，在第 9 行的 yakūn 后加 fīh。

② ［英译注］从 Ibn 'Aqnīn，将第 10 行的 ann 读作 annah。

③ ［施特劳斯注］本文关于《斐多》和《政制》的讨论中没有出现"灵魂"一词，仅有此处的 animatum［animate］与灵魂相关（页 372 注 38；［编译注］animatum 源于拉丁文 anima［灵魂］，所以"生命体"的本义为"有灵魂的身体"）。

④ ［施特劳斯注］与《斐多》81e-82b 相比，本段将转世学说道德化了；不仅如此，全文都对灵魂不朽保持沉默。请注意 18:6 的措辞："假设"、"死去"（原文即不朽的反义词），并将西塞罗《论义务》卷三 20、82 与本文 18:5-19:3 比较（页 371）。

⑤ ［编译注］human being，亦可汉译为人类。但这位措辞小心的英译者之前一直用 man 表示人类，因此可能此处原文特意突出"存在者"。

⑥ ［英译注］从抄件 F 和 Ibn 'Aqnīn，将第 4 行的 aw 读作 wa-。

就不能活下去时,他便偏爱死而非生。这令人明白了,如果人分有那些民族和城邦的公民或与之相似者[的意见和生活方式],那么他的生活将不是属人存在者的生活;而且如果他应该希望与他们的种种方式相决裂,[19:10]脱离(isolated)他们,并寻求达成完美性,那么他将践行一种穷困的存在方式。他恐怕不可能(very unlikely)① 达成他想要的。因为两种命运中的一种将必然降临到他头上,即要么死去,要么完美性遭到剥夺。

【§25】因此,② 变得明白的是,一个人需要另一个城邦和另一个民族,它们不同于那个时代存在的那些城邦和民族。因此,他不得不探究,什么使那个城邦与众不同。[19:15]他从如下探究开始,即真正的正义是什么,③ 它应该如何存在,以及它应该如何得到运用。当他进行[20]这种探究时,他发现他不得不探究诸城邦中广为接受和运用的那种正义。

§31 当他探究了它[那种正义]并环顾周遭时,他变得明白了,它是完全的不义和极端的邪恶;只要这些城邦继续如其所是,这些严重的恶——它们极端严重——就不会减弱或消失;[20:5]应该建立不同于这些城邦的另一个城邦,在这个城邦及其相似者之中,才会存在真正的正义,以及所有是真的高尚的高尚事物。④ 这将是一个这样的城邦,它将不会缺少任何将其公民引向幸福的东西。这时,如果应该确定,这个城邦将拥有用于达成幸福的所有事物,那么对于其居民来说不可或缺的是,这个城邦中的[20:10]王者

---

① [英译注]从 Ibn 'Aqnīn,将第 10 行的 *wa-ba'īdā* 读作 *wa-yab'ud*。
② [英译注]从 Ibn 'Aqnīn,将第 12 行的 *fabidhālik* 读作 *falidhālik*。
③ [英译注]将第 15 行的 *kayf yakūn* 置入括号。
④ [编译注]参 10:5"高尚的"一词的编译注。

技艺（craft）简直就是哲学，① 哲人们构成这个城邦最重要的②部分，而且那些占据其他等级（ranks）的人臣服于哲人们。

§32 这时，他紧接着提到与这个城邦相对立的（antagonistic）③那些城邦，以及它们中的每一个的生活方式；他还说明了诸高尚城邦中固有（inhere）的那些变化的诸原因，这些变化令这些城邦发生改变，被扭转为相反的诸城邦。因为确实只有在这个城邦中，人才得以达到那种可欲的完美性。

这可在他的《政制》④ 一书中找到。⑤

七

§33【§26】[20：15] 在言辞中把这个城邦打造完美之后，他接下来就在《蒂迈欧》（*Timaeus*）中展示了那些属神的和自然的存

---

① ［编译注］从施特劳斯译作 philosophy *simpliciter*［simply］，他还称拉丁译文 philosophia *ipsa*［哲学本身］不对，因为 philosophy *simpliciter* 并非仅仅包含理论完美性，而 philosophia *ipsa* 仅仅包含理论完美性（页368 注28）。英译作"真正的哲学"，汉译不取。

② ［编译注］汉译从拉丁译文和施特劳斯（页379 注51）作 maximam，而非英译文 highest。maximam 本义为最大的、最伟大的、最强有力的。英译文4：4 亦出现 highest，待考。

③ ［英译注］从抄件 A，将第11 行的 *al-mudāddah* 读作 *al-mu'ādi*‹*ya*›*h*。

④ ［编译注］Republic，源自古罗马人的译法 Respublica［公事、国家］。其对应希腊文 Politeia 本义为政制。汉语学界惯称作《理想国》或《王制》。

⑤ ［英译注］参阿尔法拉比，《柏拉图和亚里士多德意见的和谐化》，32：3-5，作者在那里谈到死而复生和［死后］审判的"故事"（《政制》，卷十）。亦参阿尔法拉比，《获得幸福》，§40，§60。

在者,① 在这番展示中,这些存在者得到理知,并靠那种知识得到知晓;② 什么令那些应该确立于那个城邦中的知识与众不同;在这个城邦中,将如何对每个尚不知晓的东西进行探索和全面探究;此外,将如何产生前赴后继的一些人探究这种知识,并保存从其中发掘出的东西,[20:20] 直到从其中发现一切。③

§34【§27】[21] 然后,他在《礼法》(Laws) 中展示了应该让这个城邦的居民们遵从的那些高尚生活方式。④

§35【§28】然后,他让人明白了,什么使那个结合了种种理论知识和 [21:5] 种种政治和实践知识的人所达到的属人完美性与众不同,以及他在这个城邦中应该居于什么等级。他让人明白了,这个等级就是对这个城邦施行统治的等级。这可以在他名为《克里

---

① [编译注] 英译作 presented... an account... as... ,但刘舒博士指出原文并无 account。[英译注] 参阿尔法拉比,《柏拉图和亚里士多德意见的和谐化》,24-27, 30,作者在那里把《蒂迈欧》和《政制》都归入柏拉图"关于属神事物的"(fī al-rubūbiyyah) 书,并比较了此二书中包含的说法与各种宗派 (sects) 和宗教的立法者们和博学者们"令人吃惊的"说法。亦参阿尔法拉比,《获得幸福》,§40, §60。

② [编译注] 从拉丁译文作 ea scientia intellegerentur et scirentur。英译文作 are perceived by the intellect and known by means of that science (即 knowledge, 参 3:14 编译注)。然而施特劳斯说原文使用"理知"一词,对应希腊文 noein,指用"理智"(nous) 来认知——作者有意回避"理智"一词 (页 372 注 38)。故英译文所谓 are perceived by the intellect 在原文中其实是一个词,拉丁译文作 intellegerentur 十分允当,英译文宜勉强改为 are intelligible (perceived 过于偏向"感觉")。此外,刘舒博士指出,"靠那种知识"似乎仅能修饰同根动词"知晓"。[施特劳斯注]"关于诸存在者的知识"在 7:13 被界定为"关于诸自然存在者的知识",而在本句却被界定为"关于属神的和自然的存在者的知识"(页 390)。

③ [编译注] preserve what is discovered of it, until all of it is found。两个 it 当指那种知识。与现代科学不同,这里并未说用一门知识去发现外界。[英译注] 参阿尔法拉比,《获得幸福》,§55。

④ [英译注] 从抄件 A,将第 1 行的 al-sīrah 读作 al-siyar。

蒂亚》（*Critias*，意即"分离出那些真理"）的书中找到，在此书中柏拉图叙述了，克里蒂亚如何描述，由蒂迈欧生出的（generated）并由苏格拉底抚养（reared）和教育出的那种人应该是什么样——他的意思是在这种人身上［21：10］结合了《蒂迈欧》中的东西和《礼法》中的东西，尤其［蒂迈欧和苏格拉底］二人的知识所需的能力和二人的技艺所需的能力。①

【七】【§29】现在对他来说，仍有待于让这个城邦在行事中实

---

① ［编译注］英译作 the one who combines the capacity for the knowledge and the art of each of the two, which are presented in the *Timaeus* and in the *Laws*，乃意译。据刘舒博士解释，笔者直译作 the one in whom come together what's in the *Timaeus* and what's in the *Laws*, especially the capacity for the knowledge of the two and for the art of the two。原文只出现了一个"能力"，但其后跟了两个介词（英译为 for），它们各自都支配一个名词，故在汉译文中补上第二个介词前面省去的"能力"。如理解成两个介词修饰同一个"能力"，那么作者完全可以只用一个介词。

这个句子的难点在于"知识"和"技艺"指什么。如果从整个句子结构来看，似乎"知识"对应"《蒂迈欧》中的东西"，"技艺"对应"《礼法》中的东西"。但为什么不出现两个"知识"或两个"技艺"，就像本段首句出现两个"知识"？又为什么"知识"和"技艺"都有限定语"二人的"，即"《蒂迈欧》中的蒂迈欧和《礼法》中的苏格拉底（即雅典客人，施特劳斯［页365注24］让我们参看亚里士多德《政治学》1265a11以下）的"，而不是"知识"为蒂迈欧所限定，"技艺"为苏格拉底所限定？恐怕只有把第一个"二人的"理解成"二人中的蒂迈欧的"，把第二个"二人的"理解成"二人中的苏格拉底的"。

然而，施特劳斯在《迫害与写作技艺》（前揭）导言第16页暗示，并非一定得像多数人理解的那样，保留"知识"和"技艺"与《蒂迈欧》和《礼法》的对应关系。他说这句话是在讨论"蒂迈欧的知识和技艺"和"苏格拉底的知识和技艺"。所以"二人的"不能理解成二人中某人的，而应该字面地理解成二人共同的。此外，"二人的"在原文中仅为"二者的"，因而也可以指《蒂迈欧》和《礼法》此二者的（尽管与"知识"和"技艺"搭配起来有些牵强），这样一来，"二者的"几乎一定指二者共同的。不论如何，我们发觉，作者令文意含混，必出于某种意图。

现。他提到，这只有这个城邦的立法者才可以完成。因此，他后来探究了，这位立法者应该是什么样。这可以在他名为《厄庇诺米斯》(*Epinomis*，意即"探究者")的书中找到。

八

§36【§30】[21：15] 做①完这件事，他后来又探究了，诸城邦和诸民族的公民在这种知识中接受教导时，以及他们的品质为那些生活方式所塑造时，应该凭靠的方式和方法，不论这种方法应该是 [22] 苏格拉底所用的那种，还是忒拉绪马库斯（Thrasymachus）② 那种。在此他再次勾勒了苏格拉底的方法，此方法致力于实现他的如下目标，即让他自己 [城邦] 的人民通过认知探究来理解他们身处其中的那种无知。他让人明白了忒拉绪马库斯的方法，并让人知道了，忒拉绪马库斯比苏格拉底更有能力塑造青年的品质 [22：5] 以及教导杂众；苏格拉底仅仅拥有对正义和诸德性进行认知探究的能力，③ 以及爱欲的力量，但并不拥有塑造青年和杂众品质的能力；④ 而哲人、王者和立法者应该有能力兼用这两种方法：对精

---

① [施特劳斯注] 作者并未使用前文经常出现的"他变得明白了"等格式以表现纯粹心智活动，而是用了这个"做"字（比较21：11"在行事中"的原文）。这可能暗示上一段内容与众不同，甚至暗示 20：15 – 21：14 整个文脉与众不同（页379 注53）。

② [编译注] 见柏拉图，《政制》，卷一。

③ [英译注] 参亚里士多德，《形而上学》，卷一，§6，987b1 – 4，卷十三，§4，1078b17 – 21，§10，1086b3 – 5。

④ [英译注] 参亚里士多德，《尼各马可伦理学》，卷六，§13；《大伦理学》，卷一，§1，1183b8 – 18，§9，1187a5 以下，§34，1198a10 – 21。

英①用苏格拉底式（Socratic）方法，对青年和杂众用忒拉绪马库斯的方法。②

§37【§31】在那以后，他探究了，[22：10] 在这个城邦的公民眼中，那些王者、那些哲人以及那些高尚之人应该具有什么阶级地位（orders of rank）；这个城邦的公民应该以什么方式令他们享有荣耀；这些高尚之人和这些王者，应该以什么方式享有高位。③ 这可以在一本名为《墨涅克塞诺斯》（Menexenus）的书中找到。他表示，他的前辈们一直忽略了这一点。

§38【§32】在那以后，他再次提到了[22：15] 生活在他的时代的诸城邦和民族的公民中的杂众。他表示，完美的人、从事探究的人以及高尚的人，处于杂众之中有严重的危险；应该有一个人制定一个方案，让他们[杂众]脱离其生活方式和意见，转向真理，并转向高尚生活方式，或至少与它们更接近一些。在他所作的一些书简中，他解说了，[23] 如何废止那些民族的诸生活方式，以及那些城邦中盛行的那些败坏的礼法，如何让这些城邦和民族脱离这些东西，以及如何改造他们的生活方式。他在这些书简中描述了他自己④关于某种治理（government）模式的看法，这种治理模式应该用于使他们逐渐转向种种高尚生活方式和种种正确的礼法。为了举这方面的例子，他提到了[23：5] 雅典人（他自己[城邦]的人民）

---

① [编译注] the elect，本义为精选出来的贤才，其含义十分含混，正因如此，精英一词才不时成为骂名。

② [英译注] 本小节对应《克利托封》（Cleitophon）? 参校勘本，页27-28。亦参柏拉图《政制》、《斐德若》（对观本文§27），以及亚里士多德《大伦理学》，卷一，§1，1182a15-29 中对苏格拉底式的与柏拉图式的德性观的区分。

③ [编译注] 参3：6 并提"荣耀"与"高位"。

④ [编译注] 对观12：10 "他自己"。

及其种种生活方式。他描述了，如何废止他们那些礼法，以及如何令他们脱离它们。关于令他们得以逐渐发生转向的那种方式，他描述了他的看法；他还描述了，在废止了他们那些生活方式和礼法之后，应该让他们转向的那些意见和那些礼法。

这时便到了柏拉图的哲学终了的地方。

旧文新刊

誦《詩》隨筆

袁金鎧 著
楊謙 校注

讀《國風·周南》

《關雎》，祇生有定耦而不相亂，耦常並遊而不相狎，則摯而有別，可以人不如鳥。夫婦為萬化之原、有別之義，足以冠三百篇，而從違所係治亂恆必由之。《葛覃》，服之無斁，由於親習其勞，甘苦有得之言，天下事無不如此。《卷耳》，憂思輾轉，設為心境，開後世無限法門。《樛木》《螽斯》，美其能逮下，反是則呂雉、獨孤后，而禍中於家國。《桃夭》，化行於女子；《兔罝》，材成於野人；《芣苢》，羣遊於化日光天之下，而不識不知，順帝之則。《漢廣》，章末四語，一字不易，反復詠嘆，其味無窮，有"曲終不見，江上峯青"之妙。①《汝墳》，果"父母之孔邇"，自可淡如燬之災。邑有賢宰官，雖有偏災，而人民得所依歸，心中冷暖自別，亦此意也。《麟［之］趾》，②果有《關雎》之德，自呈麟趾之祥。

讀《召南》

《鵲巢》，以鳩拙杜干政。③《采蘩》，重祀先。《草蟲》懷君子，既若《周南》之《卷耳》，則《卷耳》懷人，非泛指賢才而言可知也。《采蘋》重祀先，追遠重典，民德歸厚。《甘棠》，循良遺愛，千古艷稱，演出後世許多佳話。《行露》，以"室家不足"之故，速獄不苟從，凜然自持，敦尚風義。《羔羊》，崇節儉，今則相習為侈，臧獲之服，逾於在位，人心安得不壞？《殷其雷》，公義私情，截然不紊。《摽有梅》，作求賢讀亦可。《小星》，在嫡室無嫉妒之行，在側室安於義命，則各盡其道矣。《江有汜》，以感化而表其悔悟，德之入人深矣。《野有死麕》，拒人甚嚴，措詞甚婉，風人之旨也。《何彼穠矣》，肅雍則敬且和矣。此"肅雍"二字，即與《思齋》《清廟》《有瞽》"雝"所言，"肅雍"同出一原，其來遠矣。《騶虞》為《鵲巢》之應，中和位育，久道化成。

讀《邶風》

《柏舟》《綠衣》《燕燕》《日月》《終風》五詩，以幽閒貞靜之

---

① 語出唐代詩人錢起省試之作《湘靈鼓瑟》最末兩句："曲終人不見，江上數峯青。"全文註釋，皆為校注者綴加。

② 方括號補足原文，以便閱讀。

③ 鳩拙，即謂鳩鳥，《方言》："蜀謂之拙鳥，不善營巢，取鳥巢居之，雖拙而安处也。"

質發，而為纏綿悱惻之詞。"我思古人"以自處，"逝不古處"以相詰，此等身分，豈堪與俗子為偶？莊姜、屈靈均之流也。《擊鼓》，軍無鬥心，惟念室家。《凱風》，孝子自責，其心至苦實至仁，今之倡為輕視父母一倫之學說者，真狗彘之不若矣。《雄雉》，忮求為生人大病，能免者少，苟能免之，雖處亂世可也。《匏有苦葉》，"招招"四語，出處不苟，別有快擇，豈冒冒然輕於一擲耶？《谷風》，可與《氓》參看，此婦無罪而見棄，其理正，其詞直。彼婦苟合於始，仳離於終，語語有悔恨之意。而以文章論之，均非後世才女所能及矣。《式微》《旄丘》，流離已堪，君子所遭不幸也，《簡兮》末章，美人香草之思，如讀《騷經》傷心，人別有懷抱。《泉水》與《竹竿》二詩相似，《北門》尚有不忍去之意，《北風》則有不能緩去之情，當係地位之不同。讀"其虛其邪"二語，嘆彼蠅鑽恐後者，當別具肺腸。《靜女》，非淫奔詩，《新臺》《二子乘舟》，知有獸行者必有慘不忍言之禍，以此示戒，後世猶有納子婦為貴妃者。

讀《鄘風》

《柏舟》，千古節孝之風，賴此維夫婦一倫於不墜，共姜之功大矣，聖人存詩之意深矣。貞淫之係，治亂攸關。《牆有茨》《君子偕老》《桑中》《鶉之奔奔》諸篇，淫亂之行，浸成風俗，為狄所滅，剝極之理；《定之方中》，剝極而復矣。《蝃蝀》，嚴知命之防，《相鼠》，甚無禮之罪，其理精，其辭正，有道者之言也。《干旄》，好賢。《載馳》，守禮。

讀《衛風》

《淇奧》，美武公之德，工夫氣象，俱寫得出，"如金如錫"，鍛鍊精純，自不待言，"如圭如璧"之溫潤，《注》屬生質言，不若就涵養言之，學問能變化氣質，溫潤則其效之自然流露者也。《考槃》，敘隱居之樂。"弗諼""弗過""弗告"，樂至於弗告，則默默獨，喻"桃花流水杳然去"，"笑而不答心自閒"。①《碩人》為洛神閑情諸賦所本，美人香草之意也。《氓》遇不以正，後悔無及，比匪之傷，可為殷鑒。《竹竿》，守禮。《芄蘭》，無知。《河廣》，義重於親。宋桓本賢君，如此夫人，而有大歸之事，②殊不可解。《伯兮》，"首如飛蓬"數語，開後世無限情至之語。《有狐》，思嫁。《木瓜》，報德。

讀《王風》

《黍離》，從箕子《麥秀歌》化出，③文體不同，則時代為之；《漢廣》末四語，反復詠嘆，周之盛也，此詩末六語，反復嗟嘆，周之衰也。神味均有獨到處。《君子於役》《君子陽陽》，一懷思，一安常。《揚之水》，微弱已極。《中谷有蓷》，仳離自傷。《兔爰》，不以有生為樂，國至此尚得謂之國乎？小人得志之秋，賢人之言則如此。《葛藟》，尚有冀人哀憐之意，而終無所濟。蓋常人之見，至山窮水盡，始知人情之薄，世路之難矣。《采葛》，不似淫奔。《大車》，能明政刑，可謂庸中佼佼。《丘中有麻》，亦不似淫詩。

---

① 語出李白《山中問答》："問余何意栖碧山，笑而不答心自閒。桃花流水杳然去，別有天地非人間。"

② 大歸，《燕燕》孔穎達疏曰："言大歸者，不返之辭。以歸寧者有時而反，此即歸不復來，故謂之大歸也。"

③ 《麥秀歌》："麥秀漸漸兮，禾黍油油，彼狡童兮，不與我好兮。"

《讀鄭風》

《緇衣》《將仲子》《叔於田》《大叔於田》，桓、武兩公善於其職，周人愛之，至於造農適館授粲，使寤生能濟其美，何有射王中肩之事。《將仲子》，有謂指謀段而言，作為與祭仲商量語，其陰險可謂極矣。觀《于田》兩詩，段亦材美可愛，而不善以教之，乃隱蓄殺機，故詩人以"將叔無狃，戒其傷女"二語隱諷之，謂莊公亦虎之吞噬為心者也。《清人》，棄師。《羔裘》，美直。《遵大路》，亦非淫詩。《女曰雞鳴》，婦人易於鄙吝，乃肯犧牲雜佩，以致親賢友善之誠，可謂賢矣。《有女同車》，以鄭人而與齊女淫奔，不合情事。《山有扶蘇》《蘀兮》《狡童》《褰裳》《丰》《東門之墠》，均不似淫詩，若其詩氣則近於靡靡，故曰"鄭聲淫"也。《風雨》，當危亂之時，思匡濟之才，深情若揭，呼之欲出。《子衿》，傷學校之廢弛。《揚之水》，約兄弟之維持。《出其東門》，人濁我清，豈能盡隨流俗？《野有蔓草》，好賢之作。《溱洧》，秉簡贈芍，舉國若狂，與衛之《桑中》，①如出一轍，真亡國之音也。末八句夷猶蕩漾，恬不為非，如覩嬉戲光景。

讀《齊風》

《雞鳴》，勵勤政。《還》，相稱譽，俗謂山左人士喜夸詐，殆指此等處而言也。習俗相沿，迄今未改，齊變至魯，其階級如此。

---

① 雖風衛地，但實為《鄘風》。下章《讀〈秦風〉》之"衛之《北風》"，則為邶風，同例。

《著》始廢禮，《東方之日》，亦非淫詩。《東方未明》，活畫出興居無節、號令不時形狀，其原因只在於不學。《南山》《敝笱》《載驅》《猗嗟》四詩，齊襄之淫亂、文姜之無恥、魯桓之昏庸、魯莊之懦弱，均躍然紙上，其究竟襄、桓皆不保其身命，莊亦昧修齊之義，禍貽於閔公，可為殷鑒。此與《邶》存《新臺》《二子乘舟》，《鄘》存《牆有茨》《君子偕老》《鶉之奔奔》，《陳》存《月出》《株林》諸詩，同一垂戒萬世之意。女色禍人家國，毒如洪水猛獸，蓋至倫常紊亂之後，已無復人理，即受若何慘禍，誰曰不宜。《甫田》，明循序漸進之理，生平極持此論，而人每以為迂，豈知愈急愈緩，到頭終不便宜，及其悔悟，味已索然。《盧令》，每章二語，可謂簡當，此詩之最小章法也。

讀《魏風》

《葛屨》《汾沮洳》，儉不中禮，其細已甚。《園有桃》，末六語同當局自以為是，旁觀附合之，亦均謂其是，而有心人乃獨見其大不是，大家胡混病在不思。《陟岵》，興思。《十畝之間》，招隱之辭，疏散自得，與《北風》之詩口吻不同。《伐檀》，以不素餐為主旨。《碩鼠》，罵盡貪吏。

讀《唐風》

《蟋蟀》《山有樞》，憂深思遠。《揚之水》《椒聊》，微言婉諷。《綢繆》，夫婦相逢。《杕杜》，兄弟相助。《羔裘》，思其大夫。《鴇羽》，傷其父母。《無衣》，則君臣之道亡。《有杕之杜》，則逆取而思順守，惟得人可以強國。《葛生》，寡婦之詩也，故無盼其夫歸之意。曰"蘞蔓於域",指其夫葬地而言;曰"角枕錦衾",則獨宿空房淚如雨矣;"歸於其室",即死則同穴之意。《采苓》,讒言之人,聽讒者有以招之。

讀《秦風》

《車鄰》《駟鐵》,如新發戶有一團高興氣象。《小戎》,文辭奧衍沉雄,為《風》詩中所僅見之作。當時有擯秦於戎狄者,即此文字,已高於鄭、衛諸國遠甚,眼光何其陋也。《蒹葭》,讀其首章,一片秋聲,浮於紙上,神韻高邈,寄慨無窮,每一披吟,意興俱遠,當其時必有高人賢士隱處水濱,令人可望而不可即,而詩人以高超之筆,寫縹緲之思,往復低徊,詠嘆欲絕,乃成此特色文字。然確係秦聲矣。《終南》,抒忠愛之忱,其流弊乃至於《黃鳥》之事,臨穴惴慄,慘不可言,專制之毒,至於此極。《晨風》,以思婦懷人之語,而不作靡靡之音,風氣使然。《無衣》,敵王所愾,袍澤同心,有此人民,而平王舍之而去,竟以東遷,甘即於弱。讀"王於興師"之語,在詩人曷勝痛惜企望之意。《渭陽》,為甥舅送別故事。《權輿》,慢賢;極其末流,乃至焚書坑儒,終至亡其社稷,為萬世所詬病,故不禁讚歎於秋水伊人之超然獨遠也。"無道則隱","危邦不入,亂邦不居",天地閉,賢人隱,養晦韜光,當然道理。觀於聖人存詩,如衛之《北風》《考槃》,《魏》之《十畝之間》,《秦》之《蒹葭》,《陳》之《衡門》,皆崇高蹈之風示人以趨向之,正聖人之意微矣。學者可決所從事矣。

讀《陳風》

《宛邱》《東門之枌》,此等風氣,以視《唐風》首載《蟋蟀》

《山有樞》，其勤惰邪正為何如。且較之《魏風》之《葛屨》《汾沮洳》，其規模雖小，猶有小家子要過好日子之意，豈若此荒嬉淫樂，置國事家事於不問耶？《衡門》，高蹈，怡然自足。國風之詩，每於世人皆醉之時忽為喚醒之語，《邶》載《簡兮》《北門》，《鄘》載《相鼠》，《衛》載《考槃》，《王》載《君子陽陽》，《鄭》載《出其東門》，《魏》載《十畝之間》《伐檀》，以見世雖濁亂，未嘗無賢人君子隱伏其中，以存天理，民彝之本，此剝、復兩卦之義也。《東門之池》《東門之楊》，男女之詩。《墓門》，故為危悚之詞，取譬於衰颯不詳之境。惡其不良，謂必有慘禍隨之，而仍有望其改悔之意，則詩人之忠厚也。《防有鵲巢》，不似淫詩。《月出》，每章上二語，指陳靈與夏姬淫樂歡暢之境，末二語"舒"即夏徵舒。① "窈糾""懮受""夭紹"，則鬱憤填胸，隱寄奸殺之意。其禍已懸於眉睫，而淫昏者猶在夢中也。《株林》，明明從夏南之母，而曰"從夏南"，在詩人固不忍斥言其事，而夏南聞之，則椎心泣血，憤不欲生矣。吾謂舒雖以弒君誅，然對其父則不愧為孝子，而漢子氣勃勃千載，非凡品也。《澤陂》，確係美人香草之意，不當以淫詩讀之。

讀《檜風》

《羔裘》，世有好潔其衣服，而不知自強者，檜君之類也。不寧惟是，凡局面闊綽，入不抵出，當其揮霍之時，早卜其必有困窮之日。此其人者，皆檜君也，吾見亦夥矣。《素冠》，於禮教廢弛之餘，而能行三年之喪，難能而可貴，著禮之本也。此與《齊風·著》詩，

---

① 夏徵舒，即夏姬之子。

載始不親迎，以著禮之亡，同一維持禮教之心，範圍後世之意。《莨楚》，亂世以無知為最難得，渾渾噩噩，醉生夢死，無所痛苦，以無知而忘時事之艱。其以聰明材力自負，而乘時以濟其欲，爭權攘利，興高采烈者，看似極有知，實則極無知也，成不足觀，敗不足惜，所謂悲憫之懷時局之感冥然無所動於中，此其人，去醉生夢死者無幾，而反不如其渾噩。有知者則不然，蒿目傷心，杞憂在抱，諺云"寧作太平犬，不作亂世民"，諒哉是言。而人生之大患，惟在家室，家指一家而言，顧全大局，籌度衣食，合之則難周，析之則不忍，內憂外患，種種困難。室指妻子而言，天屬固結，難於割捨，瞻前顧後，不勝憂慮，於是以家室之故，而益羨無知之難能而可貴。特渾噩者之無知，不足道矣。競躁者之無知，亦可憐矣。惟《莨楚》之無知，純乎天機，實足生人欣羨耳，此詩人之無語病處也。辛亥冬某日，與趙次山制軍閒話，① 為講此詩，公甚竦異。《匪風》，當危亂之世，迴想太平景象，如在天上，令人景仰。緬西歸而懷好音，此仍有知之為患，真遜於莨楚遠矣。可為愴然。

讀《曹風》

《蜉蝣》，"衣裳楚楚"，有自鳴得意之致，而自識者觀之，直"蜉蝣之羽"耳，說得輕渺可憐，此與《檜風‧羔裘》相似，淺入無可表異之處，惟著意服飾之末與趨蹌之節，以為我固儼然人上者，三言"心之憂"矣，與《羔裘》"勞心忉忉""我心憂傷""中心是悼"，同一哀憫。以曹檜小國之君，不能效羔羊五絲之節儉，不亡何待？《候人》，曹不過今之一大縣，而豢養三百赤芾，民何以堪？婉

---

① 趙次山，即趙爾巽，時與袁金鎧交篤，袁自認為門生。

變之季女，惟有甘貧賤以自守耳。《鳲鳩》，美其儀之不忒，可以正是四國。此詩有兩層意，"十室之邑必有忠信"，安見蕞爾之國，無淑人君子其人，其如不用何。斧柯得假，則正國人、正四國，萬年不朽之盛業矣。此指其人而言之也。一則目睹無儀之人，儼然人上，不足副具瞻之望，於是抗心希古，特懸一的以為憑空之想象，而寫其羹牆如見之誠，彌有味乎其言之也。《下泉》，"苞稂"之屬，本極微末，蕭索之氣，亦自可憐，此即"陰雨膏之"，豈遂可資以飽？而洌泉下浸，其涼澈骨，更毫無暖意，可賴以發生，念周京而不見，思郇伯之撫循，不有霸者，小國何依？論者謂《匪風》慨天下之無王，《下泉》傷天下之無霸，亂極思治，同一想望承平，乃遲遲數百年，至漢文時代，始與民休息，自來亂日多、治日少，哀哀小民，真堪憫惻也。

讀《豳風》

《七月》，此雅音也，就《豳風》而言，以屬於豳地，故列之於風。寫天時，明人事，極動植之性情，抒愛敬之禮義。《鴟鴞》，通體純託鳥言以為比，在三百篇中自成一格。《東山》，得說以使民之義。《破斧》，雖從軍之士，亦曉然於大義滅親之理，著此所以明周公之心，教萬世以君臣之道也。而後世如陳賈之輩，[①] 尚妄肆批評，其程度直遜於當時從軍之士遠矣，賢不肖之差若此。《伐柯》《九罭》，聖人過化存神，生人愛敬如此。《狼跋》，聖人變不失常，蓋忘乎己而與造化遊矣。人惟有己之見存，則躊躇顧慮，既無處變之方，遂無反正之日，而步步以荊棘自縛，不能開徑獨行，人雖諒之，

---

① 參《孟子·公孫丑上》。

究不免為常人矣。果能超然物外而己不與，則無論世路如何危險，人情如何狡詐，一以大公無我待之，則至誠動物天人皆歸，事雖變而不害其正，自收中和位育之效。《國風》以此詩終，以聖人處變之道示人，欲身負天下之重者，知所法也，能如是，則宇宙時時有聖人，厄運其可挽乎。

讀《小雅·鹿鳴之什》

《鹿鳴》，"人之好我，示我周行"，天下惟以大道告我者，乃真好我。昧昧者不知，則以為瞧不起，嗚呼！日以恭維之辭聒於耳，是齊臣何足與言仁義之故智？此乃真所謂瞧不起。然聖王則冀幸於示我者之殷勤，而常人則於示我者輒推而遠之。漢廷一汲長孺尚不能容，漢武所以與秦皇並稱，而遜於堯舜禹湯之若霄壤也。《四牡》，以勞使臣之來，而教忠必本於教孝，故以"不遑將父""不遑將母"代達其情，不俟其自言也。《皇皇者華》，以遣使臣之往，而代寫其每懷靡及之意，諏謀度詢，必咨於周，古之所望於使臣者如此，其使臣所以自處，亦應如此。惡有龐然自大，惟其言而莫予違之惡習哉？宋太祖謂宰相須用讀書人，使者讀《皇華》而昧其義，仍謂之不讀書，若並不知有《皇華》之詩，其謂之何？《常棣》，兄弟天屬，與以人合者關係不同，而用夷變夏者，則倡為各不相關之議。此自棄於聖賢禮教者也，已不以人自待矣。《伐木》，讌飲所以聯感情，此非所謂無意識之應酬。《天保》，民之質矣，日用飲食，若擾之而使不安其生，則民怨，民怨則天怒，都成此詩之反比例矣。《采薇》，范氏謂"以人道使人"，斯言盡之。"昔我往矣，楊柳依依，今我來思，雨雪霏霏"四語，寫情寫景，栩栩欲活，其用"依依"

二字，陶詩"翼彼新苗"之"翼"字，① 即此類用字之意也。《出車》，"昔我往矣"四語，由《采薇》"昔我往矣"四語脫胎，"喓喓草蟲"六語，則直借用《召南·草蟲》首章數語矣。《杕杜》，首章末三句都用"止"字，第二章第四章亦然，此與《鄭風·叔於田》第二三章末四句用"忌"字聲調相同。

讀《白華之什》

《白華》《華黍》《魚麗》，曰"旨且多"，曰"多且旨"，曰"物其多矣，維其嘉矣"，我國燕會，肴品最多，生人厭煩，相習而不能改，亦有自來矣。《南有嘉魚》《崇丘》《南山有臺》，曰"德音不已"，曰"德音是茂"，惟其有德，則邦家之基，邦家之光也。詩人頌禱，每曰"萬壽"，與今人燕會呼萬歲同意，乃以不朽之義望人，所謂萬年長壽，與天地同不朽也。若呆看則成為笑話矣。《由儀》《蓼蕭》，望"其德之不爽"，望其"宜兄宜弟"，頌不忘規，豈惟臣於君然，君於臣亦然。《湛露》，曰"莫不令德"，曰"莫不令儀"，雖云"厭厭夜飲"，豈同後世君臣嬉戲，荒淫無度之娛樂哉？

讀《彤弓之什》

《彤弓》，必其有功而後賞，則"中心貺""中心喜""中心好"，豈有互相猜疑之禍耶？《菁莪》，以"見君子"而"錫我百朋"，是知惟善以為寶者。《六月》，吉甫係有功而歸之人，其座上乃有孝友

---

① 陶淵明《時運》詩："有風自南，翼彼新苗。"

之張仲，如此功臣，何至驕蹇。《采芑》，有"征伐玁狁"之勳，遂收"蠻荊來威"之效，兵貴先聲如此。《車攻》，"蕭蕭馬鳴，悠悠旆旌"，寫整暇氣象如畫。杜子美化為"馬鳴風蕭蕭"之句，① 則變為蒼涼悲壯之音矣。《吉日》，以蒐狩講武事，所以避文弱也。《鴻雁》，勞來安集，專屬望於在上者，不代為謀，則終於"哀鳴嗷嗷"矣。痛癢不相關，雖劬勞其誰憫之。《庭燎》，與《齊風·雞鳴》相似，而氣象則迥不相侔，故為雅音。《沔水》，讒言之興，由於不敬反躬自責之理，顛撲不破，勿徒怪訛言之藉藉也。《鶴鳴》，攻錯而後玉成，不經憂患，則動忍無自而生，故一味享平安之福者，其成就亦必不大。

讀《祁父之什》

《祁父》，義以使民，民忘其死。至使軍士出怨言，有兵者危矣。《白駒》，賢者決於去，必見幾而作，此邦之人，不可與處也。當局者不知所以致此之由，既無縶維之誠，則賢者金玉爾音，勢將有所不免也。詩人曲寫纏綿悱惻之意，反覆說來，其意不盡，故曰思賢詠白駒，② 而陳秋舫詩之"馬如人可愛，心與口同追"，③ 尤能道盡此詩真髓。吾於此篇，不禁低徊久之。《黃鳥》、《我行其野》兩詩，均傷薄俗。《斯干》，建築新居，詠歌頌禱，純是雅音。《無羊》，如

---

① 杜甫《後出塞五首》（其二）："落日照大旗，馬鳴風蕭蕭。"
② 曹摅《思友人詩》："感時歌《蟋蟀》，思賢詠《白駒》。"
③ 陳沆（1785—1826），清代文學家、書法家、詩人。原名學濂，字太初，號秋舫，湖北蘄水（今浠水）人。清陸以湉《冷廬雜識》卷六載："蘄水陳秋舫殿撰沆，工詩。時楚有寇氛，作詩貽友人云：'桃花破屋開殘雪，燕子空墳語夕陽。'時皆傳誦。"

一幅牧羊圖，形容盡致。《節南山》，責尹氏之不平，世界盛時，謂之太平，不平所以致亂也。“瑣瑣姻亞”，足以敗事，亦殊不雅觀，在位者不能遠嫌，以瑣瑣置膴任，故詩人及之。蜩螗沸羹，[1] 無一塊乾淨土，故“瞻四方”而“靡所騁”，相矛之後，忽如相醻，然則相醻之後，又逞相矛之凶，亦不足怪。亂世無親疏、無是非，惟勢利所在，隨時為變遷，反反復復，不足論也。《正月》，赫赫宗周，褒姒滅之，女戎之禍如此，後世以一女子禍一國、禍一家者，何可勝數？可怕人也。《十月之交》，羣小用事，嬖妾煽惑，釀成變亂，山崩川竭，景象如此，不亡何待？《雨無正》，告之以敬身，申之以畏天，此賢人君子知道之言、憂時之論。

讀《小旻之什》

《小旻》，“先民是程”“大猶是經”，此堯舜湯禹之盛軌，《詩》《書》《易》《禮》之微言，敬天法祖，學有本原，天不變道亦不變者。“發言盈庭”“築室”“道謀”，至其究竟，必違臧而依不臧者，其能免於淪敗乎？詩人所為凜冰淵之懼也。《小宛》，此兄弟之詩，可與《常棣》參看，《常棣》，從變故之後，言兄弟關係之深。此詩當衰亂之時，望兄弟以敬和之道，惟“各敬爾儀”。庶善以待己，惟“溫溫恭人”，庶善以應世，兼以教子相勗，則無忝於所生矣，一親之，一戒之也。《小弁》，呼天號泣，觸景生悲，有憂傷而無憤激，誠為仁孝之言，平王豈遂不能作此，而謂其傅為之。宋高雖不能復仇，其詞翰文學，何嘗不美？曾平王尚不及宋高耶？勿以東遷衰弱，遂並此詩而亦疑之，能為此詩，與能使國家衰弱無關也。《巧言》，

---

① 《大雅·蕩》：“如蜩如螗，如沸如羹。”

惡讒夫，而以"躍躍毚兔"比之，惡巧言而以"顏厚"嗤之。語其勢力，而以"無拳無勇""既微且尰"醜之。小人之行爲，本爲君子所不屑道，爲信讒者自開門而揖盜，則禍亂成於不覺矣。《何人斯》，惟其"不畏於天"，是以"不愧於人"。君子有畏天之學問，故畏大人畏聖人之言，小人反是，不知天命而不畏，狎大人侮聖人之言，至於譖及良朋，此亦常事。① 蘇公宛轉低徊，猶有望之之意，豈知"鬼蜮"之伎倆，其心爲孔艱矣。此等"好歌"，祇供後世有心人之研究，豈能收小人回心之效哉！《巷伯》，"哆兮侈兮，成是南箕"，乃醜詆之詞，如今日所嗤爲大舌頭是也。"緝緝"，其詞有條理；"翩翩"，如鳥羽之往來；"捷捷"，輕便，儇利說得甚妙；"幡幡"，反覆靡常，如紬巾之招展。形容譖言之情狀，惟妙惟肖。至於"投畀豺虎""投畀有北""投畀有昊"，則惡惡之嚴，古今無兩。以寺人而作此詩，未必有此文學，以遭讒可被宮刑，馬遷之說，固當可信耳。《谷風》，可與共患難，不可與共安樂。此詩道盡涼薄忌克之心性，范少伯見幾而作，高風昭千古矣。② 《蓼莪》，"昊天罔極"之恩，此詩說得透澈。《大東》，"周道如砥"，可不作道路解。既是道路，豈有君子履而小人視之理耶？賦役不均，羣小得志，六七八三章，設想奇警。《四月》，亦如《兔爰》諸詩，而音則小雅之流。

讀《北山之什》

《北山》，末三章連用十二個或字，文成法立，異樣新鮮。《無

---

① 《倫語・季氏》："子曰：'君子有三畏：畏天命、畏大人、畏聖人之言。小人不知天命而不畏也，狎大人，侮聖人之言。'"

② 范少伯，範蠡也。此處"見幾而作"，或謂其功成身退。

將大車》，其詩似風。《小明》，"正直是與"，則"式穀"，"好是正直"，則介福，而皆歸於"神之聽之"。古人畏天敬神，其學問煞見本原。《鼓鍾》，玩"憂心且傷""且悲""且妯"之義，觸境傷心，決非好景象，王氏之說為可信矣。《楚茨》，第二三章一句一韻，惟末二語用一韻，此亦如後世七古每句一韻之作法。曾湘鄉謂"作文以聲調為本"，看此何等鏗鏘。①《信南山》，"〔惟〕禹甸〔之〕"，不忘最遠之功績，"同雲雨雪"，為瑞雪兆豐年詩之所自出。菹瓜，不遺祭物以求備為宜也。《甫田》，以黍稷稻粱為農夫之慶，而欲以介福報之。"禹甸"不忘最遠，農夫不忘最近。《大田》，害苗者畀之炎火，所以佐神道之所不及，何嘗以縱容螟螣蟊賊為長厚也。雨公及私，公私之際判然。"寡婦之利"，則以有餘補不足，天之道也。《瞻彼洛矣》，"保其家室""保其家邦"，保之云者，祝禱之辭，即警戒之意。《裳裳者華》，"惟其有之，是以似之"，才全德備，左宜右有，不臻此詣，則所謂"心寫"者亦偽詞耳。

讀《桑扈之什》

《桑扈》，以天子燕諸侯。而曰"彼交匪敖，萬福來求"，蓋挾有功之意，以敖其君，在道德固萬無此理，而在事實，則不學無術之人亦在所不免預言及此，以防其漸，後世猶有恃功而驕橫者。《鴛鴦》，"戢左翼"以相依，則自舒其右翼以防患，禽鳥有知，猶時時不敢以自逸，況有天下者乎？《頍弁》，常人多諱言死，知道者則不然，視集霰而知雨雪，視老至而知死徵，當燕樂之際，而曰"死喪無日，無幾相見"，達哉。斯言此所以為君子之胸懷，而非常人之樂

---

① 語見《曾國藩家訓》，寫作之道有八，其六曰"作文以聲調為本"。

生怕死，區區形骸之見，膠執而不化也。《車舝》，"德音來括""令德來教""高山之仰，景行之行"，雖樂新昏之詩，純是好德之意，此昔賢之盛軌，人道之極，則可以為盛世法矣。《青蠅》，詩似風體，以對王而言，且必在周室東遷以前，故列於小雅，至以讒言比於青蠅，厭惡已極，而當局者尚以博得權利，沾沾自喜，亦儼然自居於大人先生之列，抑何可笑。《賓之初筵》，一二章，秩秩有序，敘飲、敘射、敘祭，皆極其禮儀之盛。三四五章，詳寫醉態，如話如畫，醉者之行為，與孩㹠無異，故"俾出童羖"之語，亦以嚇小孩者嚇之，說來有趣。《魚藻》曰"豈樂飲酒""飲酒樂豈"，則必非荒誕無度可知。"有那其居"，以安居頌之，如國家無磐石之安，對於此言，將奈之何？《采菽》，"彼交匪紓，天子所予"，"樂只君子，天子命之"，"〔天子〕葵之"，以其能殿天子之邦，故福祿中之，萬福攸同。"福祿膍之"，天子當陽，諸侯用命，大權操之朝廷，無疆臣跋扈之患，盛時之景象如此。《角弓》，以涼薄之行為，而曰"爾〔之〕教〔矣〕，民〔胥〕傚〔矣〕"，措詞亦冷，"〔老〕馬反為駒，不顧其後"，則惟有張脈憤興而已。歇後鄭五為宰相，時事可知，然鄭五猶不失為自知之士也。①《菀柳》，人至使人不敢親近，匹夫猶不能自保，況有天下者乎。此何嘗有威靈之可言，徒見其乖僻耳、怪誕耳。性與人殊，絕物為懷，人皆望望然去之，孰與共天下乎？其亡可翹足待也。

---

① 鄭五，唐人鄭綮，因排行第五，故稱。《唐書·鄭綮傳》載："綮善為詩，多侮劇刺時，故落格調，時號'鄭五歇後體'。初去廬江與郡人別云：'唯有兩行公廨淚，一時灑渡頭風。'滑稽皆此類也……庶政未愜，綮每形於詩什而嘲之。"后委任為宰，"親賓來賀，搔首言曰：'歇後鄭五作宰相，時事可知矣！'"所謂"自知之士"也。

讀《都人士之什》

　　《都人士》篇，令人發兩種感想，一令威化鶴歸來，城廓是而人民非；① 一杜少陵之《秋興》："王侯第宅皆新主，文武衣冠異昔時。"觸景懷人，罨然高望，詩之感謂深矣。《采綠》，"采綠""采藍"，皆就顏色而言，思致何新妍乃爾。《黍苗》，召伯之勞，躬逢其盛，而慶幸之詞，下泉之詩人，慨天下之無伯，故罨然望郇伯之勞。芃芃數語，即由此移用，一實境，一虛境也。《隰桑》，果係德音孔膠之君子，則中心藏之愛之樂之而不忘之，何過之有？《白華》，棄后無憤激之辭，委曲纏綿，較班姬之《怨歌行》尤有身分。申后與宜臼，其母子皆賢，② 幽王以一褒姒之故，而顛倒錯亂，行拂其常，名之幽，稱其實矣。《緜蠻》，此與《鴟鴞》之純為鳥言者不同，首二語乃反言以起興："道之云遠，我勞如何？"安得有人焉？飲食教誨，而後車以載之。《緇衣》出自好賢者之熱誠，故改衣適館授粲，倍致其殷勤，此則當局者之逞想；盼有愛我者飲食教誨車載，以慰其勞苦，此行役之作，無聊之極想也。《瓠葉》，烹瓠葉，燔兔首，薄物亦實事，意為儉之意乎。《漸漸之石》，寫行役之苦，有蒼茫悲涼之氣，魏武之詩似之。《苕之華》，傷周室之衰，至有"知我如此，不如無生"之語，痛哉斯言。《何草不黃》，不獲享室家之

---

① 令威，即丁令威，道家神仙。陶潛《搜神後記》有《丁令威》："丁令威，本遼寧東人，學道於靈虛山。後化鶴歸遼，集城門華表柱。時有少年，舉弓欲射之。鶴乃飛，徘徊空中而言曰：'有鳥有鳥丁令威，去家千年今始歸。城郭如故人民非，何不學仙冢壘壘。'遂高上沖天。"

② 宜臼，即周平王，東周第一代王，西周末代幽王之子。宜臼之母是幽王的王后申后，乃申侯之女。

樂，而曰"何人不矜"，出語殊妙。

讀《周頌·清廟之什》

《清廟》，"肅雍顯相"，與"雍雍在宮"二語同，"對越在天"，與"文王上在"二語同。①《維天之命》，將天與文王說成一個，吾故曰："善於法祖，即關於承天也。"《維清》，仍望以法祖，意然惟清明在躬，乃能有"緝熙"之盛，而"緝熙"二字，又與"於緝熙敬止"相貫通。②《烈文》"無競"二語，抑詩取於此。《天作》，念先烈，勉世守，高挹羣言。《昊天有成命》，"基命宥密"三句，成王一生寫盡。《我將》，"夙夜、畏天"，誠通帝座。《時邁》，懷柔百神及河喬嶽，君天下者當然之感格。若慢神廢祀，鍾虡無聲，吾知神時怨而時恫矣。《執競》，"不顯成康，上帝是皇"，成康刑措，盛軌難追，非若對越上帝，實行德化，道奚由致。《思文》，尊祖尊天，別無他道。《臣工》，戒農官而曰"明詔上帝"，無時敢忘天矣。《噫嘻》，亦戒農官。《振鷺》，"在彼""在此"，均屬寓言，"在彼"指在其國中，"在此"則指助祭而言，陳說似非詩之本意。《豐年》，以末稼收入之多，而謂可以供祭祀，備百禮，則尊祖之義也。《有瞽》純就樂形容，想見和聲鳴盛。《潛》，寫魚，仍以供祭祀。《雝》，敬和幷舉，最為美德。蓋敬而不和，則拘苦與人以難堪，和而不敬，則流蕩不自檢矣。《思齋》，"雝雝"二語，形文德也；《清廟》，"肅雝顯相"，祀文之人，皆沐文德，而肅且雝矣；《有瞽》，以"肅雝"和聲，形容樂

---

① "雍雍在宮"句出《大雅·思齊》，"文王上在"句出《大雅·文王》。
② "於緝熙敬止"句出《大雅·文王》。

章；此篇又以"有來"二語，美助祭者，敬和之義大矣哉。《載見》，末語"緝熙"字，曾於《文王》《維清》兩篇見之。光明為陽德之發現，不有以繼續之，終以曖昧，致敬之篇，學有緝熙於光明，愈說得親切。《有客》，無猜嫌之意，有縶維之誠。後世奪人天下，以滅族為去禍計，而覆轍相循，報復不已。其弊秖在於不讀書，夫果不讀書，何所不致哉？《武》，有文謨乃成武烈，則開先之功大矣。《閔予小子》，成王所以自勉，惟在"夙夜敬止"，能如是，則法祖之道得矣。《訪落》，注重"紹庭"。《敬之》，發明勤求學問，"緝熙［於］光明"，純乎敬天法祖，其所見已不異於周公。《小毖》，恐懼之至。《載芟》，《良耜》，寫重農報，先其辭典貴，故列於頌。《絲衣》，祭而飲酒，威儀整肅。《酌》《桓》《賚》《般》四章，惟其養晦，乃為大介。世之動以武力自矜者，豈能免於不戢自焚之禍乎？以"屢豐年"為"天命之匪解"，反是可思。凡事皆誤於不思，"敷時繹思"，於"繹思"，思之義大矣。河嶽安寧，功成位育。

讀《魯頌》

《駉》《有駜》，皆就馬而贊其盛，尚武之義也。《泮水》，後世考得博士弟子員，曰"采芹"，曰"芹藻聯芳"，未見用"采茆"二字者，此亦文苑一小小問題，可笑。"敬明其德，敬慎威儀"，敬者，文王以來所傳之心法，明者猶是"緝熙"二字之義。"在泮獻馘""獻囚""獻功"，文事兼武備也。《閟宮》，敬天法祖，文治武功，語語均有所本，然近於鋪張矣。

讀《商頌》

　　《那》，"自古在昔，先民有作，溫恭朝夕，執事有恪"四語，名言可佩，此後世詩境萬口交稱之名句，涵蓋一切，百讀不厭。《烈祖》，"鬷假無言，時靡有爭"，此自指祭祀而言，而當時政治休明，紀綱振肅，大家無權利之爭，故郊焉而天神格，廟焉而人鬼饗。《玄鳥》曰"古帝命湯武"，曰"方命厥后"，曰"受命不殆"，曰"受命咸宜"，然則《大雅》諸篇，動則言天言帝言命，其皆有所本歟？《長發》，四方帝，兩言天，與此正同。《殷武》，註謂與《閟宮》之卒章文意略同，未詳何謂。余謂後世文字，每講脫胎，古人何獨不然？《閟宮》詩人，由此脫化，又何疑焉？若舉此類推，則全部《詩經》不可枚舉。

方以智與西學

張永堂

一 前言

明末清初百餘年間（相當於17世紀前後），正是西學輸入中國相當活躍的時期。其主要媒介人物是耶穌會士。他們為了傳教上的方便，特以當時中國所急切需要的科學知識與技術，作為與中國朝野士大夫交往的工具。科學與宗教因而成為當時西學的兩項主要內容。方以智（1611—1671）正生長在這樣一個時代，又一向抱着"坐集千古之智，折中其間"的態度，與西學自然有密切的關係。本文希望透過對方以智所交往的西士、所閱讀的西書、其接受西學的程度與態度及其接受西學的實質與局限等問題的研究，以了解方以智與西學的關係。

二　方以智所交往的西士

方以智9歲便隨其父親方孔炤到福建長溪,從熊明遇問西學,並對熊氏精論非常仰慕。方以智《膝寓信筆》云:

幼隨家君,長溪見熊公,草談此事。①

《物理小識》亦云:

萬曆己未,余在長溪,親炙壇石先生,喜其精論。(《物理小識》卷1,頁1下)

"熊公"即熊明遇,號壇石,崇禎時,官至兵部尚書,此時任福建僉事,與孔方炤相善。熊氏頗精西學,與耶穌會士頗多往來。熊三拔(Sabbathinus de Ursis)的"表度說"有他的序文。他很注意物理時制的研究,著有"格致草",採錄西學甚多,《物理小識》常加引用。方以智的學生游藝(子六)(著《天經或問》,有方以智序)也曾從熊氏問西學。"萬曆己未"即萬曆47年(1619年),方以智9歲,這是他接觸西學的開始。

方以智之真正接觸西方傳教士,是流寓金陵時期(崇禎三至九年)的事。《膝寓信筆》云:

西儒利瑪竇,泛重溟入中國,讀中國之書,最服孔子。其國有六種學,事天主、通曆算、多奇器、智巧過人。著書曰

---

① 轉引自容肇祖《方以智和他的思想》,《嶺南學報》第1卷第1期,1949年。

> "天學初函",余讀之,多所不解。幼隨家君於長溪,見熊公,則草談此事。頃南中有今梁畢公,詣之,問曆算奇器,不肯詳言,問事天,則喜,蓋以"化克"為理學者也。(容肇祖,《方以智和他的思想》)

利瑪竇(Matteo Ricci)來華後,不但學習中國語文,而且遍讀中國書籍,尤其尊敬孔子,因此頗得中國士大夫好感。方以智以"西儒"稱之,可見他對傳教士的尊敬。方以智生於利氏死後一年,自然不及親見利氏,不過自利氏以來,傳教士與中國士大夫譯述的許多宗教書與科學書,卻在崇禎元年(1628年)出版,名曰《天學初函》。方以智雖早在9歲便與熊明遇"草談"西學,但此時(即崇禎三至九年流寓金陵時期)閱讀《天學初函》,① 卻仍有許多不解。因此,乃請教於畢方濟(Franciscus Sambiasi),這是他與西士交往之始。畢方濟,字今梁,與中國士大夫交往甚廣,是明末清初"初來教士中第一奇人,雖利瑪竇、湯若望亦有所不及",② 與明季四公子的冒辟疆、方以智都有交往。③ 但是畢方濟究竟是一位傳教士,事天之學固精,而科學卻非所長。其主要著作《靈與蠡勺》,就是專論靈魂問題的宗教書。方以智向他請教西學,自然會有"問曆算奇器,不肯詳言,問事天,則喜"的感覺了。至於前引文中所謂"六種學",應該是指《西學凡》(錄入《天學初函》第一冊)中所

---

① 坂出詳伸《方以智的思想》("方以智の思想")一文指出:"《天學初函》初刊於崇禎元年,方以智可能只看過以後出版的《天學初函》所收的書中的一部分。"蓋坂出詳伸以為方以智所說讀《天學初函》事是在萬曆四十七年。故有此誤。

② 方豪,《中國天主教史人物傳》,第1冊,頁200。

③ 明季四公子流寓金陵時期,關係甚密。畢方濟既與方以智、冒辟疆有交往,亦可能與陳定生、侯方域有往來。待詳探。

說的六種學（即文、理、醫、法、教、道諸學），而非《名理探》中的六種學（即超形性學、形性之學、審形學、克己、齊家、治世諸學）。①

但是與方以智交往最密切的還是湯若望（Joannes Adam Schall von Bell）。天啓二年（1622年）與金尼閣（Nicolaus Trigault）同來中國，崇禎時與李之藻、徐光啓、龍華民（Nicolaus Longobardi）、鄧玉函（Joannes Terrenz）、羅雅谷（Jacobus Rho）、李天經等共同完成了《崇禎曆書》137卷，又著有《渾天儀說》、《遠鏡說》等科學書，是明末清初以介紹西洋科學著稱於世的教士，因此愛好科學的中國士大夫，頗多與之交往者。他曾經親自告訴方以智有關"磟水"的科學知識。《物理小識》云：

> 有磟水者，剪銀塊投之，則旋而為水，傾之盂中，隨形而定，復取磟水歸瓶，其取磟水法，以瑠璃窰燒一長管，以鍊砂取其氣。道未公為余言之。（《物理小識》卷7，頁10上）

"道未公"即湯若望（取孟子"望道而未之見"之意，時人常誤作"道味"）。由此亦可見他們兩人一定時常討論科學問題。

湯若望與方以智次子方中通也有密切往來。中通有《與西洋湯道味先生論曆法》詩云：

> 千年逢午會，百年盡文明〔依邵子元會運世推算，正逢午會，萬法當明〕。漢法推平子，唐僧重一行〔先生崇禎時已入中國，所刊曆法，故名《崇禎曆書》，與家君交最善，家君亦精天

---

① 侯外廬，《方以智——中國的百科全書派大哲學家》（上篇），對此一問題，沒有提出解答；坂出詳伸《方以智的思想》亦然。

學，出世後，絕口不變]。有書何異域，好學總同情。因感先生意，中懷日夕傾［予所得穆先生火星法最捷，故相質論］。①

方中通根據邵雍之元會運世說推算，認為他所生長的時代正逢午會，應該是"萬法當明"之時，可見他對當時西學輸入中國所抱持的樂觀態度。漢代張平子、唐代僧一行同為中國曆法史上泰斗，方中通把湯若望與他們等同視之，可見他對湯若望曆法成就的推崇備至。"有書何異域，好學總同情"表明方中通站在文化主義的態度，對當時傳教士根本沒有夷夏之分。"因感先生意，中懷日夕傾"更足見他與湯若望交情之深。《崇禎曆書》入清以後改名《西洋新法算書》，簡稱《新法算書》。方中通詩注云"故名《崇禎曆書》"，足見此詩作於入清以後。《崇禎曆書》雖刊行於崇禎年間，但湯若望卻早在天啟時已入中國。詩注又云"與家君交最善"，亦是方以智與湯若望有密切交往的明證。

方中通與穆尼閣（Joan Nicolaus Smogolenski）亦有密切往來。前引詩最後一注所稱"穆先生"即指穆尼閣。穆尼閣字如德，明崇禎十六年（1641年）或清順治三年（1646年）來華，傳教江南八年至十年（1651—1653年）在南京。方中通與薛鳳祚、湯聖弘等都往問西洋數學與天文學。② 方中通也常引穆氏之說以注《物理小識》。如卷二"地游地動也"條，注云："穆先生亦有地游之說。"（《物理小識》，卷2，頁27上）卷九"堅木入水不朽"條，注云：

> 穆公云："索露有樹生脂膏，極香烈，名拔爾撒摩，傅諸傷損，一日夕肌肉復合，塗豆不瘢，以塗屍千年不朽壞。"（同上，

---

① 轉引自鄧之誠《清詩紀事初編》，卷1，頁130。
② 杰人師，《中國天主教史人物傳》，第2冊，頁127。

卷9，頁4下）

雖然目前我們仍未發現方以智與穆尼閣有直接交往的記載。但從湯若望之同時與方以智父子有密切交往看來，與方中通交往如此之密的穆尼閣，也很可能與方以智有交往。何況方以智本人也常採錄穆氏學說。如穆尼閣曾批評湯若望金水附日一周說法，方以智曾採錄之云："其金水附日一周，穆公曰：'道未未精也。'"（同上，卷1，頁25上）穆氏地游說，亦曾採錄云："穆公曰：'地亦有游'，欲據一歲之測而定之乎？"（同上卷1，頁31）對穆氏所著《天步真原》尤其推崇，他說：

何以西曆推其經緯，更真于日月邪？法更立正弦、餘弦、正切、餘切、正割、餘割等線，始以三角對數法，為測量新義。詳見"天步真原"。（《通雅》卷34，頁11上）

由此可見，方以智所交往的西士雖然只有畢方濟與湯若望二人，但是穆尼閣的可能性也很大。方以智師友中不乏與西士有往來者，如果我們深入探討，必會有更多發現。

此外，我們必須順便討論方以智對西士的態度。他在《物理小識》卷一"天象原理"條有一段極精闢的話。他說：

如中國處於赤道北20度起至40度止，日俱在南，既不受其亢燥，距日亦不甚遠，又復資其溫燠，稟氣中和，所以車書禮樂，聖賢豪傑，為四裔朝宗。若過南逼日太暑，祇應生海外諸蠻人，過北遠日太寒，祇應生塞外沙漠人，若西方人所處，北極出地與中國同緯度者，其人亦無不喜讀書，知曆理，不同緯度，便為回諸國，忿鷙好殺，此又一端也。

這種緯度決定人文論，或氣候決定文化論，是否能完全成立是另一問題，但方以智顯然據此而肯定了中國與耶穌會士所處的西方，由於緯度相同，故文化上也有相當的共同點。所謂中國"車書禮樂，聖賢豪傑，為四裔朝宗"，而西方人"亦無不喜讀書，知曆理"。由於這種文化上的認同感，方以智對耶穌會士始終採取平等態度，而稱他們為"西士""西儒"，甚至稱利瑪竇為"利公"、穆尼閣為"穆公"、畢方濟為"畢公"、湯若望為"道未公"等等。這種態度與他的好友王夫之始終稱耶穌會士為"西夷""西洋夷"是根本不同的。

三　方以智所閱讀的西書

方以智雖與西士有所交往，但其西學知識主要還是來自西書。因此，欲了解方以智接受西學情形，需要先了解他所閱讀的西書。

首先討論他閱讀"天學初函"的情形。

《天學初函》共 52 卷，崇禎元年（1628 年）李之藻刊行。分理（即宗教）、器（科學）二部分，共收西書 20 種：（1）《西學凡》1 卷，艾儒略（Jules Aleni）答述。（2）《畸人十篇》2 卷，利瑪竇述。（3）《交友論》7 卷，龐迪我（Didacus de Pantoia）譔述。（4）《二十五言》1 卷，利瑪竇述。（5）《天主實義》2 卷，利瑪竇述。（6）《辯學遺牘》1 卷，利瑪竇譔。（7）《七克》7 卷，龐迪我譔述。（8）《靈言蠡勺》2 卷，畢方濟譯譔。（9）《職方外紀》5 卷，艾儒略增譯，楊廷筠筆記。（10）《泰西水法》6 卷，熊三拔譔說，徐光啓筆記。（11）《渾蓋通憲圖說》2 卷，李之藻撰。（12）《幾何原本》6 卷，利瑪竇口授，徐光啓筆記。（13）《表度說》1 卷，熊三拔口授，周子愚、卓爾康筆記。（14）《天問略》1 卷，陽瑪諾（Emmanuel

Diaz）條答。(15)《簡平儀說》1卷，熊三拔撰說，徐光啓劄記。(16)《同文算指》8卷，利瑪竇授，李之藻演。(17)《測量法義》1卷，利瑪竇口譯，徐光啓筆授。(18)《圜容較義》1卷，利瑪竇授，李之藻演。(19)《勾股義》1卷，利瑪竇授，徐光啓譔。(20)《測量異同》1卷，利瑪竇口譯，徐光啓譔。以上20種書，真正屬於理方面的只有《畸人十篇》《交友論》《二十五言》《天主實義》《辯學遺牘》《七克》《靈言蠡勺》等7種，其餘13種都屬於器方面。7種宗教書，方以智只引用了《畸人十篇》一次。[①] 而13種科學書卻常加引用。茲略述之。

方以智之引用《天學初函》以《職方外紀》最多。僅《物理小記》一書，便引用了60次以上，引用時簡稱《外紀》。它是一部專記世界地理、氣候、物產、風俗、海舶、海道、奇禽異獸以及海外的奇事奇聞的著作，當時稍對域外事物有興趣的知識分子都常加引用，但像方以智引用次數如此之多者，似乎不多。

其次是熊三拔的《泰水西法》。如《通雅》卷42云"蒸花露法，熊三拔有鍋竈法，非壓油取"（《通雅》卷42，頁10上）；《物理小識》卷6"蒸露法"條，言平底銅鍋蒸餾花露之法甚詳，顯然也是來自《泰西水法》（《物理小識》卷6，頁3下）。《物理小識》卷1有三際說（同上，卷1，頁20上），據其子方中履《古今釋疑》卷12所言，知其亦來自熊三拔。又卷2更明言"熊三拔謂別無硃砂

---

① 《浮山文集前編》卷5，《兩端用中》云："或曰……設曲巧，幸造化，可以得矣，然而未知也，其未可以必之理均，而棄義從邪，先多一失矣，由是觀之，將取畸人之巧說乎？將由聖人之中道乎？攖以畸士之巧變而不動者，真不惑也。"此係受利瑪竇《畸人十篇》影響。至侯外廬認為《兩端用中》所講邏輯名理，是受《名理探》的影響和《辯學三筆》的刺激。我以為它主要還是來自《易經》、老莊，甚至佛學。

礜礬之别"（同上，卷1，頁24上）。

《渾蓋通憲圖說》。《物理小識》中常簡稱《渾蓋》《西渾蓋》。如卷1云："《渾蓋》云：'四萬九千年為歲差一周。'"（同上，卷1，頁26上）同上又云："《西渾蓋》云：'凡經星以四萬九千歲一周天。'"（同上，卷1，頁29上）

《圜容較義》。《通雅》卷40云："利公著《圜容較義》，于《九章》則為稍廣。"（《通雅》卷34，頁20上）

以上所列諸書乃收入《天學初函》，而其書名屢見於方以智著作者。當然引用而未註明出處者必仍不少。

除了《天學初函》以外，方以智起碼還讀了以下的西書：

1. 湯若望《主制群徵》上、下卷。此書主要目的在證明上帝的存在，但所引證據卻都是自然萬物等科學實例。方以智雖不接受其上帝說，卻採錄其科學實例。《物理小識》卷3"血養筋連之故"條與"論骨肉之概"條①幾乎全抄錄此書。

2. 金尼閣《西儒耳自資》3卷。此書乃為了方便傳教士學習華文華語而作。《通雅》卷50"切韻聲原"頗引此書，方以智三子方中履的《古今釋疑》，更肯定地加以引用。

3. 穆尼閣《天步真原》3卷。此書專論日月交食。《通雅》卷11"歲差，黃道積數也，今之法密于古矣"條，採錄甚多。方以智唯恐言之不詳，末後又云："詳見《天步真原》。"所謂"今之法密于古"，顯然是指《天步真原》的三角對數法。

4. 《崇禎曆書》137卷。方以智父親方孔炤曾因"學者從未實究，故作《崇禎曆書約》"（同上，卷1，頁5上）。方中通也給予很高的評價。（見前）

---

① 《物理小識》卷3，頁9上及頁11上。

5. 湯若望《遠鏡說》1 卷。《通雅》卷 34 云："西洋有千里鏡，磨玻璃為之，以長筒窺之，可見數十里。又製小者于扇角，近視者可使之遠。"（《通雅》卷 34，頁 20 上）《物理小識》卷 12 所說玻璃吸攝透畫法，即物象象物法，似亦得自"遠鏡說"。

6. 《坤輿格致》。《物理小識》云："崇禎庚辰，（遠臣）進《坤輿格致》一書，言采壙分五金事，工省而利多。壬午倪公鴻寶為大司馬亦議之，而政府不從。"（《物理小識》卷 7，頁 10 上）。"庚辰"即崇禎十三年（1640 年），"壬午"即崇禎十五年（1642 年）。"倪公鴻寶"即倪元璐。《通雅》及《浮山文集前編》亦皆言及此事。

7. 利瑪竇《坤輿萬國全圖》。這是耶穌會士介紹世界地理的最早著作，流傳頗廣，影響也大。

據侯外廬的推測，方以智還看過以下二書：

8. 《名理探》。

9. 《辯學三筆》。

侯氏指出，《浮山文集前編》卷 5《兩端用中》一文中的論理學，顯然是受此二書的影響（見前）。坂出詳伸不但同意此說，而且更進而指出《物理小識》總論所說"正謂獨性各別，公性則一"也是受《名理探》的影響。①

此外，坂出詳伸還推測方以智很可能讀過以下一書：

10. 《遠西奇器圖說》。

坂出認為方以智若非看過此書，也許很難寫出《物理小識》卷

---

① 《名理探》卷 2，五公之篇第一，詳細地討論獨性與公性。簡言之，獨性即特殊性、固有性，公性即普遍性、一般性。

8 之"起重法""轉水法""運機"等條。①

從以上的探討看來,方以智所閱讀的西書,總計有 30 種以上,約 200 卷。而閱讀時間大抵是自崇禎四年(1631 年)至永曆四年(1650 年),亦即方以智 21 歲至 40 歲之間。

四　方以智接受西學的程度

方以智所閱讀的西書已如上所述,但是方以智從這些西書接受了那些西學?其接受的程度如何?則有待進一步探討。茲分天文曆算學、生物醫學、地理學、音韻學等四方面言之。

(一) 天文曆算學

明自萬曆以後,傳統的回回曆、大統曆對日、月食之推測,已屢試不驗,朝廷因而常有改曆之議。耶穌會士所帶來比較進步的天文曆算學正迎合了這種需要,而為朝野人士所研究採用。方以智也未嘗例外。

1. 地圓說:中國傳統有"天圓地方"說,利瑪竇《坤輿萬國全圖》卻帶來地圓說。方以智接受這種新法,並藉以反對舊說。他說:"天圓地方,言其德也,地體實圓,在天之中。喻如脬豆,脬豆者,以豆入脬,吹氣鼓之,則豆正居其中央。"(《物理小識》卷 1,頁 25 上)不過,方以智認為中國早在黃帝時代就已有地圓說,只是後世學者未加

---

① 《遠西奇器圖說》作者是鄧玉函與王徵,坂出誤以為是艾儒略。見坂出詳伸《方以智の思想——質測と通幾をめぐて》,載藪内清等編《明清時代の科學技術史》,京都大學人文科學研究所。

詳考,故漸漸採取了"地浮水上,天包水外"的謬說(同上)。因此,他的結論是"天子失官,學在四夷",頗有"西學源於中國說"之意。

2. 地動說:或云地動說要到清乾隆時,才由西士蔣友仁(Michael Benoist)介紹入華,事實上羅雅谷早在所著《五緯曆指》中已詳為介紹。① 不過,方以智地動說卻直接得自穆尼閣。《物理小識》卷1云:"穆公曰:'地亦有游。'"② 其子中通注《物理小識》亦曾云:"穆先生亦有地游之說。"(同上,卷2,頁27下)但是方以智認為古代中國也有地動說。他說:

《尚書》考靈曜地有四游,冬至地上北而西三萬里,夏至地下南而東三萬里,春秋二分,則其中矣。《賓退錄》言地恒動不止,如人在舟坐,舟行而人不覺。(同上,卷2,頁27上)

3. 天河之說:中國古代對天河有種種傳說,如《博物志》言天河與黃河相通,浮槎言織女歸訪君平等等。但自從望遠鏡發明後,伽利略便在萬曆三十九年(1611年)發現天河乃由數個小星構成。湯若望著《新法表異》有"天漢破疑"條,把這種新說介紹到中國。方以智不但完全採信,而且藉以掃除中國古代的寓言傳說。《物理小識》卷2,"天漢"條云:"以遠鏡細測天漢,皆細星,如郎位鬼尸之類。"(同上,卷2,頁7上)《通雅》卷11,"雲漢、細星之光也"條云:"西學以窺天鏡窺之,皆為至細之星,如郎位㡌頭而微,望之則若河耳。……今西圖增入微星,又測觜入參度40分,皆

---

① 羅雅谷《五緯曆指》完成於何年,不詳。但是羅氏死於崇禎十一年(1638年)即伽利略死前4年。可見伽利略的地動說,生前已介紹入華。

② 《物理小識》卷1,頁31上。侯外廬、張德鈞都說方以智未引西方地動說。誤也。

前所未有。《博物志》言天河與河通，浮槎見織女歸訪君平，乃寓言耳。"（《通雅》卷11，頁18）

4. 三際說：熊三拔《泰西水法》介紹了三際說，謂大氣層中，近地為溫際，近日為熱際，空中為冷際，而三際各有其固定領域。① 方以智接受其三際的分法，但反對其"三際各有其固定領域"的說法。他引用《黃帝内經·五運篇》所說"風寒在下，燥熱在上，濕氣在中，火遊行其間"的話為證，認為大氣固然可以分為三層，但仍然只是"一氣為陰陽而自相盤旋者也"（《物理小識》卷1，頁27下），亦即所謂"火遊行其間"，故不可能各自有其固定的領域。

5. 四行說：中國傳統有金、木、水、火、土五行說，耶穌會士卻傳來水、土、火、風四行說。但方以智卻根據《易經》所言"一陰一陽之謂道"，而斷定四行、五行事實上只是水、火二行。故四行、五行說，在他看來，就成了水火二行說了。此外，當時西方四行說有"尊火"的主張。利瑪竇《四行論略》有云："火為四行之淨精也，火在本處，近天則隨而環動，每偕作一週，此係元火，故極淨，甚炎而無光焉。"② 熊三拔《泰西水法》卷5亦云："四行之中，惟炎至純，不受餘物，而能入于餘物。"艾儒略《職方外紀》卷5亦云："火最居上，而火包氣，氣包水土，則居於下焉。"③ 方以智採取了這種四行尊火論，加上中國傳統的五行尊火論，而形成了他自己的火一元論。不過，西方四行尊火論主張火有固定領域（利瑪竇所謂"據本所"），而方以智卻認為"滿空皆火"（《物理小識》卷2，頁8下），沒有固定領域。

---

① 熊三拔，《泰西水法》卷5，"水法或問"。
② 利瑪竇，《坤輿萬國全圖》31。"中央研究院"傅斯年圖書館藏。
③ 艾儒略，《職方外紀》卷5，四海總說，頁1。

(二) 生物醫學

1. 生物學

明末介紹西方生物學的第一部著作是《無極天主教真傳實錄》，其第 5 章至第 9 章，有豐富的歐洲生物學知識。但方以智未曾見過此書。至於利類思（Ludouicus Buglis）的《獅子說》與《進呈鷹說》，則分別完成於清康熙十七年和十八年（1678 年、1679 年），方以智更未及見。故《物理小識》中的西方生物學知識主要還是來自《職方外紀》。如：

> 墨是可有堅木曰則獨鹿，入水千年不朽。利未亞堅木有文，入水土不壞；忽搦祭亞之國城，建於海中，亦以千年木為椿，約皆椰栳類也。（同上，卷 9，頁 4 下）

> 《外紀》既末蠟之雄，有重十五六斤者。（同上，卷 10，頁 2 下）

利未亞有鳥曰亞既利，乃百鳥之王，壽最長，生子令視日不瞬者，乃留之，受人之德亦報人。①

> "外紀"言大蟹長丈餘，螯斷人頭，其殼如屋。（同上，卷 11，頁 1 下）

此外如海族把勒亞、斯德白、薄星波、落斯馬、飛魚、白角魚、海馬等都有專條記載。

以今日眼光看來，這些生物學知識誠然不免幼稚，但若就其大

---

① 同上，卷 10，頁 5 下。按："亞既利"為"亞既剌"之誤。

量採錄這些生物學知識，內在所隱藏的強烈好奇心與高度求知慾看來，卻有相當重要的意義。

2. 醫學

醫學乃方氏家學之一。方學漸、方大鎮、方孔炤都精於醫。崇禎十年（1637年），方以智也因父病而始立志學醫；① 崇禎十二年（1639年），黃宗羲在金陵患瘧，方以智為他診尺脈；明亡後，流離嶺南，更賣藥為生。總之，方以智對中醫是有相當造詣的，因此，對西方醫學也相當留意。

（1）制止傳染病的蔓延，始終是醫學上重要課題之一，中國傳統確也有種種避瘟方法，但始終未有火燒法。方以智從《職方外紀》中看到這種實例，立刻加以採錄：

> 《外紀》哥阿島患疫，有名醫卜加得，全城內外，遍舉大火，燒一晝夜，火息而病亦愈。蓋疫為邪氣所侵，火氣猶烈，能盪滌諸邪，邪盡而病愈，至理也。②

"哥哥"即臥亞。雖然瘟疫原因是細菌，而不是所謂"邪氣"，但這種藉火燒以制止瘟疫蔓延的方法卻相當科學。

（2）明末清初耶穌會士傳入中國的西藥都是藥水，稱為"藥露"，因係各種花草製成，故又稱花露。它是用鍋甑法蒸煉而成，與中國傳統所採用的西域榨取法不同，因此，頗受時人注意。《通雅》卷42有云："蒸花露法，熊三拔有鍋甑法，非壓油取。"這顯然是引自熊氏《泰西水法》。《物理小識》卷6"蒸露法"條，對鍋甑、花材、製法等記載尤詳。可見方以智很重視這種花露的製法。

---

① 《浮山文集前編》卷之三，"醫學序"。
② 《物理小識》卷5，頁21下。按："卜加得"為"易卜加得"之誤。

（3）湯若望之《主制群徵》主旨在證明上帝的存在，而內容上卻包含着豐富的科學知識。《物理小識》卷3"血養筋連之故""論骨肉之概""身内三貴之論"共三條，凡1300餘字，都引自其卷上第5節"以人身向徵"（共5徵，而方以智引用了4徵）。這是方以智引用西書最長的一段。"血養筋連之故"條末云："此論以肝心腦筋立論，是'靈素'所未發，故存以備引觸。"可見其所以大加引用，目的乃在補中醫之不足。但是，儘管方以智對"主制群徵"的科學部分大加引用，對其宗教部分卻避而不談。

（4）我國早在漢魏時已知道用硫磺治病，但《泰西水法》《空際格致》《職方外紀》也都有以硫磺治病的記載，甚至還詳言某泉可以治某病。方以智《物理小識》卷2云："金泥閣曰：'西國有70餘湯，各標主治。'"（同前書）卷7云："西國布那如山皆硫，近硫之洞可以治病。"①

（5）方以智對當時西方已能用眼鏡輔助遠視、近視患者也有記載（見前）。

（三）地理學

明末清初耶穌會士輸入的科學，除了天文曆法以外，以地理學影響國人最大。由於利瑪竇《坤輿萬國全圖》、艾儒略《職方外紀》、南懷仁（Ferdinandus Verbiest）《坤輿圖說》與《坤輿外紀》等世界地理書的刊行，國人的世界地理知識隨之大增，進而樹立了新的天下觀念。此外，由於耶穌會士的努力，第一次採用了近代科

---

① 同上，卷7，頁19上。按："布那如山"為"布那姑山"之誤。但卷2，頁34上作"布那姑山"。可見此為誤刻。

學方法與儀器作實地測量，並繪製全國地圖。

方以智的世界地理知識除了艾儒略的《職方外紀》以外，就是利氏的《坤輿萬國全圖》（南懷仁二書是入清以後的作品，方以智已絕口不談西學）。《通雅》卷11對世界地理有一段很長的描述，可能就是來自利氏著作：

> 地與海本是圓形，而同為一球，居天球之中，如雞卵，黃在青內。有謂地為方者，乃語其定而不移之性，非語其形體也。天既包地，則二極周度緯度赤道皆相應，但天包地為甚大，其度廣，地處天中為甚小，其度狹，直行北方250里，北極出，高1度，足徵地球果圓，周90000里，厚28636里零36丈，上下四旁，皆生齒居，如蟻之遊，大氣鼓之，各以足所履為下，首所向為上。利公自太西浮海入中國，至晝夜平線，見南北二極皆平轉，南過大浪山，見南極出地32度，則大浪與中國正對矣（又按西書南亞墨利加瑪八作，正中國對足處）。故以瓜喻之，自北蒂而南臍為五帶，曰北極圈內，曰南極圈內，遠日而冷者也；日在晝長晝短二圈之間，其地甚熱，應赤道近日故也；日在北極晝長二圈之間；日在南極晝短二圈之間，此二地謂之正帶，日迤照者也。又以地勢分五大洲，曰歐羅巴，南至地中海，北至臥蘭的亞及冰海，東至大乃海墨河的湖，大海，西至大西洋；曰利未亞，南至大浪山，北至地中海，東至西紅海仙勞冷祖島，西至河摺亞諾蒼，即此州，只以聖地之下，微略與亞細亞相聯，其餘全為四海所包；曰亞細亞，南至沙馬大臘呂宋諸島，北至新增白臘及北海，東至日本島大明海，西至大乃河墨阿的湖大海、西紅海小西洋；曰南亞墨利加，全為四海所圍，南北以微地相聯；曰墨瓦臘泥加，盡在南方，惟見南極出

地,而北極常藏焉,其界未審如何,故不敢訂之,惟知其北邊與大山瓜哇及墨瓦臘泥峽為境,大約各洲有百餘國。(《通雅》卷11,頁15上)

這段長文,不但充分可見方以智豐富的世界地理知識,而且可以看出他起碼接受了地圖說、五大地帶說、五大洲說等三種新的世界地理觀念。換言之,方以智所認識的天下,已不是傳統的"中國的天下",而是"五大洲的天下"。

此外,方以智還參照泰西地球畫度繪製地圖。《通雅》卷15云:"余作禹書經天合地圖,參泰西地球畫度。"(同上,卷15,頁26下)

(四) 音韻學

明末清初耶穌會士在音韻學方面的鉅著是金尼閣的《西儒耳目資》。它是為了方便耶穌會士學習華文華語,而採用羅馬拼音以標中國文字的音韻學書,對於研究古韻的顧炎武、柴虎臣、毛奇齡等雖無任何作用,但是對於方以智、楊選杞、劉獻廷等研究古音的切韻學家,卻有很大的影響。

《西儒耳目資》刊行於天啓六年 (1626年),方以智在流寓金陵時便得到該書。《膝寓信筆》咸云:"今日得《西儒耳目資》,是金尼閣所著,字父十五,字母五十有甚。……可證明吾之等切。"①《通雅》卷50"切韻聲原"完成於崇禎十七年 (1644年) 至永曆四年 (1650年) 間 (另有詳考),更屢次提及。如:

---

① 轉引自侯外廬,《方以智——中國的百科全書派大哲學家》(上篇),頁8。

> 智嘗因悉曇泰西兩會通之，酌正韻，定正叶焉，別作一編以俟知者。(《通雅》卷首之一，頁1上)
>
> 要之，切法呂獨抱李士龍約之甚便，西域音多，中原多不用也，又當合悉曇等子與大西"耳目資"通之。(同上，卷首之二，頁18上)
>
> 發送收三聲，啌嗻上去入五聲定論也，中土用二十母足矣，外域知七音，而不知啌嗻上去入，金尼亦言入中土，乃知之。即古韻亦平仄互通者也。(同上，卷50，頁4下)
>
> 愚初因邵入，又于波梵摩，得發送收三聲，後見金尼有甚次中三等，故定發送收為橫三，啌嗻上去入為直五，天然妙叶也。(同上，卷50，頁7上)
>
> 金尼閣字父十五、字母五十。[愚按父切也，母韻也。](同上，卷1，頁18上)

由此可見方以智對金尼閣《西儒耳目資》的醉心。方以智因受《西儒耳目資》影響，甚至主張創造拼音文字。他說：

> 字之紛也，即緣通與借耳，若事屬一字，字各一義，如遠西因事乃合音，因音而成字，不重不共，不尤愈乎？(同上，卷1，頁17上)

在三百年間居然有這種大膽的漢字革命論，我們不能不承認他是羅馬字注音的響應。[①] 尤其創造拼音到了民國才成為學界討論的問題，多數人聽了還是咋舌捵耳，方以智卻早在三百年前提出，這一

---

① 羅常培，《耶穌會士在音韻學上的貢獻》，"中央研究院"史語所集刊，第1本第3分。

方面固然是他個人的見識與氣魄，一方面也應歸功於耶穌會士的影響。

此外，方以智也注意到"西方字母'阿'或兼'遏'"（《通雅》卷1，頁17下），而且很欣賞"太西氏十字皆只一畫，作23X367890，不煩兩筆"，認為使用起來比中國字要簡便得多。[①]

五　方以智接受西學的態度

方以智對當時的西學有一句極精闢扼要的總評語。他說："萬曆年間，遠西學入，詳於質測，而拙於言通幾。然智士推之，彼之質測，猶未備也。"（《物理小識》自序）"質測"與"通幾"是方以智的兩個特有術語，相當於"求多理於外物"與"求一理於內心"。在方以智看來，耶穌會士在求多理於外物方面有其專長（指其科學技術），但在求一理於內心方面卻相當笨拙（指其宗教神學），就是他們的科學，也仍有不完備的地方。因此，方以智一方面對耶穌會士的宗教神學採取避而不談的態度，一方面對其科學技術卻採取批判吸收的態度。略申論之。

上節討論方以智受容西學的情形，已充分顯示他所接受的西學是科學技術，而不是宗教神學。如果我們細心閱讀方以智著作，還可以發現他對宗教神學往往避而不談。譬如《物理小識》曾大量抄錄湯若望的《主制群徵》（見前），但是如"嗚呼！非全知全能，孰克謀此哉！"[②] "大主造人"（同上，頁10下）等宗教話語

---

① 同上，卷2，頁15下。按："X"或係"4"之倒刻。但"5"不知何以作"3"。

② 湯若望，《主制群徵》，卷上，頁11下。

卻避而不引。他雖然接受西方九重天說，但是對其有意志的"大造之主"，卻給予新的解釋，他說："所謂靜天以定算而名，所謂大造之主，則於穆不已之天乎？彼詳於質測而不善言通幾，往往意以言閡。"（《物理小識》卷1，頁26上）他甚至承認"上帝"只不過是人類給它的一個尊稱而已，並無實體的存在。他說："心也、性也、命也，聖人貴表其理，其曰上帝，就人所尊而稱之。"（《通雅》卷11，頁11上）凡此都足見方以智不接受西方的宗教神學。

西方科學有詳備者，方以智總是肯定地接受。譬如，伽利略以望遠鏡發現天河乃小星構成的科學新說傳入中國後，方以智第一個接受，並據之否認了中國傳統所謂"天河通河""織女歸訪君平"等寓言；《天步真原》立正弦、餘弦、正切、餘切、正割、餘割等線，以三角對數法為測量新義，以致西曆推算比中曆正確，方以智肯定地接受這種新法，並稱讚說"今之法密于古矣"（同上，卷11，頁24上）；利瑪竇《圜容較義》比《九章》詳備，方以智便說"利公著《圜容較義》，于《九章》則為稍廣"（同上，卷40，頁3下）；他對中國傳統的天文分野說一向感到疑而不決，但適逢利瑪竇創二圖，一載中國所嘗見者，一載中國所未見者，恰好解決他的疑難，他說"真可謂決從古之疑"（同上，卷11，頁28下）。但是對於未備的科學卻始終猛烈地加以批判。譬如，當他發現了光肥影瘦之理時，便反復論證，嚴厲地批判利瑪竇"日大于地百六十餘倍"之說；[1] 對於五星遲留伏逆的問題，他認為"即泰西亦未推明其故"（《物理小識》卷1，頁38）；論及開闢紀年，他指出泰西說法未必可靠，不必一定"以西言為徵"（同上，卷1，頁39下）；西士本身介

---

[1] 同上，卷11，頁15上；《物理小識》卷1，頁32下。

紹西說常有矛盾之處，方以智認為："皆因西學不一家，各以術取捷算，于理尚膜，詎可據乎？"（同上，卷1，頁32下）更可貴的是，當時西方傳來了地動說、地圓說，一般人以為是西方的獨創，但是方以智卻根據史實，發現中國古代也有這種學說，因而認為這是東西文化的共同發現。

方以智嘗自云："智每駁定前人，必不敢以無證妄說。"（《通雅》卷首之一，頁6上）他對西學的態度也是如此。因此，批判要拿出證據來，方以智表現得最徹底。① 方以智這種根據證據而對西學採取批判接受的態度是相當客觀而正確的。

六　方以智接受西學的實質和局限

方以智學問上的基本主張是尚實而不廢虛。但是宋明以來學者大多"離氣執理，掃物尊心"，"掃器言道，離費窮隱""舍物以言理，托空以寓物"，走上了捨實求虛的方向，因此乃提倡質測研究以救其弊。他一方面大量採錄中國古代的科學理論與知識、同時代的技術發明以及個人的觀察與實驗，一方面也不忘藉助於西學。因為中國科學究竟有不完備之處，而耶穌會士傳來的西學卻"詳於質測"，有時甚至能"決從古之疑""補開闢所未有"，正可以補中國科學之不足。此即所謂"借遠西為郯子，申禹周之矩積"。因此，我們認為方以智接受西方科學，實質上是要豐富中國科學的內容，並進而挽救宋明以來捨實求虛的頹風。因此，張德鈞認為方以智採錄西學遠比中國科學進步，即使採錄，也有所批判，因而斷定方以智

---

① 方以智接受科學而不接受宗教，但批判宗教之處反而很少，這或許是因為宗教上不易找到證據的緣故。

實質上是有意藉中國科學打擊西方科學,事實上完全不了解方以智接受西方科學的本意。何況採錄西方科學較少,乃是客觀條件的限制,不是方以智主觀的安排;批判態度是他對學問的一貫態度,不能對西學為然。

在通幾之學方面,方以智雖借助於《易經》而不借助於《聖經》,甚至批評它"拙於言通幾",但卻始終沒有惡意的抨擊,而且《通雅》卷首之二"藏書刪書類略",還把"西理"(指西方宗教神學)列入餘部中,與釋、道、神仙、類書、雜書並列為六門。因此,儘管方以智並不接受西方宗教神學,卻仍然承認它有存在的價值。這是可貴的容忍態度。因此,張德鈞認為方以智始終堅持唯物主義哲學與耶穌會士的宗教神學相對抗,不但不符合方以智本意,也貶低了方以智的價值。①

方以智站在"坐集千古之智"的立場,在學問上,主張去除門戶,兼容百家。因此,西學在他的學術思想裏雖是不可忽略的一環,卻不可過份被強調。茲舉二例以明之。他在"藏書刪書類略"中,把古今圖書分為5部49門:經部10門、史部14門、子部12門、集部總別7門、餘部6門(同上)。西方的宗教神學,方以智謂之"西理",是餘部中的一門;西方的科學技術,方以智謂之"太西算學奇器",附在子部"象緯算測"門中。由此可見,西學在方以智整個學問體系中,實在只是區區一小部分。此外,方以智在《通雅》卷50"切韻聲原"中的旋韻圖,據他自己說是參考了華嚴字母、神珙譜、邵子衍、沈韵、唐韵、徽州所傳朱子譜、中原音韵、洪武正韵、郝京山譜、陳藎謨皇極統韻等古韻及金尼閣韵譜而成(《通雅》卷

---

① 張德鈞論點,見其所著《方以智〈物理小識〉的哲學思想》一文。載《哲學研究》,1962年,第二期。

首2，頁8）。可見他雖受了金尼閣"西儒耳目資"影響，但事實上卻有很大局限。

七　結論

根據以上討論，起碼可得以下五點結論：

（一）據目前所知，方以智所交往的西士，只有畢方濟與湯若望二人，穆尼閣雖很可能，尚待證實。今後若能深入探討方以智師友，一定還會發現他與其他耶穌會士的直接或間接的交往。

（二）方以智所閱讀的西書約計30種，凡200餘卷。方以智從這些西書，接受了天文曆算、生物醫學、地理學、音韻學等知識，但對其宗教神學總是避而不談。

（三）方以智基本上認為西學"詳於質測，而拙於言通幾；然智士推之，彼之質測猶未備也"。因此，他一方面接受西方科學中之精詳者，一方面卻批判其未備者，對於宗教神學則不予接受。但無論是接受或批判，都以證據為主，即所謂"不以無證妄說"。換言之，方以智對西學的態度，既不是全盤接受（如徐光啓、李之藻），也不是全盤拒絕（如王夫之），而是根據實證而作批判式的接受。這是相當理智的態度。

（四）方以智學問上主張通貫虛實，因此極力提倡科學研究，以挽救宋明以來捨實求虛之頹風。而西方科學技術正好做為他研究中國科學的輔助，即所謂"借遠西為郯子，申禹周之矩積"。哲學方面的研究，他雖然借助於《易經》，而捨棄了《聖經》，卻還是承認西方的宗教神學有其存在的地位。換言之，方以智實質上是站在文化主義立場接受西學，絕不是站在民族主義立場反抗西學。從方以智對待西士的平等態度，也可以證明這種看法。

（五）方以智站在"坐集千古之智"的立場，在學問上主張去除門戶，兼容百家，故西學在方以智學術思想中雖是不可忽略的一環，但卻有極大的局限。方以智所受西學影響不及徐光啓、李之藻、王徵等人之深，其因在此；而方以智在學問上之所以有偉大造詣，其關鍵亦在此。

评 论

回忆施特劳斯、克莱因和圣约翰学院

阿纳斯塔普罗（George Anastaplo）
布兰（Eva Brann）
张国栋 译

阿纳斯塔普罗：施特劳斯曾任教于圣约翰学院，你对此有何印象？①

布兰：我只能回想起很少一点，不过我会试着回忆起尽可能多的东西。我并没有定期参加施特劳斯先生的研讨班，但是午餐和晚餐时，我经常在克莱因家里见到他。我可以给你陈述一个大体上的

---

① 阿纳斯塔普罗和布兰的这次对话，并不是公开的谈话，录制于2007年5月于北卡罗莱纳小瑞士的 Wildacres Retreat，当时正在召开的勒努瓦-雷恩大学人文会议（Lenoir-Rhyne University Humanities Conference）。2009年的希克里人文会议（Hickory Humanities Conference）期间，对话又有所扩展。誊写得到了雷因哈慈（Adam Reinherz）的帮助。原文见于阿纳斯塔普罗的《基督教的遗产：问题与展望》（*The Christian Heritage: Problems and Prospects*，Lexington Books，2010年），页361-370。

印象。他绝对是能想到的最完美的彬彬有礼之人，特别是对我这个"家中的乖乖女"来说。他非常、非常友善。我听了他们的很多谈话。我不知道我是否从中吸收了很多东西，但是我知道雅沙[克莱因]是极为乐意他在安纳波利斯的。我也知道，在雅沙和施特劳斯先生彼此对谈很多的时候，多多·克莱因（Dodo Klein）很好地照顾了需要被照顾的米利亚姆·施特劳斯（Miriam Strauss）。就是这样了，细节记不起来了，时间已经过去了这么久。不过有件我能回想起一点来的事情可能会引起兴趣：雅沙曾经对我和其他人说起他和施特劳斯先生的区别。我记得——那些更理解施特劳斯先生的人可能会对此有所异议，我只是告诉你我想起来的区别之一，而且也许是最重要的区别，施特劳斯先生认为政治哲学是根本的（fundamental）。我相信雅沙认为本体论或者形而上学是根本的，而且对现代性来说，科学中的革命比政治革命更有影响。（我从未听到雅沙表示出对马基雅维利很有兴趣。）因此这是一个巨大的分歧。而且我从未发现雅沙对犹太教有任何兴趣。当然，他是极为犹太化的（Jewish）。他看着就像一个犹太人。他有一个犹太式的命运。但是他对犹太教没有任何兴趣。我记得他打赌说施特劳斯先生有一天会变成正统派（Orthodox）。

阿纳斯塔普罗：他认为施特劳斯有朝那个方向发展的倾向吗？

布兰：他认为施特劳斯先生正在转到那个方向。

阿纳斯塔普罗：你说的"正统派"，是指严格遵守传统的人吗（observant）？

布兰：严格遵守传统，也许吧，但是无论如何[雅沙确实]更意识到他比以往更甚的犹太主义，而克莱因笑着谈到的第三个不同，是他们教学的不同方式。雅沙喜欢粗鲁、天然、未文明化的美国孩子，而且他知道对他们做什么。他让他们停止乱闯。他让他们为他们自己所说的话辩护。他向他们展示他们所说的是什么，以此使他们明白他们在谈的是什么。但是，施特劳斯先生有一些学生是成年人。这就是我所想到的：我不记得雅沙曾经告诉过我什么我所不知道的东西。

阿纳斯塔普罗：在任何事情上都是这样吗？

布兰：关于柏拉图尤其如此。看起来我从未从他那里学到新而迷人的秘密，我记得我曾经对此感到失望，甚至愤怒。这与施特劳斯正相反，因为他的学生从他那里学到他们自己可能未曾设想的东西。他们被他给予他们的、对他们来说是全新的解释深深打动。我认为，这是在教学方式上的一点区别，而结果是——我不知道怎么准确地表达——当施特劳斯的学生互相交谈的时候，他的名字会一直出现。雅沙虽然也是我们的老师，但却不会在我们的谈话中经常出现。

阿纳斯塔普罗：即使你们那些跟着他学习的人也是这样吗？

布兰：没有人"跟着他学习"。你是说他周围的那些人吗？

阿纳斯塔普罗：是的。

布兰：我确实经常想到他。但是你不会特地想到你出生的那一天。就是这样。它是一种全新的生活，许多新发现，但是它们看起来是自然的。它只是一种不同的学习方式，与被告知某些东西全然无关。我从未被告知我自己不能独立发现的任何东西。

阿纳斯塔普罗：你这样谈论这种区别，听起来就像是克莱因先生在某种意义上更为苏格拉底化。

布兰：苏格拉底在当时是安纳波利斯的一位本地英雄。雅沙对年轻人（以及对那些来往于他住处的教师们［tutors］——我想我是出没其中最频繁的）所做的是，找出他们脑中的东西，然后向他们说明它如何起作用或如何不起作用。我应该再次说明，那时我经常被惹恼，因为我想要他告诉我一些东西，但是他从未告诉我任何东西。（当然，很久之后我将他的《几何学的起源》［Origin of Algebra］译为英文，而我从中学到了一些东西。）因此他对付人们——不只是年轻人也包括教师们——的方式是一种全然不同的方式。特别是，他喜欢粗野的孩子。他也喜欢教师们的粗野之处（rambunctiousness）。他选择能够咬牙切齿地为某些事物而战的人。如果我或者其他某些教师不理解某些论证，或者认为论证过于软弱，我们会与之搏斗，而他会抽着烟斗吞云吐雾并且微笑，直到我们自己把事情搞定。

阿纳斯塔普罗：因此他并没有信徒？

布兰：他不喜欢信徒。在我去之前可能有所不同。我是在他任院长的最后一年去的。那是1957年。当时有一些学生将他们自己与他连在一起，而他也喜欢他们。但是任何显示出信徒迹象的人，都会挨上极为不友善的一脚。那不是他想要的。我们与他相处的一个方面，是当施特劳斯先生在房间里的时候我从未见过的。雅沙可以被拿来开涮，也喜欢开心；他们会堆雪人，看起来很庄严的雪人——实际上，还是个胖雪人。

阿纳斯塔普罗：谁会这么做呢？

布兰：学生们。

阿纳斯塔普罗：你的意思是，学生们会模仿他？

布兰：他们会模仿他。学生们在年终的戏剧演出中（被称为"真实秀"［The Reality Show］——一种喜剧）会喧闹地拿他的多种俄国习惯取乐。那并不总是非常好的习惯。而他会坐在那里，一笑置之。但是，施特劳斯先生在克莱因住处的那些年里，我完全不记得有谁取笑过他。那从未发生。他不是那种你会想要去取笑的人。

阿纳斯塔普罗：施特劳斯在圣约翰学院的影响是什么，如果有影响的话？

布兰：我认为，影响是参加他研讨班的学生记得他所讲的，并且会经常引用他的话语。因此这些研讨班那时是有影响的。我想到的一件事情是，他们确实会介绍给人们一种仔细阅读的方式，并且会引导人们去研习艰深的哲人作品。我不知道，但是我会想象。他们受到了很好的照料。我会说他在学者中很有影响。他并不是学院中的老师，那是些课程之外的会面。

阿纳斯塔普罗：我们再谈谈克莱因先生，他从来没有那种常规的教学？

布兰：没有。这是他们有所不同的另一方面。施特劳斯先生学识渊博无涯。他不仅懂英语、法语、希腊语和拉丁语（当然，也包括德语），而且懂希伯来和阿拉伯语。雅沙确实懂一些能在德国高级中学学到的那些东西。他受到了很好的教育，但是在那种非常深刻地研究了很多书的意义上，他不算博学。他有点懒。那是他非常人性的生活方式的一部分。而且在战争时期，他被深深地卷入了战争，至少他告诉我是这样。那时我不在那里。雅沙有一种直接性（immediacy）和一种世界性（worldliness）。我想，这是你不可能在施特劳斯先生身上发现的。

阿纳斯塔普罗：你是对的。

布兰：那就是他们在我看起来的样子。

阿纳斯塔普罗：我很少有机会看到他们在一起，不过在我看来，他们在一起的时候，克莱因先生更像是位兄长。

布兰：那时有点像是那样，因为施特劳斯先生确实需要照料，而雅沙不需要照料，尽管他曾经告诉我（而且有许多这样的证据）早年他是个最不可靠的伙伴。他不会还钱，他不会准时，他不会做他应该去做的事情。但是一旦他成为院长，他就完全变了。他刻板地准时还钱。他有一次向我借了一个二角五分硬币,他追着我还回那个硬币。他不得不准时,而且他那时确实准时。因而他学会了成为一个为了运行一个组织而必须成为的人。我曾注意到两件事情:第一,他的院长当得有滋有味;第二,我不认为他觉得自己为此有何损失。如我所知,很难想象施特劳斯先生会运行一个组织或者愿意为此付出时间。换言之,写书并不是那种深深吸引雅沙的事情。事实上,他并不信任学者式的涂鸦之作。

阿纳斯塔普罗:你说的这些,刚好让我想起了施特劳斯先生住在我们楼下时的一件事情(那是在芝加哥)。有一天,不知出了什么问题,他出不了门。但是他需要他的早报,并且给我打了电话,问我是否可以带一份《芝加哥日报》给他。那份报纸十分钱。

布兰:是的。

阿纳斯塔普罗:他坚持要付我钱。而我说:"那好吧,签张支票给我吧。"因此他给我写了一张支票。我仍然保留着它。

布兰:你还保留着它?

阿纳斯塔普罗:当然了。我不会去兑现那张支票的。克莱因先生的作息时间怎么样呢?你知道,施特劳斯先生经常整夜不睡,这一点我们都有所耳闻。

布兰:呃,雅沙也可以不睡觉。他喜欢午后小睡。而且他可以为某些有趣的事情不睡觉。他不做任何运动。在我看来,非常巨大的区别是,施特劳斯先生最终是一个德意志犹太人。他是个德意志犹太人。但雅沙是个俄罗斯犹太人。

阿纳斯塔普罗:他真有那么俄罗斯吗?

布兰:他真是个俄国人。他有那全部的热情、混乱,他身上的一切都是俄国的。他惯于吐唾沫,就像俄罗斯小说中的俄国人那样。

阿纳斯塔普罗:这么说,是什么将他们带到一起的?

布兰：雅沙经常强调说，这是一份真正的智识的、灵魂的友谊。我认为，将他们带到一起的，是他们都发现了要如何去阅读文本，虽然那并不完全是他们独自发现的。雅沙从海德格尔那里学到了很多。此外，他们都很担忧现代性的状态。他们都认为古人有一些智慧需要去吸取，而且他们都是严肃的学生——因此在我看来，他们自然地会成为朋友。"兄长"这个说法确实准确指出了一些东西，不过雅沙钦佩施特劳斯先生。

阿纳斯塔普罗：我知道克莱因先生是第一位跟着海德格尔学习的人。

布兰：我相信这是对的，但是我无法肯定。

阿纳斯塔普罗：克莱因先生会就海德格尔说什么呢？

布兰：雅沙告诉我关于海德格尔的一则轶事，说明了他是怎样的一个人——我不知道怎么表达。"不可靠的"（unreliable）不是个合适的词。"可鄙的"（contemptible）可能更好。不过，他仍然认为这毫不影响他是那个世纪最伟大的哲学家。

阿纳斯塔普罗：不过他是如何解释——怎么说呢，最轻一点说吧——海德格尔的错误行为？

布兰：我不知道。许多证据出现得太晚。我知道有人试图说明他的哲学方面和个人方面是有关系的。我从未听到雅沙这样说。

阿纳斯塔普罗：你知道施特劳斯先生被海德格尔所做的事情深深激怒了吗？

布兰：知道。

阿纳斯塔普罗：而且他以多种方式表明这一点，即使他认为他在某些方面是那个世纪最伟大的思想家。

布兰：我认为雅沙就此也是一样的。

阿纳斯塔普罗：克莱因先生读什么？

布兰：他全神贯注于他所写的那些柏拉图对话。他读大量的报纸和杂志。他读小说。我不记得他读很多其他人的书。事实上，如我已经说过的，他自己非常抵触出版。

阿纳斯塔普罗：你是说他自己作品的出版吗？

布兰：是的。当我决定去翻译他论几何学起源的书时，我知道他不会希望我这么做，所以我偷偷翻译。但完工之后，我把稿子拿给他看——它并没有感动他很长时间，（轻笑）然后他变得很有兴趣将它出版。但是他的一般态度是，谈话优于写作。他的观点与柏拉图的对话很一致，特别是《斐德若》。

阿纳斯塔普罗：这是当然。当你知道他的时候，他正在研究《美诺》吗？

布兰：是的，那是一次极度全神贯注的经历。

阿纳斯塔普罗：你认为，他写下了一直以来试图就那部对话而想写的内容吗？我相信施特劳斯先生对他的做法有所保留。

布兰：雅沙对所做的很满意。我认为施特劳斯先生至少非常仔细地读了《论几何学的起源》那本书。他尤为看重雅沙关于存在的意义（meaning）说法——《智术师》和亚里士多德暗示了什么是意义，而在雅沙看来，存在（being）的意义是一种"理念数字"（eidetic number），这是一个类似于数字的种类，它也类似于某种最小的单位（unit-like），但后者并不是它作为一个种类而存在的方式，因为彼此之间不能并存，这与数学单位完全不同。这是《起源》第一部分的伟大发现。我知道施特劳斯先生非常赞赏它。

阿纳斯塔普罗：克莱因先生是否仔细检查了你的翻译？

布兰：我不知道他是否仔细检查过。有一次我告诉他有这么一部译稿，他确实很有兴趣。我有一个单子，一张问题和改正的长单，记录了我认为术语用得不是很清楚的地方。他乐意接受我的修改意见。

阿纳斯塔普罗：你说施特劳斯先生确实读过《论几何学的起源》这本书？

布兰：他肯定读过，因为我记得，在一次谈话中，他特地引用了它。

阿纳斯塔普罗：但是克莱因先生读施特劳斯的书吗？

布兰：我不记得他谈过它们。他们互相谈话很多，因此可以假定他知道施特劳斯先生的想法。

阿纳斯塔普罗：当他们两人1970年在圣约翰学院公开地一起给出"剖白"时，你在场吗？

布兰：是的。那是令人难受的。

阿纳斯塔普罗：当时是这样吗？让我告诉你我自己关于那个谈话的故事。在某种程度上，如果我没有错过任何特别的事情的话，我多少会感到安慰。那时我在安纳波利斯，而且我计划要去参加施特劳斯与克莱因的公开会面。但是那天早些时候我为了什么事情去了华盛顿，而且与詹尼·施特劳斯·克莱（Jenny Strauss Clay）和她的丈夫开车一起回来。

布兰：是的，迪斯金（Diskin）。

阿纳斯塔普罗：在我们回来的路上，他们的车坏了，我们站在路边。我说："好吧，我们不得不等道路服务人员来接我们。同时，让我们每个人都简述一下自己的博士论文。"（轻笑）他们认为这不是个消耗时间的坏方式。因此我们完全错过了"剖白"。但是你说那是令人难受的？

布兰：大致的感觉是它没有成功。

阿纳斯塔普罗：为什么？

布兰：他们都以某种方式受到了束缚。我们都感觉到了这一点。

他们也感觉到了。

阿纳斯塔普罗：但是你不知道事情为什么会这样？

布兰：场合不大对劲，但这只是事情的一端。问题在哪里并不是很清楚。

阿纳斯塔普罗：这样，你的印象是克莱因先生认为施特劳斯先生在转向正统派。

布兰：这一点我记得很清楚。

阿纳斯塔普罗：你知道他为什么那么想吗？

布兰：我认为施特劳斯先生越来越多地表达了这种感觉，即传统和神启在他的生活中是重要的，因为如果你对其他人布道说，宗教是公民德性的一个源泉，那么你自己应该在一定程度上从事宗教活动。他对犹太事务越来越感兴趣。

阿纳斯塔普罗：克莱因先生呢？

布兰：哦，他是犹太人，绝对的犹太人。

阿纳斯塔普罗：他对此没有疑问吗？他只是对此不感兴趣？

布兰：他不感兴趣。

阿纳斯塔普罗：他不会阅读迈蒙尼德或者其他犹太思想家——

布兰：我不记得他曾经读过希伯来圣经。他阅读柏拉图、亚里士多德、笛卡尔和俄罗斯小说家。他非常喜爱托尔斯泰。

阿纳斯塔普罗：他是否曾谈到科耶夫？

布兰：他确实对我推荐过科耶夫，但是他具体说了些什么，我不记得了。他经常告诉我去阅读一些他自己并不读的东西。他觉得我还很年轻，可以去读那些东西，认为它们对我有好处。

阿纳斯塔普罗：有一封施特劳斯先生写的信——我认为它是一封信，他在信中列举出克莱因先生、科耶夫先生和他自己，作为在他们的时代，在他们感兴趣的那种事情上仅有的真正严肃的思想家。

这有道理吗？

布兰：呃，施特劳斯先生确实会干这样的事情。我不认为雅沙会这么写。他可能这么想过。

阿纳斯塔普罗：他从来不会——

布兰：他会在谈话中说一些过分的东西。但是我不认为他会写在纸上，至少我记忆中的他不会这样。

阿纳斯塔普罗：他是否曾经谈过，他认为施特劳斯先生能力的核心是什么？我不知道我问这个问题的方式是否正确。

布兰：他认为施特劳斯先生有专注的能力和学习的广度，以及与之而来的做出明智解释的天分。如我所说的，关于现代性的状态，他们看法非常一致。

阿纳斯塔普罗：他们在政治观点上一致吗？

布兰：不太一致。因为雅沙在内心有种自由派倾向。而且他会反复地参加与黑人有关的一些事情。有时候他会写信。我不认为施特劳斯先生会这样做。我猜想，雅沙是个不时会拥护自由主义的温和保守派，而且可能有点偏左。我应该补充说，雅沙对政治而非政治哲学有真正的兴趣。他对实践的政治，包括欧洲的和美国的，都有一种真切的兴趣。

阿纳斯塔普罗：他会与其他人谈论政治，是吗？

布兰：是的。他有时会讲述真实的个人故事，以那种每个人都会谈论个人故事的方式。他会谈到改变生活的事件，甚至外遇。但是这与他跟学生谈话的方式不同。他会同时以个人的方式、以智识的方式对待每一个学生。他会加入对话，让学生发言，并且让学生颠转自己所说的，并使他看到那会关系到什么——而且那所牵涉到的是学生自己的问题。

阿纳斯塔普罗：这不也是施特劳斯先生的方式吗？

阿纳斯塔普罗：我会感到惊讶的。但是我没有太多机会观察他。我确实去过一两次他的研讨班。他大部分时间坐在那儿，而某个人会读文本中的某部分，然后他会轻声对它给出评论。然后他会友善地提出一些问题。但是一种强烈的对话关系，我没有看到。

布兰：我认为施特劳斯先生的学生尊敬甚至崇拜他。雅沙的学生热爱他。调子就是这样，而且在圣约翰学院，调子仍然是这样，我们越少像权威一样行动，我们就得到越多尊重。我们对我们学生的感情都付之于对他们智识的服务。

阿纳斯塔普罗：可以支持这个看法的是这个事实，即没有一个施特劳斯的学生在介绍他的时候不是说"施特劳斯先生"或"施特劳斯博士"。

布兰：雅沙对每个人都变成了"雅沙"。

阿纳斯塔普罗：我知道关于施特劳斯在圣约翰学院教书的学生如何对付克莱因先生的一个趣事。他们倾向于在谈到他时和与他谈话时称他"克莱因先生"，而与学院中的其他任何人都不同。

布兰：我跟他们共同的一点是，当我最初来学院的时候，我希望能让雅沙告诉我一些隐微的秘密。我记得有一年我被彻底惹恼了，因为他不会告诉我任何事情，而且——

阿纳斯塔普罗：你认为他有一些东西可以告知？

布兰：是的，我认为他有一切事情（everything）可以告知。不管怎么样，我克服了这种情绪。我看到在那里说的不如做的多。我学到了，做那些事情对圣约翰学院更有价值。

阿纳斯塔普罗：你已经提到柏拉图、亚里士多德和笛卡尔——还有谁呢？

布兰：俄罗斯小说家，还有莱布尼兹。

阿纳斯塔普罗：呃，关于莱布尼兹我有个故事。一天晚上，我参加了克莱因先生的一个研讨班,那时候我正在安纳波利斯访问。他单单以此开头:"我想告诉你一点点东西。"然后他开始演讲。(轻笑)我不知道那里通常的实践是什么样子的。但是那晚他仅仅是和盘托出。他显然不觉得他会通过讨论来引出任何需要说的关于莱布尼兹的东西。

布兰:呃,亚里士多德和莱布尼兹,他确实会做些演讲。他就他们写过"周五夜晚"演讲[的讲稿]。

阿纳斯塔普罗:我看到那些讲稿。但是那个晚上,那被认为应该是一个研讨班。

布兰:呃,他更年长之后确实变了一点。我来的那会儿,他相对还年轻。那时候他研讨班的模式是辩证和游戏性的。但是他变老之后,如我们所有人一样,讲得更多了。

阿纳斯塔普罗:这么说,谁是他的现代英雄呢,他对谁有所肯定呢?

布兰:我从他那里知道,胡塞尔是一个极为正直的人,智识上的正直。他是海德格尔所不是的一切。因此,胡塞尔极为难读。

阿纳斯塔普罗:你知道,施特劳斯先生甚为仰慕丘吉尔。克莱因先生谈过丘吉尔吗?

布兰:我不记得他谈过他,但是他可能谈过吧。我不记得了。但是,像施特劳斯先生一样,他并不特别看重汉娜·阿伦特。

阿纳斯塔普罗:因为?

布兰:我相信他们都认为她的头脑过于历史主义了,她让自己受了太多德国学术的影响。我真的不知道他们反对她的什么。我那时已经读过她的不少东西,而且认为写得相当好。

阿纳斯塔普罗:你对她的看法比克莱因先生对她的看法更好?

布兰:哦,是的。

阿纳斯塔普罗：也比施特劳斯先生对她的看法更好？

布兰：呃，施特劳斯先生明显对她完全不以为然。而且当她来学院访问的时候，没发生什么美好的事情。

阿纳斯塔普罗：好的，回到海德格尔。你是否曾经得到关于海德格尔为什么那么做的一种解释吗？

布兰：对此有很多故事。雅沙给出的一种解释、我在别的地方也读到过的一种解释是，海德格尔夫人起了关键作用，但这种解释看来是极为不充分的。我记得他提到她是个狂暴的纳粹，并且她把他推到了里边。然而，一个像海德格尔这样有智识的男人，怎么会被他的夫人推动到某些我不是很理解的事情中呢。但那确实是一个因素。雅沙了解她。

阿纳斯塔普罗：他了解海德格尔夫人吗？

布兰：是的，我想是这样。事实上，我非常肯定是这样——而且我知道他明显很憎恨她。

阿纳斯塔普罗：克莱因先生曾回过德国吗？

布兰：是的，战后不久他就去了德国。他在那里有一些未尽的个人事务。

阿纳斯塔普罗：但是此后他与德国不再有什么来往？

布兰：我从未听说他有任何来自德国的邀请。此外，他热爱圣约翰学院。

阿纳斯塔普罗：我相信，至少以一种初步的方式，我们已经谈了我们之前准备要谈的事情。

布兰：我怀疑我所说过的这些话里有任何重要的东西。多数都只是一些回忆，而且我可能记错了。

阿纳斯塔普罗：[虽然你说得这么谦虚]，不过它仍然会是人们在未来五十年内不断阅读的东西之一。

布兰：也许吧。（笑）

阿纳斯塔普罗：我跟你说真话，而且我非常感谢你。

布兰：你知道雅沙喜欢怎么说这话吗？

阿纳斯塔普罗：什么？

布兰："你的言辞在神的耳朵里。"

阿纳斯塔普罗：你的言辞在神的耳朵里。（轻笑）

布兰：是的。（轻笑）

阿纳斯塔普罗：他会用英语这么说吗？

布兰：呃，它是一个俄罗斯谚语，但是他会用英语说。

阿纳斯塔普罗："你的言辞在神的耳朵里"？

布兰：意思是，你说了一些不可信但是好听的话。（轻笑）

阿纳斯塔普罗：我明白了。

布兰：他也会说，"这听起来真甜"。我不太喜欢那个表达。

西方传统：经典与解释

古今丛编

但丁：皈依的诗学
[美]弗里切罗 著

在西方的目光下
[英]康拉德 著

大学与博雅教育
落崖 编

恐惧与战栗
[丹麦]基尔克果 著

探究哲学与信仰——基尔克果与苏格拉底
[美]郝岚 著

穆佐书简
[奥]里尔克 著

撒路斯特与政治史学
刘小枫 编

民主的本性——托克维尔的政治哲学
[法]马南 著

希罗多德的王霸之辨
吴小锋 编/译

梅尔维尔的政治哲学——《切雷诺》及其解读
李小均 编/译

第二代智术师——罗马帝国早期的文化现象
安德森 著

英雄诗系笺释
[古希腊]荷马 著

统治的热望
——修昔底德笔下的阿尔喀比亚德和帝国政治
[美]福特 著

席勒美学的哲学背景
[美]维塞尔 著

雅典谐剧与逻各斯
——《云》中的修辞、谐剧性及语言暴力
[美]奥里根 著

莱园哲人伊壁鸠鲁
罗晓颖 选编

果戈里与鬼
[俄]梅列日科夫斯基 著

托尔斯泰与陀思妥耶夫斯基（第一卷）
[俄]梅列日科夫斯基 著

托尔斯泰与陀思妥耶夫斯基（第二卷）
[俄]梅列日科夫斯基 著

自传性反思
[德]沃格林 著

黑格尔与普世秩序
[美]希克斯 等著

新的方式与制度
——马基雅维利的《论李维》研究
[美]曼斯菲尔德 著

论埃及神学与哲学——伊希斯与俄赛里斯
[古希腊]普鲁塔克 著

凯撒的剑与笔
李世祥 编/译

纪念苏格拉底——哈曼文选
刘新利 选编

科耶夫的新拉丁帝国
[法]科耶夫 等著

夜颂中的革命和宗教——诺瓦利斯选集卷一
[德]诺瓦利斯 著

大革命与诗话小说——诺瓦利斯选集卷二
[德]诺瓦利斯 著

《利维坦》附录
[英]霍布斯 著

巨人与侏儒
[美]布鲁姆 著

或此或彼（上、下）
[丹麦]基尔克果 著

海德格尔与有限性思想（重订版）
刘小枫 选编

海德格尔式的现代神学
刘小枫 选编

走向古典诗学之路
——相遇与反思：与伯纳德特聚谈
[美]伯格 编

论宗教大法官的传说
[俄]罗赞诺夫 著

西方传统：经典与解释
Classici et Commentarii
HERMES
刘小枫 主编

上帝国的信息
[德]拉加茨 著

双重束缚
[美]基拉尔 著

俄耳甫斯教祷歌
吴雅凌 编译

俄耳甫斯教辑语
吴雅凌 编译

黑格尔的观念论
[美]皮平 著

古今之争中的核心问题
[德]迈尔 著

浪漫派风格——施莱格尔批评文集
[德]施莱格尔 著

神圣的罪业
[美]伯纳德特 著

论永恒的智慧
[德]苏索 著

宗教经验种种
[美]詹姆斯 著

尼采反卢梭
[美]凯斯·安塞尔-皮尔逊 著

施米特对自由主义的批判
[美]约翰·麦考米克 著

舍勒思想评述
[美]弗林斯 著

诗与哲学之争
[美]罗森 著

基督教理论与现代
[德]特洛尔奇 著

亚历山大的克雷蒙
[意]塞尔瓦托·利拉 著

伊壁鸠鲁主义的政治哲学
[意]詹姆斯·尼古拉斯 著

神圣与世俗
[罗]伊利亚德 著

中世纪的心灵之旅——波纳文图拉神学著作选
[意]圣·波纳文图拉 著

弓弦与竖琴——从柏拉图解读《奥德赛》
[美]伯纳德特 著

论古人的智慧
[英]培根 著

希伯莱圣经历代注疏

希腊化世界中的犹太人
[英]威尔逊 著

第一亚当和第二亚当
[德]朋霍费尔 著

卢梭集

论哲学生活的幸福
[德]迈尔 著

致博蒙书
[法]卢梭 著

政治制度论
[法]卢梭 著

哲学的自传——卢梭的《孤独漫步者的遐思》
[法]卢梭 著

文学与道德杂篇
[法]卢梭 著

设计论证——卢梭的《社会契约论》
[美]吉尔丁 著

卢梭的自然状态
[美]普拉特纳 等著

卢梭的榜样人生——作为政治哲学的《忏悔录》
[美]凯利 著

柏拉图注疏集

理想国
[古希腊]柏拉图 著

谁来教育老师——《普罗塔戈拉》发微
刘小枫 编

立法者的神学——柏拉图《法义》卷十绎读
林志猛 编

柏拉图对话中的神
[德]薇依 著

厄庇诺米斯
[古希腊]柏拉图 著

智慧与幸福——柏拉图的《厄庇诺米斯》
程志敏 选编

论柏拉图对话
[德]施莱尔马赫 著

柏拉图《美诺》疏证
[美]克莱因 著

神话诗人柏拉图
张文涛　选编

人应该如何生活
[美]布鲁姆　著

阿尔喀比亚德
[古希腊]柏拉图　著

叙拉古的雅典异乡人
——柏拉图《书简七》探幽
彭磊　选编

阿威罗伊论《王制》
[阿拉伯]阿威罗伊　著

《王制》要义
刘小枫　选编

柏拉图的《会饮》
[古希腊]柏拉图　等著

苏格拉底的申辩
[古希腊]柏拉图　著

苏格拉底与政治共同体
[美]尼科尔斯　著

政制与美德——柏拉图《法义》疏解
[美]潘戈　著

《法义》导读
[法]卡斯代尔·布舒奇　著

论真理的本质
[德]海德格尔　著

哲人的无知
[德]费勃　著

米诺斯
[古希腊]柏拉图　著

亚里士多德注疏集

品格的技艺
[美]加佛　著

亚里士多德德基本概念
[德]海德格尔　著

《政治学》疏证
[意]托马斯·阿奎那　著

尼各马可伦理学义疏
——亚里士多德与苏格拉底的对话
[美]伯格　著

哲学之诗——亚里士多德《诗学》解诂
[美]戴维斯　著

对亚里士多德的现象学解释
[德]海德格尔　著

城邦与自然——亚里士多德与现代性
刘小枫　编

论诗术中篇义疏
[阿拉伯]阿威罗伊　著

哲学的政治——亚里士多德《政治学》疏证
[美]戴维斯　著

莱辛注疏集

汉堡剧评
[德]莱辛　著

关于悲剧的通信
[德]莱辛　著

《智者纳坦》研究版
[德]莱辛　等著

启蒙运动的内在问题——莱辛思想再释
[美]维塞尔　著

莱辛剧作七种
[德]莱辛　著

历史与启示——莱辛神学文选
[德]莱辛　著

论人类的教育——莱辛政治哲学文选
[德]莱辛　著

色诺芬注疏集

居鲁士的教育
[古希腊]色诺芬　著

驯服欲望——施特劳斯笔下的色诺芬撰述
[法]科耶夫　等著

论僭政——色诺芬《希耶罗》义疏
[美]施特劳斯　著

色诺芬的《会饮》
[古希腊]色诺芬　著

施特劳斯集

政治哲学与启示宗教的挑战
[德]迈尔　著

霍布斯的宗教批判
[美]列奥·施特劳斯　著

斯宾诺莎的宗教批判
[美]列奥·施特劳斯　著

门德尔松与莱辛
[美]列奥·施特劳斯　著

哲学与律法——论迈蒙尼德及其先驱
[美]列奥·施特劳斯　著

迫害与写作艺术
[美]列奥·施特劳斯 著

柏拉图式政治哲学研究
[美]列奥·施特劳斯 著

阅读施特劳斯
[美]斯密什 著

《会饮》讲疏
[美]列奥·施特劳斯 著

柏拉图《法义》的论辩与情节
[美]列奥·施特劳斯 著

什么是政治哲学
[美]列奥·施特劳斯 著

古典政治理性主义的重生
[美]列奥·施特劳斯 著

施特劳斯与流亡政治学
[美]谢帕德 著

犹太哲人与启蒙
——施特劳斯演讲与论文集：卷一
[美]列奥·施特劳斯 著

苏格拉底问题与现代性
——施特劳斯演讲与论文集：卷二
[美]列奥·施特劳斯 著

回归古典政治哲学——施特劳斯通信集
[美]列奥·施特劳斯 著

隐匿的对话——施米特与施特劳斯
[德]迈尔 著

苏格拉底与阿里斯托芬
[美]列奥·施特劳斯 著

尼采注疏集

尼采与基督教——尼采的《敌基督》论集
刘小枫 编

尼采眼中的苏格拉底
[美]丹豪瑟 著

尼采的使命——《善恶的彼岸》绎读
[美]朗佩特 著

尼采与现时代——解读培根、笛卡尔与尼采
[美]朗佩特 著

动物与超人之间的绳索
[德]A.彼珀 著

维吉尔注疏集
《埃涅阿斯纪》章义
王承教 选编

维吉尔的帝国
阿德勒 著

品达注疏集
幽暗的诱惑——品达、晦涩与古典传统
[美]汉密尔顿 著

新约历代经解
属灵的寓意
[古罗马]俄里根 著

赫西俄德集
神谱笺释
吴雅凌 撰

赫西俄德：神话之艺
[法]居代·德·拉孔波 等著

赫拉克勒斯之盾笺释
罗逍然 译笺

莎士比亚绎读
莎士比亚笔下的爱与友谊
[美]布鲁姆 著

莎士比亚戏剧与政治哲学
彭磊 选编

莎士比亚的政治盛典
[美]阿鲁里斯/苏利文 编

丹麦王子与马基雅维利
罗峰 选编

古希腊诗歌丛编
阿尔戈英雄纪
[古希腊]阿波罗尼俄斯 著

阿里斯托芬集
《阿卡奈人》笺释
[古希腊]阿里斯托芬 著

但丁集
但丁的圣约书
[美]霍金斯 著

美国宪政与古典传统
美国1787年宪法讲疏
[美]阿纳斯塔普罗 著

修昔底德集
修昔底德笔下的人性
[加]欧文 著

修昔底德笔下的演说
[美]斯塔特 著

古希腊政治理论
格雷纳 著

塔西佗集
塔西佗的政治史学
曾维术 编

古典学丛编
表演文化与雅典民主政制
[英]戈尔德希尔、奥斯本 编

西方古典文献学发凡
刘小枫 编

古典语文学常谈
克拉夫特 著

古希腊文学常谈
[英]多佛 等著

古希腊肃剧注疏集
希腊肃剧与政治哲学
[美]阿伦斯多夫 著

中国传统：经典与解释
Classici et Commentarii
经典与解释
刘小枫 陈少明◎主编

中国传统：经典与解释

皇清经解提要
[清]沈豫 撰

冬灰录
[明]方以智 著

从公羊学论《春秋》的性质
阮芝生 撰

药地炮庄笺释·总论篇
[明]方以智 著

松阳讲义
[清]陆陇其 著

起凤书院答问
[清]姚永朴 撰

青原志略
[明]方以智 原编

冬炼三时传旧火——港台学人论方以智
邢益海 编

药地炮庄
[明]方以智 著

周礼疑义辨证
陈衍 撰

经学通论
[清]皮锡瑞 著

韩愈志
钱基博 著

论语辑释
陈大齐 著

《庄子·天下篇》注疏四种
张丰乾 编

荀子的辩说
陈文洁 著

古学经子——十一朝学术史述林
王锦民 著

经学以自治——王闿运春秋学思想研究
刘少虎 著

《铎书》校注
孙尚扬 肖清和 等校注

大学素质教育读本

古典诗文绎读 西学卷·古代编（上、下）
古典诗文绎读 西学卷·现代编（上、下）

经典与解释辑刊（刘小枫 陈少明 主编）

1. 柏拉图的哲学戏剧
2. 经典与解释的张力
3. 康德与启蒙
4. 荷尔德林的新神话
5. 古典传统与自由教育
6. 卢梭的苏格拉底主义
7. 赫尔墨斯的计谋
8. 苏格拉底问题
9. 美德可教吗
10. 马基雅维利的喜剧
11. 回想托克维尔
12. 阅读的德性
13. 色诺芬的品味
14. 政治哲学中的摩西
15. 诗学解诂
16. 柏拉图的真伪
17. 修昔底德的春秋笔法
18. 血气与政治
19. 索福克勒斯与雅典启蒙
20. 犹太教中的柏拉图门徒
21. 莎士比亚笔下的王者
22. 政治哲学中的莎士比亚
23. 政治生活的限度与满全
24. 雅典民主的谐剧
25. 维柯与古今之争
26. 霍布斯的修辞
27. 埃斯库罗斯的神义论
28. 施莱尔马赫的柏拉图
29. 奥林匹亚的荣耀
30. 笛卡尔的精灵
31. 柏拉图与天人政治
32. 海德格尔的政治时刻
33. 荷马笔下的伦理
34. 格劳秀斯与国际正义
35. 西塞罗的苏格拉底
36. 基尔克果的苏格拉底
37. 《理想国》的内与外
38. 诗艺与政治
39. 律法与政治哲学
40. 古今之间的但丁
41. 拉伯雷与赫尔墨斯秘学

刘小枫集

诗化哲学［重订本］
拯救与逍遥［修订本］
走向十字架上的真
这一代人的怕和爱［增订本］
现代性与现代中国：现代性社会理论绪论
沉重的肉身
圣灵降临的叙事［增订本］
罪与欠
西学断章
现代人及其敌人
儒教与民族国家
拣尽寒枝
施特劳斯的路标
重启古典诗学
共和与经纶
设计共和
卢梭与我们
好智之罪：普罗米修斯神话通释
民主与爱欲：柏拉图《会饮》绎读
民主与教化：柏拉图《普罗塔戈拉》绎读
巫阳招魂：《诗术》绎读

编修［博雅读本］

凯若斯：古希腊语文读本［全二册］
古希腊语文学述要
雅努斯：古典拉丁语文读本
古典拉丁语文学述要
危微精一：政治法学原理九讲
琴瑟友之：钢琴与古典乐色十讲